高职高专计算机实用教程系列规划教材

Visual Basic 程序设计教程

任志勇　主　编

杜建敏　宗　毅　副主编

赵秋勇　李慧芳　薛　源　么　瑶　参　编

中国铁道出版社

CHINA RAILWAY PUBLISHING HOUSE

内 容 简 介

本书是根据《全国计算机等级考试二级大纲（Visual Basic 语言程序设计）》中对 Visual Basic 6.0 程序设计的相关要求编写的二级教程。本书以 Visual Basic 6.0 为语言背景，以程序结构为主线，介绍可视化程序设计的基本知识和编程方法。其内容包括：Visual Basic 6.0 中文版的编程环境，程序设计基础，常用标准控件的功能和用法，对话框的建立和使用，选择结构、循环结构设计，数组，过程，键盘与鼠标事件，菜单设计及数据文件等。

本书内容丰富，文字叙述简明易懂，注重实用性和可操作性。各章配有精心设计的习题，可供读者在较短的时间内掌握教材的主要内容，以便于顺利通过考试。

本书适合作为高职高专计算机公共课教材，也适合作为各类 VB 培训班及全国计算机等级考试的学习参考书。

图书在版编目（CIP）数据

Visual Basic 程序设计教程/任志勇主编.—北京：中国铁道出版社，2008.9
（高职高专计算机实用教程系列规划教材）
ISBN 978-7-113-09135-4

Ⅰ.V… Ⅱ.任… Ⅲ.BASIC 语言—程序设计—高等学校：技术学校—教材 Ⅳ.TP312

中国版本图书馆 CIP 数据核字（2008）第 131836 号

书　　名：	Visual Basic 程序设计教程
作　　者：	任志勇　主编

策划编辑：	严晓舟　秦绪好	
责任编辑：	王占清	编辑部电话：（010）63583215
封面设计：	付　巍	编辑助理：王春霞　姚文娟
责任印制：	李　佳	

出版发行：中国铁道出版社（北京市宣武区右安门西街 8 号　　邮政编码：100054）

印　　刷：河北省遵化市胶印厂

版　　次：2008 年 9 月第 1 版　　　　2008 年 9 月第 1 次印刷

开　　本：787mm×1092mm　1/16　印张：18.25　字数：429 千

印　　数：4 000 册

书　　号：ISBN 978-7-113-09135-4/TP · 2156

定　　价：26.00 元

版权所有　侵权必究

本书封面贴有中国铁道出版社激光防伪标签，无标签者不得销售

凡购买铁道版的图书，如有缺页、倒页、脱页者，请与本社计算机图书批销部调换。

前　言

Visual Basic 6.0 是 Microsoft 公司为开发 Windows 应用程序而推出的强有力的开发环境和工具，是具有良好的图形用户界面的程序设计语言，是目前世界上使用最广泛的程序开发工具之一。Visual Basic 6.0 应用程序的开发以对象为基础，并运用事件驱动机制实现对 Windows 操作系统的事件响应。Visual Basic 6.0 提供了大量的控件，可用于设计界面和实现各种功能，用户可以通过拖放操作完成界面设计，这样不仅大大减轻了工作量、简化了界面设计过程，而且有效地提高了应用程序的运行效率和可靠性。因此，Visual Basic 在国内外各领域的应用非常广泛，常用来编制开发应用程序和其他类型的软件。

为了推动计算机应用人才的成长，国内先后推出一系列有关计算机的考试，且规模在不断扩大。其中"全国计算机等级考试"是由教育部考试中心组织、深受社会各界欢迎的计算机考试，自 1994 年举办以来，应试人数逐年增加，对计算机的普及应用起到了十分重要的作用。随着计算机软硬件的发展和操作系统平台的升级，等级考试的内容也在不断更新。为了适应计算机发展和实际应用的需要，教育部考试中心决定在原有考试门类的基础上增加 Windows 环境下可视化程序设计的内容，其中就包括 Visual Basic 语言程序设计。因此，根据教育部考试中心最新制定的《全国计算机等级考试二级大纲（Visual Basic 语言程序设计）》编写了这本等级考试教程。

本书分为九章，内容包括：Visual Basic 6.0 中文版的编程环境，程序设计基础，常用标准控件的功能和用法，对话框的建立和使用，选择结构、循环结构设计，数组，过程，键盘与鼠标事件，菜单设计及数据文件等。

本书主要有以下几个特点：

- 内容丰富，几乎覆盖全部考试内容。
- 讲解清晰，前后呼应；操作直观，由浅入深。
- 实例背景交代清楚，注重教育和学习规律。
- 附有大量的实例、图片、同步练习，便于复习与巩固。
- 版面美观，针对性强。

本书适合作为高职高专计算机专业学生开发应用程序的教材，也适合作为计算机等级考试的学习参考书，更可以作为计算机爱好者学习的好帮手。

本书由任志勇担任主编，由杜建敏、宗毅任副主编，参编的有赵秋勇、李慧芳、薛源、么瑶。参加编写的人员均为教学一线教师，具有丰富的实际教学经验。本书内容经过多次教学研讨并采纳诸多专家的意见和建议最终定稿。由于作者水平所限，书中若有不妥之处，敬请广大读者批评指正。

在本书的编写和出版过程中，中国铁道出版社给予了大力支持，在此表示衷心感谢。

编　者

2008 年 5 月

目　录

第 1 章

○ Visual Basic 集成开发环境

知识点

- Visual Basic 集成开发环境的特点
- Visual Basic 的版本
- Visual Basic 的启动与退出
- Visual Basic 窗口

重点

- Visual Basic 特点及版本
- Visual Basic 启动与退出
- Visual Basic 窗口

本章知识结构图

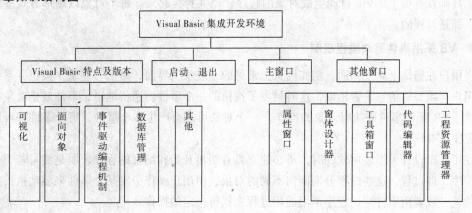

BASIC 是 Beginner's All-purpose Symbolic Instruction Code 的缩写（初学者通用符号指令代码），专门为一般用户设计的计算机语言。Visual Basic 继承了 BASIC 简单、易用的特点，并具有可视化特性，是 Windows 环境下最具吸引力的程序设计语言之一，Visual Basic 中的 "Visual" 一词是指图形用户界面（GUI）应用程序的可视化的开发方法。使用这种方法，不需编写大量代码去描述界面元素的外观和位置，而只需把预先建立好的控件对象用鼠标拖入到设计窗体上即可。

本章简要介绍 Visual Basic 的概况、集成开发环境等内容，使读者对 Visual Basic（以下简称 VB）有一个直观的认识。

1.1 VB 简介

本节将简单地介绍 VB 系统环境。

1.1.1 VB 的特点

1．VB 是可视的

在用面向过程的计算机语言来设计程序时，都是通过编写程序代码来设计用户界面，编写程序时看不到实际效果，必须编译后运行程序才能观察，这就不可避免地会在程序中潜伏着许多错误，需要不断修改、调试程序，费时费力。VB 使用了可视化设计工具，把 Windows 界面设计的复杂性"封装"起来，用户只需用系统提供的工具，在屏幕上画出各种"部件"，即图形对象，并设置这些图形对象的属性，由 VB 自动产生界面设计代码，用户只需要编写实现程序功能的那部分代码，从而可以大大提高程序设计的效率。

2．VB 是面向对象的

面向对象的程序设计方法是把程序和数据封装起来作为一个对象，并为每个对象设置所需要的属性，使对象成为实在的东西。在设计对象时，不必编写建立和描述每个对象的程序代码，而是用工具画在界面上，VB 自动生成对象的程序代码并封装起来。每个对象以图形方式显示在界面上，都是可视的。

3．VB 采用事件驱动编程机制

当用户在窗体上画了界面，例如网页上常见的"登录"界面，单击"登录"按钮，系统就会判断用户所填写的信息是否正确，这时触发了按钮的一个事件。通俗地讲，事件就是对象上发生的事情。VB 通过事件来执行对象的操作。一个对象可能会产生多个事件，每个事件都可以通过一段程序来响应。

在用 VB 设计大型应用软件时，不必建立具有明显开始和结束的程序，而是编写若干个微小的子程序，即过程，这些过程分别面向不同的对象，由用户操作引发某个事件来驱动执行某种特定的功能，或者由事件驱动程序调用通用过程来执行指定的操作。

4．数据库管理功能

VB 系统具有很强的数据库管理功能。利用数据控件和数据库管理窗口，可以直接建立或处理 Microsoft Access 格式的数据库，并提供了强大的数据存储和检索功能。同时，VB 还能直接编辑和访问其他外部数据库，如 dBASE、FoxPro、Paradox 等。

VB 提供开放式数据连接（Open DataBase Connectivity），即 ODBC 功能，它可通过直接访问或建立连接的方式使用并操作后台大型网络数据库，如 SQL Server、Oracle 等。

5. 其他

VB 具有动态数据交换功能，可以实现在两个不同的应用程序间进行通信。VB 还采用了对象链接与嵌入技术，另外，VB 使用了动态链接库技术，这样可以在 VB 应用程序中调用其他语言编写的函数。

1.1.2　VB 版本

Microsoft 公司自从 1991 年推出 VB 1.0 版后，经过不断的改进和升级，其功能越来越完善和强大。

在 VB 6.0 中提供了三种版本：学习版、专业版和企业版。三种不同的版本分别满足不同的开发需要，但相对而言，后者的功能比前者强。

① 学习版：使编程人员轻松开发 Windows 应用程序。该版本包括所有的内部控件和 Grid、Tab 和 Data_Bound 控件。

② 专业版：为专业编程人员提供一整套进行软件开发的功能完备的工具。该版本包括学习版的全部功能以及学习版中没有的 ActiveX 控件、Internet 控件等。

③ 企业版：使专业编程人员能够开发出功能强大的组内分布式应用程序。该版本包括专业版的全部功能，还增加了自动化管理器、部件管理器、数据库管理工具、Microsoft Visual Basic SourceSafe 等。

1.1.3　VB 的启动和退出

1. 启动 VB 的方法

启动 VB 有多种方法，主要有：

① 单击 Windows 任务栏上的"开始"按钮，选择"程序"/"Microsoft Visual Basic 6.0 中文版"/"Visual Basic 6.0 中文版"。

② 使用"Windows 资源管理器"或"我的电脑"启动 VB。

a. 打开资源管理器，寻找 VB 可执行文件（VB6.EXE）。

b. 双击 VB6.EXE 或它的图标。

③ 选择"开始"/"运行"命令，在"运行"对话框中输入 VB6.EXE 的完整路径。

启动 VB 6.0 后，将首先显示版权屏幕，稍候，显示如图 1-1 所示的"新建工程"对话框。

在"新建"选项卡中显示出可以在 VB 6.0 中使用的工程类型：

图 1-1　"新建工程"对话框

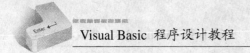

- 标准 EXE：建立标准 Windows 下可执行文件。
- ActiveX EXE：只能在专业版和企业版中建立，用于建立进程外的对象的链接与嵌入服务器应用程序项目类型。可包装成可执行文件。
- ActiveX DLL 程序：与 ActiveX EXE 程序一致，ActiveX DLL 只能包装成动态链接库。
- VB 应用程序向导：用于在开发环境中建立新的应用程序框架。
- 数据工程：提供开发数据报表应用程序的框架。
- 外接程序：用于建立 VB 外接程序，并在开发环境中自动打开联接设计器。
- ActiveX 文档 EXE 和 ActiveX 文档 DLL 程序：建立可以在超链接环境中运行的 VB 应用程序，即 Web 浏览器。
- VB 企业版控件：可在工具箱中加入企业版控件图标。

如果单击"现存"或"最新"选项卡，则可分别显示现有的或最新的 VB 应用程序文件名列表，可从中选择要打开的文件名。

2．退出 VB 方法

① 选择 VB 窗口中的"文件"菜单下的"退出"命令。

② 单击 VB 窗口右上角的"关闭"按钮。

③ 按【Alt+Q】组合键。

如果当前程序已修改过并且没有存盘，系统将显示一个对话框，询问用户是否将其存盘，此时选择"是"则存盘，选择"否"则不存盘。在上述两种情况下，都将退出 VB，回到 Windows 环境。

1.2 VB 的窗口

1.2.1 主窗口

主窗口也称设计窗口，位于集成环境顶部，由标题栏、菜单栏和工具栏组成，如图 1-2 所示。

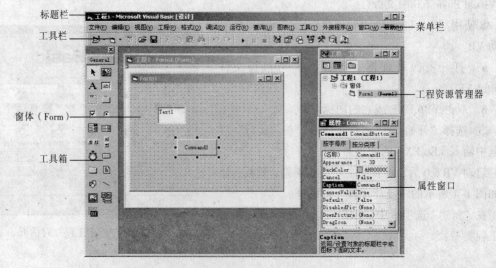

图 1-2 VB 主窗口

1. 标题栏

标题栏是屏幕顶部的水平条，它显示的是应用程序的名字。启动 Visual Basic 后，标题栏中显示的信息为：

工程1-Microsoft Visual Basic[设计]

工程 1 是系统为工程暂时起的名字，存盘时用户可以为工程另起一个新的名称。[设计]表明当前的工作状态是"设计阶段"。随着工作状态的不同，方括号中的信息也随之改变，可能会是"运行"或"Break"，分别代表"运行阶段"或"中断阶段"。这 3 个阶段也分别称为"设计模式"、"运行模式"和"中断模式"。

2. 菜单栏

菜单栏包括两种形式：下拉式菜单和弹出式菜单。下拉式菜单栏中的菜单命令提供了开发、调试和保存应用程序所需工具。菜单栏共有 13 个菜单项，即文件、编辑、视图、工程、格式、调试、运行、查询、图表、工具、外接程序、窗口和帮助。每个菜单项含有若干个菜单命令，执行不同的操作，如表 1-1 所示。

表 1-1　下拉式菜单主要功能

菜　单	功　　能
文件	用于对工程的新建、打开、保存，对工程资源文件的保存、打印等功能
编辑	对窗体编辑器或代码窗口中的操作进行一般的编辑处理，包括复制、查找等
视图	用于打开或隐藏窗口
工程	实现在工程中添加或删除组件
格式	用于设计时调整窗体中对象的布局
调试	用于对应用程序的调试
运行	提供在集成开发环境中启动、暂停和继续执行应用程序的功能
工具	提供了添加过程、设置过程属性、启动菜单编辑器和设置系统选项的功能
外接程序	提供了对打包和展开向导、API 浏览器等外接程序的加载和启动功能
窗口	提供了对各窗口的放置处理，包括平铺、层叠、激活等
帮助	用于查阅帮助信息

快捷菜单是指在用鼠标右击一个窗口时在鼠标指针位置弹出的菜单，它包含一些常用的菜单命令。在快捷菜单中显示的菜单命令取决于鼠标右击时所在的窗口。

3. 工具栏

工具栏位于菜单栏之下或以垂直条状紧贴在左或右边框上，也可以以一个窗口的形式浮动显示在集成开发环境中。

工具栏作用是可以通过其上面的图标按钮执行菜单命令。按照默认规定，启动 VB 后将显示标准工具栏，附加的编辑、窗体设计和调试工具栏可以用"视图"菜单中的"工具栏"命令移进或移出。如图 1-3 所示为 VB 6.0 标准工具栏。

1   2   3   4   5   6   7   8   9   10 11 12   13 14   15   16

图 1-3   VB 6.0 标准工具栏

VB 6.0 标准工具栏各按钮功能如表 1-2 所示。

表 1-2   标准工具栏各按钮功能

图标编号	名　称	功　　　能
1	添加工程	添加新的工程到工程组，相当"文件"菜单的"添加工程"命令
2	添加窗体	添加新的窗体到工程中，相当"工程"菜单的"添加窗体"命令
3	菜单编辑器	打开菜单编辑器对话框，相当"工具"菜单的"菜单编辑器"命令
4	打开工程	打开已存在的工程文件，相当"文件"菜单的"打开工程"命令
5	保存工程	保存当前工程文件，相当"文件"菜单的"保存工程"命令
6	撤销	撤销当前修改
7	启动	运行当前应用程序，相当"运行"菜单的"启动"命令
8	中断	暂停当前正在运行的程序，相当"运行"菜单的"中断"命令
9	结束	结束当前应用程序的运行，相当"运行"菜单的"结束"命令
10	工程资源管理器	打开工程资源管理器窗口，相当"视图"菜单的"工程资源管理器"命令
11	属性窗口	打开属性窗口，相当"视图"菜单的"属性窗口"命令
12	窗体布局	打开窗体布局窗口
13	工具箱	打开工具箱窗口，相当"视图"菜单的"工具箱"命令
14	数据视图窗口	打开数据视图窗口
15	坐标值	显示当前窗体左上角的坐标
16	宽×高	显示窗体的宽×高（Width×Height）*

　　* 数值单位为 twip，1 英寸等于 1 440twip。twip 是一种与屏幕分辨率无关的计量单位，无论在什么屏幕上，如果画了一条 1440twip 的直线，打印出来都是 1 英寸，可以确保在不同的屏幕上都能保持正确的相对位置或比例关系。twip 是默认单位，可通过 ScaleMode 属性修改。

1.2.2   其他窗口

1. 窗体设计器窗口

　　窗体设计器窗口简称窗体（Form），如图 1-4 所示。窗体用来设计应用程序的界面，用户可以在窗体上画出组成应用程序的各个构件。当打开一个新的工程文件时，VB 建立一个空的窗体，并命名为 Formx（这里的 x 为 1，2，3，…），一个工程可以包含若干个窗体，最多可有 255 个窗体，详见 2.3 节。

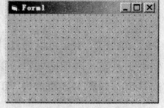

图 1-4   窗体

2．属性窗口

属性窗口主要是用来设置对象的各种属性。在 VB 中，窗体和控件被称为对象，对象的特征称为其属性，例如，控件的名称、宽度、高度等。

（1）打开属性窗口方法

① 选择"视图"菜单下的"属性窗口"命令。

② 按【F4】键。

③ 单击工具栏中的"属性窗口"按钮。

④ 在对象上右击，从快捷菜单中选择"属性窗口"命令。

（2）属性窗口组成（见图 1–5）

除窗口标题外，属性窗口分为 4 部分，分别如下所述。

① 对象框：可以显示应用程序中每个对象的名字及对象的类型。

② 属性显示方式：分为两种即按字母顺序和按分类顺序。"按字母序"是按首字母顺序显示属性列表；"按分类序"是按分类顺序显示属性列表。

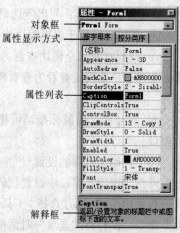

对象框
属性显示方式
属性列表
解释框

图 1–5　属性窗口

③ 属性列表：列出所选对象的所有属性名称及其相应的默认属性值。属性列表分为左右两栏，左栏为属性名称列表，右栏为对应的属性值列表。

④ 属性解释框：显示该属性名称和功能说明。

3．代码编辑器窗口

（1）打开代码窗口方法

"代码编辑器"又称为"代码窗口"，如图 1–6 所示，用来编写、显示和编辑程序代码。打开代码编辑器的方法有：

① 选择"视图"菜单下的"代码编辑器"命令。

② 在"工程资源管理器"窗口上单击"查看代码"图标。

③ 在窗体或对象上双击。

④ 按快捷键【F7】。

（2）代码窗口的组成

标题栏　　对象框　　　　　　　　　事件/过程框

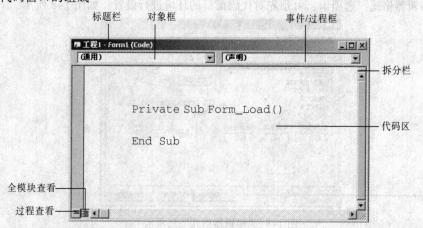

拆分栏
代码区
全模块查看
过程查看

```
Private Sub Form_Load()

End Sub
```

图 1–6　代码窗口

① 标题栏：显示工程名、窗体名，及最大化/最小化按钮。

② 对象框：列出当前窗体及所包含的所有对象名。

注意：无论窗体的名称改为什么，在对象框中窗体的对象名总是 Form。

③ 事件/过程框：列出所选对象的所有事件名。

④ 代码区：用于编辑程序代码。

⑤ 过程查看和全模块查看：用于切换"代码窗口"的两种查看视图，过程查看为一次只查看一个过程，全模块查看为查看模块中的所有过程。

⑥ 拆分栏：用鼠标拖动可把窗口分为两个窗口。

（3）代码编辑器的设置

可在"选项"窗口中设置代码窗口的环境及一些常用功能。通过选择"工具"菜单的"选项"命令，即打开"选项"对话框，如图 1-7 所示。

① "编辑器"选项卡：可进行一些有关代码编写时的设置。其功能如表 1-3 所示。

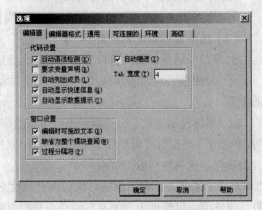

图 1-7 "选项"对话框

表 1-3 "编辑器"选项卡

内 容	功 能
自动语法检测	输入某行代码后回车，VB 自动检查该语句的语法，如出现错误，该语句变色
要求变量声明	在程序中，为了避免出现对变量重复赋值，在 VB 中对没有预先声明的变量，系统弹出消息框提醒注意
自动列出成员	当在代码窗口输入控件名再输入小数点，VB 会弹出下拉列表，列表中包含该对象的所有成员（属性、方法）
自动显示快速信息	用于显示语句和函数的格式。当输入 VB 语句或函数后空格，即在当前行的下面自动显示该语句或函数的语法格式

② "编辑器格式"选项卡：可预先对代码窗口的环境进行设置，如图 1-8 所示。

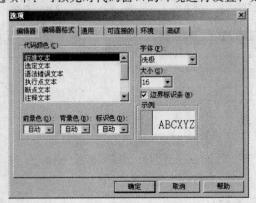

图 1-8 "编辑器格式"选项卡

可在代码颜色中选一种类型的文本，如"标准文本"，便可在"字体"、"大小"、"前景色"、"背景色"等选项中进行选择，即可设置代码窗口的外观。

4．工程资源管理器

工程是指用于创建一个应用程序的文件的集合。在 VB 中要设计一个应用程序就要创建一个工程，如果同时设计多个应用程序，可以创建一个工程组。

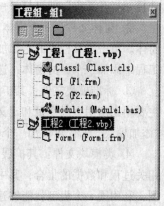

在工程资源管理器窗口中，含有建立一个应用程序所需要的文件的清单。工程资源管理器窗口中的文件可以分为 6 类，即窗体文件（.frm）、程序模块文件（.bas）、类模块文件（.cls）、工程文件（.vbp）、工程组文件（.vbg）和资源文件（.res）。图 1-9 所示的是含有两个工程、多个窗体、多个程序模块和类模块的工程资源管理器窗口。

在工程资源管理器窗口中，括号内是工程、窗体、程序模块、类模块等的存盘文件名，括号外是相应的名字（即 Name 属性）。每

图 1-9　工程资源管理器窗口

个工程名左侧都有一个方框，当方框内为"−"号时，该工程处于"展开"状态，此时如果单击"−"号方框，方框内的"−"号变为"+"号，变为"折叠"状态。

（1）工程资源管理器窗口标题栏下方有三个按钮，从左到右依次为

① "查看代码按钮"：用于打开"代码编辑器窗口"；

② "查看对象按钮"：用于打开"窗体设计器窗口"；

③ "切换文件夹按钮"：用于查看不同文件夹中的内容。

（2）打开工程资源管理器的方法

① 选择"视图"菜单下的"工程资源管理器"；

② 单击工具栏中的"工程资源管理器"按钮。

（3）工程属性设置

通过菜单命令"工程/工程属性"可以打开"工程属性"对话框，如图 1-10 所示，在此可以进行有关工程的名称、类型、启动对象、版本号、版本信息、程序图标、编译方式、编译要求等多个项目的设置。

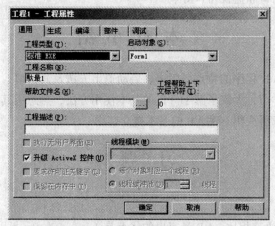

图 1-10　工程属性

（4）VB 中文件类型

① 工程文件与工程组文件：工程文件扩展名为.vbp，当一个程序包括两个以上的工程时，就构成了工程组文件，其扩展名为.vbg。在"文件"菜单下选择"新建工程"即可新建一个工程；选择"打开工程"即可打开一个已有的工程；选择"添加工程"即可添加一个新的工程。

② 窗体文件：一个窗口对应一个窗体文件，其扩展名为.frm。一个应用程序最多可有 255 个窗体。单击工具栏上的"添加窗体"图标或在"工程"菜单下选择"添加窗体"命令，可在当前工程中添加一个新的窗体；选择"移除窗体"命令可删除当前选中的窗体。

③ 标准模块文件：其扩展名为.bas，标准模块文件是纯代码文件，它不属于任何一个窗体，主要用来声明全局变量和定义一些通用过程，可以被不同窗体文件调用，在"工程"菜单下选择"添加模块"命令可添加一个模块文件。

④ 类模块文件：其扩展名为.cls，类是封装数据和隐藏数据的工具，是一组用来定义对象的相关过程和数据的集合，其中包含了有关对象的特征和行为信息。简单地说，类是建立对象的模型，利用同一个模型就能够建立相同类型的对象，而一个对象就是类的一个实例。不同的类同样具有不同的属性、事件、方法，可以用来定义不同类的对象。如工具箱中的命令按钮、标签、文本框、图片框等在没有添加到窗体上前代表的也是一个个类。

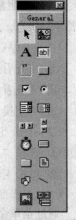

⑤ 资源文件：其扩展名为.res，可同时存放文本、图片、声音等多种资源的文件，资源文件是一个纯文本文件。

5．工具箱

用于提供设计界面时所需要的控件，通过菜单命令"视图/工具箱"可以显示工具箱。在一般情况下，工具箱位于窗体的左侧。工具箱中的工具分为两类，一类称为内部控件或标准控件，一类称为 ActiveX 控件。启动 Visual Basic 后，工具箱中只有内部（标准）控件，如图 1–11 所示。在设计阶段，首先用工具箱中的工具（即控件）在窗体上建立用户界面，然后编写程序代码。

图 1–11　工具箱

除上述几种窗口外，在集成环境中还有其他一些窗口，包括窗体布局窗口、立即窗口、本地窗口和监视窗口等。

本 章 小 结

本章主要介绍了 VB 程序的特点、版本、启动退出方法及其窗口，其中窗口的学习是本章的重点。通过对本章的学习，大家了解了 VB 的基本使用方法，熟悉了其界面，为今后的学习打下了良好的基础。下一章将介绍有关 VB 的基本概念。

习　题　一

一、选择题

1．与传统的程序设计语言相比，VB 最突出的优点是（　　）。

　A．结构化程序设计　　　B．程序开发环境　　　C．程序调试技术　　　D．事件驱动编程机制

2. 下列语言中支持面向对象的程序设计语言是（　　　）。

    A．C　　　　　　　　B．Pascal　　　　　　C．Visual Basic　　　　D．Fortran

3. VB 的主窗口中不包括（　　　）。

    A．标题栏　　　　　　B．菜单栏　　　　　　C．工具栏　　　　　　D．状态栏

4. 下列不能打开属性窗口的操作是（　　　）。

    A．按【F4】键　　　　　　　　　　　　　B．单击工具栏上的"属性窗口"按钮

    C．按【Ctrl+T】组合键　　　　　　　　　D．执行"视图"菜单中的"属性窗口"命令

5. 下列不能打开代码窗口的是（　　　）。

    A．双击窗体上的某个控件　　　　　　　　B．双击窗体

    C．按【F7】键　　　　　　　　　　　　　D．单击窗体或控件

6. 以下操作不能启动 VB 6.0 的是（　　　）。

    A．双击 VB 6.0 的快捷方式

    B．通过"开始"菜单中的"运行"命令

    C．通过"开始"菜单中的"程序"命令

    D．在 DOS 的实模式下，进入 VB 的安装目录，运行 vb6.exe

7. 在利用 VB 环境编程时，下列方式不能退出 VB 的是（　　　）。

    A．使用"文件"菜单中的"退出"命令　　　B．在标题栏上右击，然后选择"关闭"命令

    C．按【F5】键　　　　　　　　　　　　　D．按【Alt+Q】键

8. VB 可分为（　　　）。

    A．试用版、正式版和测试版　　　　　　　B．学习版、专家版和企业版

    C．学习版、专业版和企业版　　　　　　　D．英文版、中文版和法文版

9. 工程资源管理器窗口中包含的文件类型有（　　　）。

    A．2 种　　　　　　　B．3 种　　　　　　　C．6 种　　　　　　　D．5 种

10. 以下为窗体文件扩展名的是（　　　）。

    A．.bas　　　　　　　B．.cls　　　　　　　C．.frm　　　　　　　D．.res

11. 下列说法中正确的是（　　　）。

    A．窗体文件的扩展名为.vbp　　　　　　　B．一个窗体对应一个窗体文件

    C．VB 中的一个工程包含一个窗体　　　　D．VB 中的一个工程最多可以包含 256 个窗体文件

12. 通常所说的 VB 集成环境的三种模式是（　　　）。

    A．设计模式、中断模式和运行模式

    B．窗体设计模式、属性设置模式和代码编写模式

    C．窗体设计模式、模块模式和类模块模式

    D．属性模式、方法模式和事件模式

13. 启动 VB 后，在工具箱中列出的控件是（　　　）。

    A．可插入对象　　　B．ODBC 控件　　　C．标准控件　　　　D．ActiveX 控件

14. 属性窗口的主要功能为（　　　）。

    A．用于应用程序的界面设计　　　　　　　B．用于设置显示窗体或控件对象的属性

    C．用于管理工程中不同类型的文件　　　　D．用于生产应用程序界面

15. VB 窗体设计器的主要功能是（　　　）。

    A. 建立用户界面　　　　B. 编写源程序代码　　　C. 画图　　　　　　　D. 显示文字

16. 以下可以产生工程组文件（.vbg）的为（　　　）。

    A. 当一个程序包含两个以上工程时　　　　　B. 当一个程序包含两个以上窗体时

    C. 当一个程序包含两个以上类模块时　　　　D. 当一个程序包含两个以上程序模块时

17. 关于标准模块，以下说法中错误的是（　　　）。

    A. 标准模块也称程序模块文件，扩展名为.bas

    B. 标准模块由程序代码组成

    C. 标准模块用来声明全局变量和定义一些通用的过程

    D. 标准模块附属于窗体

18. 以下为纯代码文件的是（　　　）。

    A. 工程文件　　　　　　B. 窗体文件　　　　　　C. 标准模块文件　　　　D. 资源文件

19. 下列命令不包括在"工程菜单"中的是（　　　）。

    A. 添加窗体　　　　　　B. 添加工程　　　　　　C. 添加模块　　　　　　D. 添加类模块

20. 下列按键能激活主菜单的是（　　　）。

    A. Ctrl+N　　　　　　　B. F8　　　　　　　　　C. F4　　　　　　　　　D. F10

21. 下列关于 VB 应用程序的说法中，正确的是（　　　）。

    A. VB 程序是以顺序方式执行的　　　　　　　B. VB 运行时，总是等待事件的发生

    C. VB 的事件是由用户定义的　　　　　　　　D. VB 程序是以 main 函数开始执行的

22. 在 VB 的代码窗口中编写程序代码时，当用户输入"对象名."后，系统会提供一个下拉列表提供对象的属性和方法，这种特性叫（　　　）。

    A. 自动语法检查　　　　B. 自动列出成员　　　　C. 自动缩进　　　　　　D. 自动显示快速信息

二、填空题

1. VB 6.0 是专门为 Microsoft 的_____位操作系统设计的。

2. 1 英寸等于_____twip。

3. 用 VB 设计的图形对象的程序代码是由 VB 自动生成并_____起来的。

4. 当用户建立窗体文件时，都会产生相应的_____文件。

5. 标准模块也称为程序模块，可通过"工程"菜单中的_____命令来建立。

6. 属性窗口中属性显示方式分为_____和_____。

第2章

对象及其操作

知识点

- VB 对象概念
- VB 属性、事件、方法
- VB 基本控件
- VB 程序开发步骤

重点

- 对象概念、属性、事件、方法
- 窗体基本属性、事件、方法
- 基本控件的使用
- 程序开发步骤

本章知识结构图

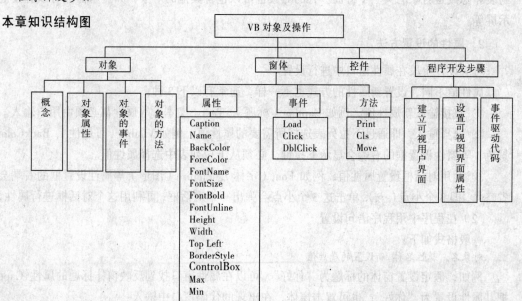

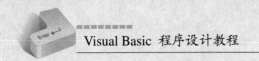

VB 是面向对象、采用事件驱动的编程机制的程序设计语言。在面向对象的程序设计中，"对象"是系统中的基本运行实体。本章主要学习 VB 中的对象、属性、事件、方法等概念和窗体常用属性、事件、方法，及开发 VB 应用程序的一般步骤。

2.1 对　　象

在 VB 6.0 中，对象分为两类，一类是由系统设计好的，称为预定义对象，可以直接使用或对其进行操作；另一类是由用户自定义的，称为自定义对象。

2.1.1　对象的概念

对象是具有特殊属性（数据）和行为方式（方法）的实体。对象是代码和数据的集合，或者说对象是一些属性、方法和事件的集成。窗体和控件就是 VB 中预定义的对象，例如：工具箱中的标签、按钮等控件均是 VB 中已定义好的对象，可直接对它们进行操作。

建立一个对象后，其操作通过与该对象有关的属性、事件和方法来描述。

2.1.2　对象属性

1．属性的概念

属性是一个对象的特性，不同的对象具有不同的属性。对象的属性用一些数据项来描述，这些数据项可以取不同的值。对象常见的属性有标题（Caption）、名称（Name）、颜色（Color）、是否可见（Visible）等。例如将 VB 中的对象与显示器做一番对比。

一个对象的属性描述了对象的外观和内在特征。显示器的形状、大小、颜色等就是其外观属性，显示器内部使用的元器件及其类型等就是其内在属性；在 VB 中窗体对象的宽度、高度、前景颜色、背景颜色等就是窗体对象的外观属性。窗体还有一些看不到的、也不必知道的隐藏内容。封装和隐藏是对象的又一个特征。有的对象也可以包含其他的对象，如显示器上可以有按键、显示屏等。

2．属性的设置方法

（1）设计阶段在属性窗口中进行设置

属性值不同，设置新属性的方式也不一样，通常有以下 3 种：

① 直接输入新属性值，例如 Caption（标题）、Text（文本）等属性都必须由用户输入。

② 选择输入，即通过下拉列表选择所需要的属性值，例如 Visible（可见性）、BackColor（背景色）等属性设置框的右端会显示下拉键，必须从下拉列表中选择属性值。

③ 利用对话框设置属性值，例如 Font（字体）、Picture（图形）等属性设置框的右端会显示省略号，即 3 个小点（…），单击这 3 个小点会弹出一个对话框，可利用这个对话框进行属性设置。

（2）在程序中用程序语句设置

一般格式如下：

对象名．属性名称=新设置的属性值

例如，假定设置窗体的标题为"你好"，可以在属性窗口找到反映窗体标题的属性 Caption，把其属性设置为"你好"；也可双击窗体，在出现的代码窗口中输入：

```
Form1.Caption="你好"
```

即把字符串"你好"赋给 Form1 窗体的标题（Caption）属性。在这里，Form1 是对象名，Caption 是属性名，而字符串"你好"是所设置的属性值。

2.1.3　对象事件

1．事件的概念

事件（Event）是由 Visual Basic 预先设置好的、能够被对象识别的动作。当系统响应用户的一些动作时，就触发了事件，例如 Click（单击）、DblClick（双击）、Load（装入）、MouseMove（移动鼠标）、Change（改变）等。例如，要求在窗体上单击鼠标，则在窗体上显示文字"VB 应用程序"。编写窗体的 Click 事件，即单击鼠标事件。

2．事件特点

① 事件是预先定义好的，能够被对象识别的动作；

② 不同的对象能够识别不同的事件；

③ 对象的事件是固定的，用户不能自行建立新的事件。

3．事件过程

响应某个事件后所执行的操作通过一段程序代码来实现，这样的一段程序代码叫做事件过程（Event Procudure）。一个对象可以识别一个或多个事件，因此可以使用一个或多个事件过程对用户或系统的事件作出响应。事件过程的一般格式如下：

```
Private Sub  对象名称_事件名称()
事件响应程序代码
…
End sub
```

"对象名称"指的是该对象的 Name 属性；"事件名称"是由 Visual Basic 预先定义好的赋予该对象的事件，而这个事件必须是对象所能识别的。Sub 指的是一个子程序过程，由 End Sub 结束。Private（私有的）指当前事件过程只能被当前窗体识别。

以显示器为例，如要想关闭显示器，必须单击其上的关闭按钮，产生一个单击按钮事件，VB 中的事件同样，例如在窗体上画一个按钮（Command1），要求程序运行后，单击（Click）按钮，窗体的标题变为"你好"：

```
Private Sub Command1_Click()
    Form1.Caption="你好"
End Sub
```

程序运行后，执行单击按钮 Command1 事件，响应事件代码改变窗体标题为"你好"。

2.1.4　对象方法

1．方法概念

方法（Method）为特殊的过程和函数，方法的操作与过程、函数的操作相同，但方法是特定对象的一部分，正如属性和事件是对象的一部分一样。

2．方法的调用格式

格式：对象名称. 方法名称

在 VB 中，允许多个对象使用同一个方法。例如 VB 提供了一个名为 Print 的方法，当把它用于不同的对象时，可以在不同的设备上输出信息。例如程序执行时，单击（事件 Click）窗体，则在窗体上输出（方法 Print）文字 "你好"，可在代码窗口写入：

```
Private Sub Form_Click()
    Form1. Print "你好"
End Sub
```

说明：对象如为当前窗体，则窗体名可省略。

3．对象方法与事件的区别

① 当用户触发某一个事件时，将响应某一事件过程，而方法不会响应某个事件过程。

② 用户一般必须编写事件过程的程序代码，但对方法的使用只能按照 VB 的约定直接调用。

③ 使用方法不同：事件写在过程开头一行，以下画线 "_" 和对象名连接，而方法写在事件过程中，以点 "." 和对象名连接。

想一想

① 对象的属性、事件、方法有什么区别？

② 观察属性窗口的各属性值，属性的值可设为哪些值？

练一练

① 在 Visual Basic 中，（　　　）被称为对象。

    A．窗体　　　　　　B．控件　　　　　　C．窗体和控件　　　　　　D．窗体、控件、属性

② 以下说法正确的是（　　　）。

    A．属性是描述对象特征的数据

    B．属性值不是数值型就是字符型

    C．对象的所有属性都可以在程序语句中进行设置

    D．可以为属性值为整数型的属性设置任意的整数值

③ 使用程序语句设置的对象属性的一般格式为（　　　）。

    A．对象名.属性名称=新设置的属性值

    B．新设置的属性值=对象名.属性名称

    C．属性名称.对象名=新设置的属性值

    D．对象名.属性值=属性名称

④ 对象的组成要素是（　　　）。

    A．函数、过程、语句　　　　　　　　B．窗体、控件、行为

    C．属性、方法、事件　　　　　　　　D．窗体、模块、控件

2.2　控　　件

窗体和控件都是 Visual Basic 中的对象，控件以图标的形式放在 "工具箱" 中。

2.2.1　标准控件

Visual Basic 6.0 的控件分为以下 3 类：

① 标准控件（也称内部控件），例如文本框、命令按钮、图片框等。启动 VB 后，内部控件就出现在工具箱中，既不能添加，也不能删除。

② ActiveX 控件，以前的版本中称为 OLE 控件或定制控件，是扩展名为.ocx 的独立文件，其中包括各种版本 Visual Basic 提供的控件和仅在专业版和企业版中提供的控件，另外还包括第三方提供的 ActiveX 控件。

③ 可插入对象。因为这些对象能添加到工具箱中，所以可把它们当作控件使用。其中一些对象支持 OLE，使用这类控件可在 VB 应用程序中控制另一个应用程序（如 Microsoft Word）的对象。

启动 VB 后，工具箱中列出的是标准控件，如图 2-1 所示。各标准控件的作用如表 2-1 所示。

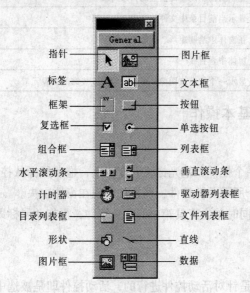

图 2-1　标准控件

表 2-1　标准控件的作用

名　　称	作　　　　用
指针	不是一个控件，只有在选择 Pointer 后，才能改变窗体中控件的位置和大小
PictureBox（图片框）	用于显示图像，包括图片或文本。可以装入位图（Bitmap）、图标（Icon）以及.wmf、.gif 等各种图形格式的文件，或作为其他控件的容器（父控件）。其控件值（默认属性）为 Picture：加载图片
Label（标签）	可以显示（输出）文本信息，但不能输入文本。其控件的值为 Caption:在标签中显示标题
TextBox（文本框）	可输入文本的显示区域，既可输入也可输出文本，并可对文本进行编辑。其控件的值为 Text：用于在文本框中显示标题
Frame（框架）	组合相关的对象，将性质相同的控件集中在一起
CommandButton（命令按钮）	用于向 Visual Basic 应用程序发出指令，当单击此按钮时，可执行指定的操作
CheckBox（复选框）	又称检查框，用于多重选择
OptionButton（单选按钮）	又称录音机按钮，用于表示单项的开关状态

名　　称	作　　用
ComboBox（组合框）	用户提供对列表的选择，或者允许用户在附加框内输入选择项。它把 TextBox（文本框）和 ListBox（列表框）组合在一起，既可选择内容，又可进行编辑
ListBox（列表框）	用于显示可供用户选择的固定列表
HscrollBar（水平滚动条）	用于表示在一定范围内的数值选择。常放在列表框或文本框中来浏览信息，或用来设置数值输入
VscrollBar（垂直滚动条）	用于表示在一定范围内的数值选择。可以定位列表，作为输入设备或速度、数量的指示器
Timer（计时器）	在给定的时刻触发某一事件
DriveListBox（驱动器列表框）	显示当前系统中的驱动器列表
DirListBox（目录列表框）	显示当前驱动器磁盘上的目录列表
FileListBox（文件列表框）	显示当前目录中文件的列表
Shape（形状）	在窗体中绘制矩形、圆等几何图形
Line（直线）	窗体中画直线
Image（图像框）	显示一个位图式图像，可作为背景或装饰的图像元素

2.2.2　控件的画法和基本操作

1．控件画法

① 单击工具箱中的一个控件，把光标移到窗体上，拖动鼠标从控件左上角到右下角。

② 双击工具箱中某个所需要的控件，该控件出现在窗体中央。

③ 按住【Ctrl】键的同时单击工具箱中的某个控件，再拖动鼠标即可画出多个控件。

2．控件的基本操作

（1）选择控件

用户对控件的操作都是针对活动控件进行的，活动控件即是被选中的控件，标志为控件周围出现 8 个控制点，当窗体上有多个控件时，最多只能有 1 个控件是活动的。其操作方法如下：

① 刚画完一个控件，该控件为活动控件。

② 单击控件，该控件即变为活动的。

③ 也可用【Tab】键改变控件焦点。

④ 同时选择多个控件：按住【Ctrl】键或【Shift】键，单击要选的控件或在窗体上画一个虚框，框住的所有控件即可被选中。

（2）控件的移动和缩放

① 移动：可用鼠标直接拖动控件到所需的位置；或先选中要移动的控件，按住【Ctrl+方向箭头】键；也可在"属性"窗口改变 Top 和 Left 属性。

② 缩放：选定要缩放的控件，用鼠标拖动四周的控制点；或选定控件后按【Shift+方向箭头】键也可改变控件的大小；或在"属性"窗口改变 Height 和 Width 属性。

（3）控件的复制和删除

① 复制：选择要复制的控件，执行"编辑"菜单下的"复制"命令，即将控件复制到剪贴板上，再执行"编辑"菜单下的"粘贴"命令，此时出现一个对话框，提示"已有一个同样的控

件，创建一个控件数组吗？"，单击"否"按钮，就把此控件复制到窗体的左上角。

② 删除：选择要删除的控件，然后按【Del】键。

练一练

① 用各种控件在窗体上作个人简介界面。

② 仿照见过的登录界面，在窗体上自己制作一登录界面。

2.3　窗　　体

窗体是一块"画布"，在窗体上可以直观地建立应用程序。在设计程序时，窗体是程序员的"工作台"，而在运行程序时，每个窗体对应于一个窗口。

窗体是 VB 中的对象，具有自己的属性、事件和方法。

2.3.1　窗体的结构与属性

1. 窗体结构

VB 窗体结构（见图 2-2）与其他 Windows 环境下的窗口十分类似，具有以下结构：

① 窗体的标题（Caption）。

② 系统控制框（ControlBox）：用于显示控制菜单。

③ 控制按钮：最大化（MaxButton）、最小化（MinButton）、关闭按钮分别可最大化窗体、最小化及关闭窗体。

2. 窗体属性

窗体属性决定了窗体的外观和操作。可以用两种方法来设置窗体属性：一是通过属性窗口设置；二是在窗体事件过程中

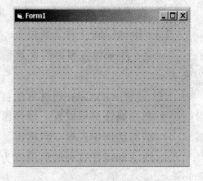

图 2-2　窗体结构

通过程序代码设置。大部分属性既可以通过属性窗口设置，也可以通过程序代码设置，而有些属性只能用程序代码或属性窗口设置。通常把只能通过属性窗口设置的属性称为"只读属性"。Name（名称）就是只读属性。

下面列出窗体的常用属性。这些属性适用于窗体，同时也适用于其他对象。

（1）Name（名称）

功能：用来设置对象的名称。用 Name 属性定义的名称是在程序代码中使用的对象名。该属性适用于窗体、所有控件、菜单及菜单命令。

注意：

① Name 是只读属性，在运行时，对象的名称不能改变；② 在属性窗口中，Name 属性通常作为第一个属性条，并写作"（名称）"；③ 在 VB 6.0 版中 Name 属性值必须是字母或汉字开头，可由字母、数字、汉字、下画线组成。

（2）Caption（标题）

功能：用来定义窗体标题。启动 VB 或者执行"工程"菜单中的"添加窗体"命令后，窗体使

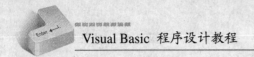

用的是默认标题（如 Forml、Form2…），用 Caption 属性可以把窗体标题改为所需要的名字。

设置方法如下：

① 在属性窗口设置：选中对象，在属性窗口中找到 Caption 属性，键入新值。

② 在代码窗口设置，格式为：

```
对象.Caption[=字符串]
```

这里的"对象"可以是窗体、复选框、命令按钮、数据控件、框架、标签、菜单及单选按钮，"字符串"是要设置的标题。例如：

```
Forml.Caption="你好"
```

将把窗体标题设置为"你好"。如果省略"=字符串"，则返回窗体的当前标题。

想一想

Name 属性与 Caption 属性有什么区别？

练一练

① 分别修改窗体的 Name 属性和 Caption 属性，观察窗体的变化。

② 在窗体上画一按钮，改变其 Name 和 Caption 属性，观察按钮变化。

（3）BackColor（背景颜色）

功能：用来设置窗体的背景颜色。颜色默认值是一个十六进制常量，每种颜色都用一个常量来表示。

① 设置 BackColor 属性方法：

- 利用属性窗口设置。选择窗体，在属性窗口中单击 BackColor 属性条右端的箭头，在弹出的对话框中选择"调色板"，即可显示一个"调色板"，此时只要单击调色板中的某个色块，即可把这种颜色设置为窗体的背景色。

注意：此方法在程序运行前，颜色就已经改了。

- 在代码窗口中设置。颜色可用十六进制常量表示，也可用 VB 中的预定义常量或 QB 预定义常量表示。

【例 2.1】要求在程序运行后单击窗体，则其背景色变为蓝色，可在代码窗口写代码：

```
Private Sub Form_Click()
    Form1.BackColor=vbBlue
End Sub
```

② VB 提供的四种在程序中设置颜色的方法：

- 直接用三种原色值设置，格式为：

```
&HBBGGRR
```

其中，&H 表示十六进制，BB 代表蓝色（00～FF），GG 代表绿色（00～FF），RR 代表红色（00～FF），将代表的原色组合，即可表示一种相应的 VB 颜色。例如：

```
&HFFFFFF 代表白色
&H808080 代表灰色
&HFF0000 代表蓝色
```

- VB 常量：如 VbRed 为红色；VBGreen 为绿色；VBBlue 为蓝色。
- RGB 函数：RGB 函数是 VB 提供的一个颜色函数，R、G、B 分别代表红色、绿色、蓝色，其语法格式如下所述。

变量=RGB(red,green,blue)

其中，red、green、blue 取值均为一个 0~255 之间的整数，值越大，表示在混合的颜色中，此种颜色越亮。RGB 返回一个长整数，表示混合的新颜色值，表 2-2 为几种常见的用 RGB 表示的标准颜色。

表 2-2　RGB 颜色

颜　　色	十六进制表示	RGB 函数
黑色	&H0	RGB(0,0,0)
红色	&HFF	RGB(255,0,0)
绿色	&HFF00	RGB(0,255,0)
黄色	&HFFFF	RGB(255,255,0)
蓝色	&HFF0000	RGB(0,0,255)
洋红色	&HFF00FF	RGB(255,0,255)
青色	&HFFFF00	RGB(0,255,255)
白色	&HFFFFFF	RGB(255,255,255)

例 2.1 的程序使用 RGB 函数可改为：

```
Private Sub Form_Click()
    Form1.BackColor=RGB(0,0,255)
End Sub
```

- QBColor 函数：其语法格式如下所述。

变量=QBColor(颜色值)

其中颜色值是一个 0~15 间的整数，代表 16 种颜色，如表 2-3 所示。

表 2-3　QBColor 函数

颜　　色	数　　值	颜　　色	数　　值
黑色	0	灰色	8
蓝色	1	淡蓝色	9
绿色	2	淡绿色	10
青蓝色	3	淡青蓝色	11
红色	4	淡红色	12
紫红色	5	淡紫红色	13
黄色	6	淡黄色	14
白色	7	亮白色	15

例 2.1 程序使用 RGB 函数可改为：

```
Private Sub Form_Click()
    Form1.BackColor=QBColor(1)
End Sub
```

（4）ForeColor（前景颜色）

功能：用来定义文本或图形的前景颜色，其设置方法及适用范围与 BackColor 属性相同。窗体上由 Print 方法输出（显示）的文本均按用 ForeColor 属性设置的颜色输出。此属性可在属性窗口中修改也可在代码窗口中修改。

【例 2.2】 单击窗体，在窗体上输出红色文字"你好"。

```
Private Sub Form_Click()
    Form1.ForeColor=vbRed
    Form1.Print "你好"
End Sub
```

练一练

① BackColor 属性与 ForeColor 属性有什么区别？

② 在窗体上画一文本框，改变其 BackColor 和 ForeColor 属性，观察变化；程序运行后，如单击窗体，文本框背景色变为蓝色，前景色变为黄色。

（5）字形属性设置

功能：用来设置输出字符的各种特性，包括字体、大小等。这些属性适用于窗体和大部分控件，包括复选框、组合框、命令按钮、目录列表框、文件列表框、驱动器列表框、框架、网格、标签、列表框、单选按钮、图片框、文本框及打印机。字形属性可以通过属性窗口设置，也可以通过程序代码设置。

其设置方法如下：

① 在属性窗口设置，选中对象，改变属性窗口的 Font 属性。

② 在代码窗口设置：

● 字体属性（FontName），格式如下：

`对象.FontName[="字体类型"]`

例如：

`Form1.FontName="隶书"`

● 字体大小（FontSize），格式如下：

`对象.FontSize[=点数]`

例如：

`Form1.FontSize=20`

● 粗体字（FontBold），格式如下：

`对象.FontBold [=Boolean]`

当 FontBold 属性被设置为 True 时，文本以粗体显示，否则正常显示。例如：

`Form1.FontBold=true`

● 斜体字（FontItalic），格式如下：

`对象.FontItalic [=Boolean]`

当 FontItalic 属性被设置为 True 时，文本以斜体显示，否则正常显示。例如：

`Form1.FontItalic=true`

● 加下画线（FontUnderline），格式如下：

`对象.FontUnderline [=Boolean]`

当 FontUnderline 属性被设置为 True 时，文本加下画线显示，否则正常显示。例如：

Form1.FontUnderline=true

● 加删除线（FontStrikethru），格式如下：

对象.FontStrikethru [=Boolean]

当 FontStrikethru 属性被设置为 True 时，文本加删除线显示，否则正常显示。例如：

Form1.FontStrikethru=true

（6）Height、Width（高、宽）

功能：Height 用来指定窗体的高度，Width 用来指定窗体的宽度，其单位为 twip，即 1 点的 1/20（1/1440 英寸）。如果不指定高度和宽度，则窗口的大小与设计时窗体的大小相同。

设置方法：

① 在属性窗口设置，选中对象，在属性窗口修改 Height 和 Width 属性值。

② 在代码窗口设置，格式如下：

对象. Height[=数值]

对象. Width[=数值]

这里的"对象"可以是窗体和各种控件，包括复选框、组合框、命令按钮、目录列表框、文件列表框、驱动器列表框、框架、网格、水平滚动条、垂直滚动条、图像框、标签、列表框、OLE、单选按钮、图片框、形状、文本框、屏幕及打印机。"数值"为单精度型，其计量单位为 twip。如果省略"=数值"，则返回"对象"的高度或宽度。

【例 2.3】设计窗体界面，使当前窗体高为 2 000，宽为 4 000。

```
Private Sub Form_Click()
    Form1.Height=2000
    Form1.Width=4000
End Sub
```

程序运行后，单击窗体，窗体高变为 2 000，宽变为 4 000。

（7）Top、Left（顶边、左边位置）

功能：这两个属性用来设置对象的顶边和左边的坐标值，用以控制对象的位置。坐标值的默认单位为 twip。

设置方法：

① 在属性窗口设置，选中对象，在属性窗口修改 Top 和 Left 属性值。

② 在代码窗口设置，格式如下：

对象.Top[=y]

对象.Left[=x]

这里的"对象"可以是窗体和绝大多数控件。当"对象"为窗体时，Left 指的是窗体的左边界与屏幕左边界的相对距离，Top 指的是窗体的顶边与屏幕顶边的相对距离；而当"对象"为控件时，Left 和 Top 分别指控件的左边和顶边与窗体的左边和顶边的相对距离，如图 2-3 所示。

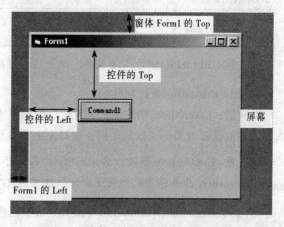

图 2-3 窗体、控件的 Top 和 Left 属性

【例 2.4】单击窗体，将窗体移到距屏幕顶部 5 000，距屏幕左边 2 500 的位置。

```
Private Sub Form_Click()
    Form1.Top=5000
    Form1.Left=2500
End Sub
```

（8）Visible（可见性）

功能：设置对象是否可见。

设置方法：

① 在属性窗口设置，值有两个，分别为 True（可见）和 False（不可见）。

② 在代码窗口设置，格式为：

对象.Visible[=Boolean 值]

对象可以是窗体和任何控件，默认值为 True。

注意：只有在运行时，此属性才起作用，即如把对象的 Visible 设为 False，在设计阶段仍可见，运行时对象才消失。

【例 2.5】程序运行后，单击窗体，窗体消失。

```
Private Sub Form_Click()
    Form1.Visible=False
End Sub
```

（9）BorderStyle（边框类型）

功能：用来确定窗体边框的类型，可设置为 6 个预定义值之一，如表 2-4 所示。

表 2-4　窗体边框类型

设 置 值	作　　　　用
0-None	窗体无边框
1-FixedSingle	固定单边框。可以包含控制菜单框、标题栏、"最大化"按钮和"最小化"按钮，其大小只能用"最大化"和"最小化"按钮改变
2-Sizable	（默认值）可调整的边界。窗体大小可变，并有标准的双线边界
3-FixedDialog	固定对话框。可以包含控制菜单框和标题栏，但没有最大化和最小化按钮。窗体大小不变（设计时设定），并有双线边界
4-FixedToolWindow	固定工具窗口。窗体大小不能改变，只显示关闭按钮，并用缩小的字体显示标题栏
5-SizableToolWindow	可变大小工具窗口。窗体大小可变，只显示关闭按钮，并用缩小的字体显示标题栏，在运行期间，BorderStyle 属性是"只读"属性

注意：BorderStyle 为只读属性；此属性还可用于多种控件。

（10）ControlBox（控制框）

功能：ControlBox 属性用来设置窗口控制框（也称系统菜单，位于窗口左上角）的状态。当该属性被设置为 True（默认）时，窗口左上角会显示一个控制框。

注意：ControlBox 属性与 BorderStyle 属性有关系。如果把 BorderStyle 属性设置为"0-None"，则 ControlBox 属性将不起作用（即使被设置为 True）。ControlBox 属性只适用于窗体。

（11）MaxButton、MinButton（最大、最小化按钮）

功能：用来显示窗体最大、最小化按钮。如果希望显示最大或最小化按钮，则应将两个属性设置为 True。

注意：如果 BorderStyle 属性被设置为 "0-None"，则这两个属性将被忽略。该属性只适用于窗体。

（12）Icon（图标）

功能：用来设置窗体最小化时的图标。通常把该属性设置为.ICO 格式的图标文件，当窗体最小化（WindowState=1）时显示为图标。

设置方法：

① 在设计阶段设置该属性，可以从属性窗口的属性列表中选择该属性，然后单击设置框右端的 "…"，再从显示的 "加载图标" 对话框中选择一个图标文件。

② 用程序代码设置该属性，则需使用 LoadPicture 函数或将另一个窗体图标的属性赋给该窗体的图标属性（该属性只适用于窗体，包括 SDI 和 MDI 窗体）。

（13）WindowState（窗口状态）

功能：用来设置窗体的操作状态。

设置方法：可以用属性窗口设置，也可以用程序代码设置。设置格式如下：

对象. WindowState[=设置值]

这里的 "对象" 只能是窗体，"设置值" 是一个整数，取值为 0、1、2，代表的操作状态分别为：

0——正常状态，有窗口边界；

1——最小化状态，显示一个示意图标；

2——最大化状态，无边界，充满整个屏幕。

（14）CurrentX、CurrentY 属性

功能：将对象的下一次输出的零坐标指定为现在坐标的数值指定处。如果不使用赋值，则返回当前输出的位置。

设置格式：

[对象.]CurrentX=数值

[对象.]CurrentY=数值

【例 2.6】观察下列程序的运行结果。

```
Private Sub Form_Click()
  Form1.CurrentX=1000
  Form1.CurrentY=1000
  Print "欢迎使用VB"
End Sub
```

说明：语句 "Form1.CurrentX=1000" 为把对象窗体的当前 X 坐标设为 1 000，"CurrentY" 为把当前 Y 坐标设为 1 000。

（15）ScaleWidth、ScaleHeight 属性

功能：数值为指定对象的总单位个数。省略数值，返回对象的宽度和高度。

设置格式：

[对象.]ScaleWidth=数值

[对象.]ScaleHeight=数值

【例 2.7】测试打印的字符串的高度和宽度。

```
Private Sub Form1_Click()
    Print Form1.ScaleWidth
    Print Form1.ScaleHeight
End Sub
```

2.3.2　窗体事件

窗体能触发的事件有 30 多种，其中常用的有：

（1）Click（单击）事件

Click 事件是单击鼠标左键时发生的事件。程序运行后，当单击窗口内的某个位置时，VB 将调用窗体事件过程 Form_Click()。

注意：单击的位置必须没有其他对象（控件），如果单击窗体内的控件，则只能调用相应控件的 Click 事件过程，不能调用 Form_Click 过程。

（2）DblClick（双击）事件

程序运行后，双击窗体内的某个位置，VB 将调用窗体事件过程 Form_DblClick。"双击"实际上触发两个事件，第一次单击鼠标产生一个 Click 事件，第二次单击产生 DblClick 事件。

（3）Load（装入）事件

在装载一个窗体时触发 Load 事件，可以用来在启动程序时对属性和变量进行初始化。在装入窗体后，如果运行程序，将自动触发该事件。

（4）Unload（卸载）事件

当从内存中清除一个窗体（关闭窗体或执行 Unload 语句）时触发该事件。如果重新装入该窗体，则窗体中所有的控件都要重新初始化。

（5）Initialize 事件

该事件是程序运行时发生的第一个事件，它发生在 Load 之前，此事件的主要作用是初始化变量。

（6）Activate（活动）、Deactivate（非活动）事件

当窗体变为活动窗口时触发 Activate 事件，而在另一个窗体变为活动窗口前触发 Deactivate 事件。通过操作可以把窗体变为活动窗口，例如单击窗体或在程序中执行 Show 方法等。

练一练

① 为了在运行时能显示窗体左上角的控制框（系统菜单），必须（　　　）。

　　A. 把窗体的 ControlBox 属性设置为 False，其他属性任意

　　B. 把窗体的 ControlBox 属性设置为 True，并且把 BorderStyle 属性设置为 1～5

　　C. 把窗体的 controlBox 属性设置为 False，同时把 BorderStyle 属性设置为非 0 值

　　D. 把窗体的 ControlBox 属性设置为 True，同时把 BorderStyle 属性设置为 0 值

② 如下程序代码说明（　　　）。

```
Command1.Top=1000
Command1.Left=500
```

　　A. Command1 对象的左边界距离屏幕的左边界 500，上边界距离屏幕的上边界 1000

B. Command1 对象的左边界距离窗体的左边界 500，上边界距离窗体的上边界 1 000

C. Command1 对象的高度为 1 000，宽度为 500

③ 在以下属性中，每个对象都具有的属性是（　　）。

　　A. Index　　　　　　B. Enable　　　　　C. Caption　　　　　D. Name

④ 从窗体的属性窗口的 BorderStyle 属性下拉列表中选择 1-Fixed Single，但是运行时却没有最大化和最小化按钮，则可能的原因是（　　）。

　　A. 窗体的 BorderStyle 属性值设置为 1-Fixed Single 将禁止最大化和最小化按钮

　　B. 窗体的 MaxButton 和 MinButton 属性值都设置为 False

　　C. 窗体的 Enabled 属性值设置为 False

　　D. 运行时窗体可以用拖动边框的方式改变大小

⑤ 窗体的 Icon 属性用来设置窗体最小化时的图标，通常将该属性设置为（　　）格式的文件。

　　A. .ico　　　　　　B. .img　　　　　　C. .tif　　　　　　D. .bmp

⑥ 要改变窗体 Form1 的背景色及前景色，请将下列程序补充完整。

```
Private sub form_click()
    _____
    _____
End sub
```

2.3.3　窗体的方法

1. Print 方法

（1）Print 方法的介绍

功能：Print 方法用来输出文本和表达式的值。

格式：[对象名称.]Print [表达式表][,|;]

对象名称：窗体（Form）、图片框（PictureBox）、打印机（Printer）、立即窗口（Debug）。

表达式表：是要输出的表达式或变量，使用 "," 或 ";" 分隔，如果无表达式，则输出一个空行。Print 方法先进行表达式的运算，将结果输出。

"," 分隔，输出为标准格式，以 14 个字符为一个区段，一个区段放置一个表达式结果。

";" 分隔，输出为紧凑格式，输出时两个字符串相连，而数值结果前边有一个符号位，后面有一个空格。当一句末尾无 ";" 或 "," 时，下一次 Print 方法执行输出将放在下一行；如果有 ";" 或 ","，下一次 Print 方法的结果输出则在下个区段或下一位置输出。

【例 2.8】观察执行下面语句后，窗体上输出什么结果。

```
Private Sub Form_Click()
    Form1.Print "欢迎使用", "Visual Basic"
    Form1.Print "欢迎使用"; "Visual Basic"
    a=3
    b=4
    Print a, b, "a + b=", a + b
    Print a; b; "a + b="; a + b
End Sub
```

说明：

① 若 Print 的表达式为 "字符串" 时，其内容原样输出。

② Print 方法具有计算和输出双重功能，并且先计算后输出。

练一练

输入下列程序段，查看输出结果，然后将所有的分号换成逗号，观察二者格式的区别。

```
Private Sub Form_Click()
    Print " + "; 1; 2; 3; 4; 5
    Print 1; 1 + 1; 1 + 2; 1 + 3; 1 + 4; 1 + 5
    Print 2; 1 + 2; 2 + 2; 2 + 3; 2 + 4; 2 + 5
    Print 3; 1 + 3; 3 + 2; 3 + 3; 3 + 4; 3 + 5
    Print 4; 1 + 4; 4 + 2; 4 + 3; 4 + 4; 4 + 5
    Print 5; 1 + 5; 2 + 5; 3 + 5; 4 + 5; 5 + 5
End Sub
```

（2）Print 方法中使用的函数

- Tab 函数

格式：Tab(n)

功能：把光标移到由参数 n 指定的位置。Tab 函数后面要用";"与其后的内容分开。

说明：

① 如果当前行上的打印位置大于 n，则 Tab 将打印位置移动到下一个输出行的第 n 列上。

② 如果 n 小于 1，则 Tab 将打印位置移动到列 1。

③ 如果 n 大于输出行的宽度，则 Tab 函数使用以下公式计算下一个打印位置：

n Mod 输出行的宽度

【例 2.9】观察下列程序输出结果

```
Private Sub Form_Click()
    Print Tab(2); "姓名"; Tab(8); "年龄"; Tab(14); "成绩"; Tab(2); "王一"
End Sub
```

练一练

请编写程序输出用 "*" 组成的下列图形和文字：

（1）菱形；（2）"大"字。

- Spc 函数

格式：Spc(n)

功能：光标跳过 n 个空格

说明：

① 如果 n 小于输出行的宽度，则下一个打印位置将紧接在这个已打印的空白之后。

② 如果 n 大于输出行的宽度，则 Spc 利用下列公式计算下一个打印位置：

当前位置+（n Mod 输出行的宽度）

- 空格函数

格式：Space$(n)

功能：产生 n 个空格的字符串。

说明：Space 函数与 Spc 函数的区别是，主要前者可用于表达式，后者不行。

练一练

使用上面函数，对齐格式，输出乘法口诀表。

- 格式输出函数

格式：Format$(数值表达式,格式字符串)

功能：使用格式输出函数 Format$可以使数值或日期按指定格式输出。

格式说明字符如表 2-5 所示。

表 2-5　格式说明字符

字　符	作　　　用
#	表示数字位，个数决定了显示区段的长度。多余的位不在前面或后面补零，按原样显示
0	与"#"功能相同，多余的位补零
.	显示小数点。可放在区段任何地方，小数部分多余的数字按四舍五入处理
,	千分位分隔符，可放在小数点左边任何位置（除了开头和紧靠小数点）
%	放在格式字符串尾部，用来输出百分号
$	美元符号，放在起始位置，在所显示的数值前加一个"$"
-、+	放在格式字符串的头部，使显示的数带上"+"、"-"号
E+、E-	用指数形式显示数值

【例 2.10】观察下列程序的显示结果。

```
Private Sub Form_Click()
    Print Format$(348.52,"$###.00"),Format(Now,"hh:mm AM/PM")
    Print Format$(1348.52,"$0,000.00"),Format(Now,"ttttt")
    Print Format$(0.52,"##%"),Format(0.05,"00%")
    Print Format(348.52,"###.00"),Format(Now,"hh:mm AM/PM")
End Sub
```

2. Cls 方法

格式：[对象.]方法

功能：清除运行时由 Print 方法或图形方法在 Form 或 PictureBox 所显示的图形和文本。而使用 Picture 属性设置的图形不受此方法影响，若清除 Picture 属性的图片应使用 LoadPicture 函数清除图片。

3. Move 方法

格式：[对象.]Move　左边距离[,上边距离[,宽度[,高度]]]

功能：用以移动 MDIForm、Form 或控件，并且可以指定它的宽高。

注意：只有左边距离参数是必须的。

【例 2.11】要求程序运行后，单击窗体，窗体向右移动，每次移动 200twip。

```
Private Sub Form_Click()
    Form1.Move Form1.Left + 200
End Sub
```

【例 2.12】程序运行后，单击窗体，可使窗体移到屏幕左上角。

```
Private Sub Form_Click()
    Form1.Move 0,0
End Sub
```

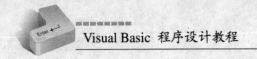 练一练

要求程序运行后，单击窗体，可使窗体移到屏幕右上角。（用两种方法实现）

4. TextHeight 和 TextWidth 方法

格式：变量=[对象.]TextHeitht(字符串)
   变量=[对象.]TextWidth(字符串)

功能：TextHeitht 用以返回一个文本字符串的高度，TextWidth 用以返回一个文本字符串的宽度。

【例 2.13】测试打印的字符串的高度和宽度，设置位置输出在窗口的中央。

窗体上设置两个按钮，名称分别为 C1 和 C2，标题分别为 "清除" 和 "显示"。 要求程序运行后，单击 "清除" 按钮，窗体清空，单击 "显示" 按钮，字符串居中显示。

程序如下：

```
Private Sub C1_Click()
    Form1.Cls
End Sub
----------------------------------------
Private Sub C2_Click()
    CurrentX=(ScaleWidth - TextWidth("Hello!"))/2
    CurrentY=(ScaleHeight - TextHeight("Hello!"))/2
    Print "Hello!"
End Sub
```

2.3.4   多重窗体

前面的程序都是一个窗体，在实际应用中，一个窗体往往不能满足需要，一般通过多重窗体实现。在多重窗体程序中，每个窗体有自己的界面和程序代码，完成不同的操作。

1. 多窗体基本操作

（1）添加窗体

当新建了一个 VB 应用程序，就建立了一个窗体，如果建立多窗体，可选择 "工程" 菜单下的 "添加窗体" 命令或单击工具栏上的 "添加窗体" 命令。新添加的窗体名称分别为 Form2、Form3 等。多窗体与单窗体程序设计中代码编写类似，但注意多个窗体间的联系。

（2）删除窗体

从工程中删除窗体方法：

① 先选择要删除的窗体，再选择 "工程" 菜单下的 "移除" 命令；

② 也可在选中的窗体上右击，在弹出的菜单中选择 "移除" 命令。

（3）设置启动窗体

在运行程序时，首先运行多窗体中的一个窗体，该窗体成为启动窗体，系统默认将第一个建

立的窗体作为启动窗体。用户可以根据需要设定启动窗体。方法为：

① 选择"工程"菜单下的"工程属性"，弹出"工程属性"对话框（见图 2-4），在"通用"选项卡的"启动对象"下拉列表中选一个启动窗体。

② 也可在"工程资源管理器"的选定的工程上右击，在弹出的菜单中选择"工程属性"命令。

（4）保存窗体

注意每一个窗体都需存盘，保存在扩展名为.frm 的窗体文件中。方法：选择"文件"菜单下的"保存"或"另存为"命令。

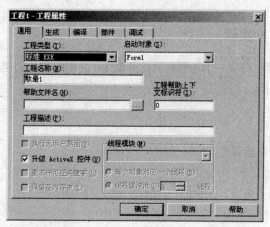

图 2-4　工程属性

2．与多重窗体有关的方法和语句

（1）Show 方法

格式：[窗体名称.]Show [模式]

功能：显示一个窗体，省略窗体名，则显示当前窗体。"模式"用来确定窗体的状态，可取值 0 和 1，取值为 1，表示窗体为"模态型"窗体，取值为 0，表示窗体为"非模态"窗体。

注意：Show 方法有装入和显示两种功能。

【例 2.14】添加窗体，名称分别为 Form1 和 Form2，启动窗体为 Form1，要求程序运行后，单击 Form1，则 Form2 显示。

```
Private Sub Form_Click()
  Form2.Show
End Sub
```

（2）Hide 方法

格式：[窗体名称.]Hide

功能：使窗体隐藏，不显示，但仍在内存中。

【例 2.15】启动窗体为 Form1，要求程序运行后，单击 Form1 则其隐藏。

```
Private Sub Form_Click()
  Form1.Hide
End Sub
```

（3）Load 语句

格式：Load 窗体名称

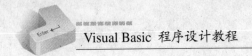

功能：可把一个窗体装入内存，但没显示。执行 Load 后，可以引用窗体中的控件及各种属性，但窗体没有显示。

（4）Unload 语句

格式：Unload 窗体名称

功能：清除内存中指定的窗体。

2.4　VB 程序的开发和保存

2.4.1　VB 程序的开发步骤

在 VB 中一个应用程序对应一个工程，因此开发 VB 应用程序从创建工程开始。在 VB 中开发应用程序的步骤大致可分为：

① 创建工程。

② 添加窗体和模块。

③ 设计界面及设置对象属性。

④ 编写代码。

⑤ 调试程序和编译工程。

⑥ 生成安装程序。

1．创建工程

创建工程方法如下：

① 在刚启动 VB 时，在"新建工程"对话框中选一个图标（初学者常常选标准 EXE）后，单击"打开"按钮；

② 启动 VB 后，可选"文件"菜单下的"新建工程"命令，也可打开"新建工程"对话框，从中选一个图标后，单击"打开"按钮。

默认工程文件名是：工程 1，可以通过该工程的"属性窗口"改名，工程中有一个默认的窗体，新建窗体的名称属性和标题属性均为"Form1"，可以通过该窗体的属性窗口将窗体改名。

用"文件"菜单中的"移除工程"命令可从一个工程组中删除一个工程。

2．添加窗体和模块

如需要多个窗体和其他代码模块的工程，可选择"工程"菜单中的"添加窗体"、"添加 MDI 窗体"、"添加模块"和"添加类模块"命令为工程添加窗体和模块，新加的窗体名默认分别为 Form2、Form3 等。

3．界面设计及属性设置

窗体界面的设计包括窗体自身的大小和颜色以及窗体使用的图标等的设计；还包括在窗体上添加控件，以及控件外观的设计和控件在窗体上的布局等。

界面设置好之后，在属性窗口设置对象的属性。其设置步骤如下：

① 打开属性窗口，可单击"视图/属性窗口"或单击工具栏上的"属性窗口"按钮。

② 选中需改变属性的控件，激活属性窗口，改变相应的属性。

4. 编写代码

编写代码常是事件过程即通用过程的程序代码，双击窗体或其上的任何一个对象均可打开代码编辑器窗口；也可单击工程资源管理器的"查看代码"按钮。

5. 调试程序及编译工程

编写完代码，需选择"运行/启动"命令，或单击工具栏上的"运行"按钮或按【F5】键来运行程序以进行编译和调试，如程序编译错误，则会出现调试对话框，如图 2-5 所示，并指出错误的语句及出错原因。

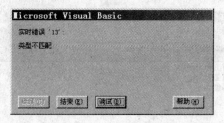

图 2-5 调试对话框

用户可单击"调试"按钮，程序回到代码窗口，出错行用其他颜色表示，以便调试。

6. 生成安装程序

程序编译完运行一切正常，可选择"文件"菜单中的"生成工程 1.exe"命令生成可在 Windows 下直接运行的可执行文件.exe 程序。

2.4.2 程序的保存、装入

1. 保存工程

选择"文件"菜单中的"保存工程"或"工程另存为"命令或单击工具栏中的"保存"按钮，如工程尚未存过盘，系统将会弹出"文件另存为"对话框（见图 2-6），需要在打开的对话框中设置每一个将要存盘的文件的名称和路径，包括此工程中的所有窗体和模块等，然后系统会弹出"工程另存为"对话框，同样设置工程的存盘路径和文件名，单击"保存"按钮。一般先保存窗体和模块后保存工程。

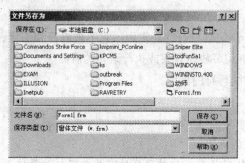

图 2-6 "文件另存为"对话框

将工程或工程组存盘后，VB 把一个工程组保存为一个扩展名为 vbg 的文件，工程、窗体、模块和类模块存盘后的扩展名分别是 vbp、frm、bas 和 cls。

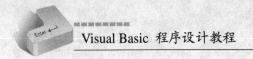

2．程序的装入

一个应用程序常常包含 4 类文件，即窗体文件、标准模块文件、类模块文件、工程文件，并且都有自己的文件名，但不管要装入哪类文件，只要装入工程文件，就可以自动把与该工程有关的其他文件装入内存。

3．打开工程

打开一个保存在磁盘上的工程或工程组可以选择"文件"菜单中的"打开工程"命令，单击工具栏中的按钮或按快捷键【Ctrl+O】，将弹出"打开工程"对话框，如图 2-7 所示。

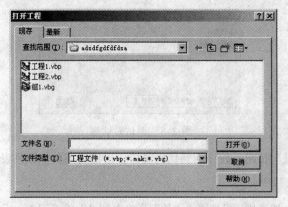

图 2-7 "打开工程"对话框

对话框中的"最新"选项卡，显示最近建立的文件；"现存"选项卡，则可以在整个磁盘上查找、选择要打开的工程文件的位置即工程文件名，当选择了一个工程文件后，单击"打开"按钮即可。

2.4.3 VB 常用语句

1．注释语句

功能：为了提高程序的可读性，通常在程序的适当位置加上必要的注释。VB 中的注释是"Rem"或一个撇号"'"。

格式：Rem 注释内容
　　　　'注释内容

说明：

① 注释语句是非执行语句，只有注释作用。它不被解释和编译，任何字符都可以放在注释行中作为注释内容。注释语句可放在开头或执行语句的后面。

② 注释语句不能放在续行符的后面。

练一练

① 下列叙述中不正确的是（　　）。

A. 注释语句是非执行语句，仅对程序的有关内容起注释作用，它不被解释和编译

B. 注释语句可以放在代码中的任何位置

C. 注释语句不能放在续行符的后面

D. 代码中加入注释语句的目的是提高程序的可读性

② VB 语句中，REM 定义的是（　　　）。

　　A. 恢复语句　　　　B. 重新编行号　　　　C. 改名语句　　　　D. 注释语句

2．中断语句（Stop）

功能：Stop 语句用来暂停程序的执行，把解释程序置为中断（Break）模式。作用类似于执行"运行"菜单中的"中断"命令，当执行 Stop 语句时，将自动打开立即窗口。

执行中断后，以便对程序进行检查和调试，当程序调试结束后，生成可执行文件前，应删去代码中的所有 Stop 语句。

3．结束语句（End）

功能：用来结束一程序的执行，可把它放在事件过程中。例如：

```
Sub Command1_Click()
    End
End Sub
```

说明：当单击鼠标时，结束程序的运行。

4．赋值语句（Let）

功能：用来把指定的值赋给某个变量或某个带有属性的对象。

格式：[Let]目标操作符=源操作符

说明：Let 可以省略，"源操作符"包括变量、表达式、常量及带有属性的对象；"目标操作符"指变量和带有属性的对象；"="为赋值号。通俗地讲，此语句功能为把"源操作符"的值赋给"目标操作符"。例如：

```
sum=3                  '把数值 3 赋给变量 sum
bt="VB 简介"           '把字符串"VB 简介"赋给变量 bt
name=Text1.text        '把文本框 Text1 的内容赋给变量 name
Text2.text=Text1.text  '把文本框 Text1 的内容赋给文本框 Text2
```

说明：

① 赋值语句兼有计算和赋值功能，一般先计算后赋值。例如：

```
sum=2                  '把数值 2 赋给变量 sum
ji=sum*3               '先计算 sum*3 的值，再把结果赋给变量 ji
```

② "目标操作符"和"源操作符"的类型必须一致。例：不能把字符串常量的值赋给整型变量，即如把一个变量 a 定义为整型变量，就是变量 a 的内部规定只能存放整数，但如把一个字符串赋给 a，将会出现类型不匹配。（具体数据类型见第 3 章）

③ 一般一句写一行，也可多个语句放在一行，但语句中间必须用冒号分隔。例如：

```
a=2:b=3:c=4
```

练一练

① 下列语句中正确的是（　　　）。

　　A. text1.text+text2.text=text3.text　　　　B. command1.name=cmdok

　　C. 12label.caption=1234　　　　D. text1.caption="123"

　　E. text3.text=text1.text+text2.text

② 以下（　　　）程序段可以实施 x、y 变量值的变换。

    A. y=x:x=y   B. z=x:y=z:x=y   C. z=x:x=y:y=z   D. z=x:w=y:y=z:x=y

2.4.4　VB 语句的约定

1. VB 语句约定

VB 中每个语句以【Enter】键结束。VB 按自己的约定对语句进行简单的格式化处理，命令词的第一个字母大写，运算符前后加空格，在输入语句时，命令词、函数等可以不必区分大小写。

一般，输入程序时要求一行一句，一句一行。但 VB 允许使用复合语句行，即把几个语句放在一行中，各语句间用冒号（:）隔开。一个语句行的长度最多不能超过 1 023 个字符，在输入程序时，可通过续行符把程序分别放在几行中，VB 中使用的续行符是下画线（_）。续行符与它前面的字符间至少要有一个空格。在同一行内，续行符后面不能加注释。

2. VB 的命名约定

在编写 VB 代码时，要声明和命名许多元素（Sub 和 Function 过程、变量、常数等）。在 VB 代码中声明的过程、变量和常数的名字，必须遵循以下规则：

① 必须以字母或汉字开头。

② 不能超过 255 个字符。控件、窗体、类和模块的名字不能超过 40 个字符。

③ 不能和 VB 的关键字同名。

VB 的关键字是语言的组成部分。其中包括预定义语句（比如 Print）、函数（比如 Sin 和 Str）和操作符（比如 And）。

 练一练

① 在一个语句行内写多条语句时，语句间用（　　　）分隔。

    A. 逗号   B. 分号   C. 顿号   D. 冒号

② 在代码编辑器中，如果一条语句太长，无法在一行内写下（不包括注释），要拆行书写，可以在行末使用续行字符（　　　），表示下一行是当前行的继续。

    A. 一个空格加一个下画线（_）   B. 一个下画线（_）

    C. 直接回车   D. 一个空格加一个连字符（-）

【例 2.16】设计界面并编写代码（见图 2-8），要求：

① 在窗体上放置 2 个文本框，名称分别为 T1 和 T2，并清空；

② 1 个按钮，名称为 C1，标题为"移动"；

③ 3 个标签，名称分别为 L1、L2、L3，标题分别为"Left"、"Top"、"欢迎使用 VB"；

④ 程序运行后，用户在文本框 T1、T2 中输入数值，单击 C1，则标签 L3 移到 T1、T2 所指定的位置；

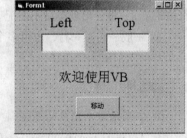

图 2-8　程序界面

⑤ 保存工程，保存在 C 盘下，窗体命名为 sjt.frm，工程命名为 sjt.vbp。

设计方法:

① 按要求建立用户界面。

- 新建工程:选择"文件"菜单下的"新建工程"命令,打开"新建工程"对话框;选择"标准 EXE 图标",单击"确定"按钮或直接双击"标准 EXE 图标",即可建立一个新的工程文件。建立工程后,自动出现一个窗体,其标题栏上显示"Form1"。
- 设计界面:在窗体上按要求放入相应控件(参照 2.2 节)。

② 设置属性。按要求选中相应控件,打开属性窗口(按【F4】键或单击工具栏上的"属性窗口"按钮),在其中找到相应属性进行修改,如表 2-6 所示。

表 2-6 各对象的属性设置

对　象	属　性	值
文本框 1	Name	T1
	Text	空
文本框 2	Name	T2
	Text	空
按钮	Name	C1
	Caption	移动
标签 1	Name	L1
	Caption	Left
标签 2	Name	L2
	Caption	Top
标签 3	Name	L3
	Caption	欢迎使用 VB

③ 编写代码。编写程序考虑程序运行后,要完成什么操作,哪一个对象会有事件被触发;触发的是什么事件;此事件执行什么操作。

根据题意,在程序运行后,用户先在文本框中输入数值,这没有事件被触发,然后,单击按钮 C1 会使 L3 移动,这是我们熟悉的"单击"事件,单击的对象是按钮 C1,事件内容为使 L3 移动。

打开代码窗口(按【F7】键或双击某一个对象均可,编写按钮的事件,最好双击按钮),如图 2-9 所示。在代码窗口自动出现事件过程开头和结尾。

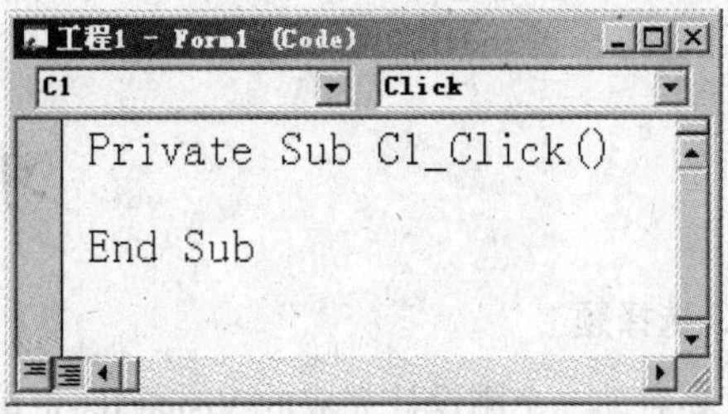

图 2-9 代码窗口

```
Private Sub C1_Click()

End Sub
```

其中 Private 表示私有的,此过程只在本模块有效,Sub 表示此过程为一子过程,C1 为对象按钮的名称,Click 为单击事件,End Sub 为结束此过程。

在其中写入代码：

```
Private Sub C1_Click()
    L3.Move T1.Text, T2.Text
End Sub
```

④ 运行程序。单击工具栏上的"启动"按钮，，或选择"工具"菜单下的"启动"命令，或按【F5】键，如程序出现错误，会出现提示，再回到代码窗口进行调试，直到正确。

⑤ 保存工程。选择"文件"菜单下的"保存工程"或"工程另存为"命令，如尚未存过盘，则出现"文件另存为"对话框，一般先存窗体，后存工程。

【例 2.17】在窗体上画一个文本框和两个命令按钮，其名称（Name）属性分别为 T1、Cmd1 和 Cmd2，要求：单击 Cm1 文本框 T1 消失，单击 Cm2 文本框 T1 出现。

分析：分别有两个事件，即单击 Cm1 事件和单击 Cm2 事件，单击 Cm1 事件代码为让 T1 消失，单击 Cm2 事件代码为让 T1 出现。

其操作步骤如下：

① 在窗体上画出一个文本框和两个命令按钮，分别设置其 Name 属性为 T1、Cm1 和 Cm2。

② 双击按钮，打开代码窗口，编写事件过程

```
Private Sub Cmd1_Click()
    T1.Visible=False
End Sub
Private Sub Cmd2_Click()
    T1.Visible=True
End Sub
```

本 章 小 结

本章主要介绍了 VB 中的几个基本概念（包括对象、事件、方法）及窗体对象的基本属性、事件、方法。通过对本章的学习，大家将熟练掌握 VB 概念及其简单属性、事件、方法的使用。下一章将介绍 VB 中的基本数据类型。

习 题 二

一、选择题

1. 要启动一个刚设计完成的 Visual Basic 6.0 程序，使用的快捷键是（　　）。
   A. F5　　　　　　　　B. Ctrl+F5　　　　　　　C. Shift+F5　　　　　　　D. F4

2. 创建新窗体的方法是（　　）。
   A. 利用标准工具箱中的窗体控件创建　　　B. 利用"工程"下拉菜单中的命令创建
   C. 由系统自动产生　　　　　　　　　　　D. 利用"工具"下拉菜单中的命令创建

3. 以下关于保存工程的说法正确的是（　　）。
   A. 保存工程时只保存窗体文件即可
   B. 保存工程时只保存工程文件即可

    C. 保存工程时，先保存工程文件后保存窗体文件

    D. 保存工程时，先保存窗体文件后保存工程文件

4. 在 Visual Basic 中，(　　　) 被称为对象。

    A. 窗体　　　　　　　B. 控件　　　　　　　C. 窗体和控件　　　　　D. 窗体、控件、属性

5. 下列关于"面向对象"编程的说法中，不正确的是 (　　　)。

    A. 属性就是描述对象特性的数据

    B. 事件是能被对象识别的操作

    C. 方法是指示对象的行为

    D. Visual Basic 程序采用的运行机制是"面向对象"

6. 以下说法正确的是 (　　　)。

    A. 对象是有特殊属性和方法的实体

    B. 属性是对象的特性，所有的对象都有相同的属性

    C. 属性的一般格式是：对象名称_属性名称

    D. 属性值的设置只能在属性窗口中进行

7. 以下说法错误的是 (　　　)。

    A. 方法是对象的一部分

    B. 方法是一种特殊的过程和函数

    C. 方法的调用格式与对象的属性使用格式相同

    D. 在调用方法时，对象名称是不可以缺少的

8. 以下说法正确的是 (　　　)。

    A. 属性是描述对象特征的数据

    B. 属性值不是数值型就是字符型

    C. 对象的所有属性都可以在程序语句中进行设置

    D. 可以为属性值为整数型的属性设置任意的整数值

9. 对象的组成要素是 (　　　)。

    A. 函数、过程、语句　　　　　　　　　　B. 窗体、控件、行为

    C. 属性、方法、事件　　　　　　　　　　D. 窗体、模块、控件

10. 使用程序语句设置的对象属性的一般格式为 (　　　)。

    A. 对象名.属性名称 = 新设置的属性值　　　B. 新设置的属性值 = 对象名.属性名称

    C. 属性名称.对象名 = 新设置的属性值　　　D. 对象名.属性值 = 属性名称

11. 在修改对象的属性值的过程中，激活属性窗口的方法不包含的选项为 (　　　)。

    A. 用鼠标单击属性窗口的任何部位　　　　B. 单击工具栏中的"属性窗口"按钮

    C. 按组合键【Ctrl+PgDn】或【Ctrl+PgUp】D. 按【F5】键

12. 有关"只读属性"，以下说法中正确的为 (　　　)。

    A. 只读属性只能用程序代码才能修改　　　B. Name 属性不是只读属性

    C. 只读属性是不能修改的属性　　　　　　D. 只读属性只能在设计阶段使用属性窗口修改

13. 在以下属性中，每个对象都具有的属性是 (　　　)。

    A. Index　　　　　　　B. Enable　　　　　　C. Caption　　　　　　D. Name

14. 以下有关 Name 属性的说法中正确的是（　　　　）。
    A. Name 属性在运行时可以被改变
    B. Name 属性与 Caption 属性是同一类型的属性
    C. Name 属性只是用于窗体
    D. 在属性窗口中（以字母顺序显示），Name 属性通常作为第一个属性来显示

15. 窗体的标题内容是由下列属性中的（　　　　）属性决定的。
    A. Name　　　　　B. Caption　　　　　C. FontName　　　　　D. Text

16. 从窗体的属性窗口的 BorderStyle 属性下拉列表中选择 1–Fixed Single，但是运行时却没有最大化和最小化按钮，则可能的原因是（　　　　）。
    A. 窗体的 BorderStyle 属性值设置为 1–Fixed Single 将禁止最大化和最小化按钮
    B. 窗体的 MaxButton 和 MinButton 属性值都设置为 False
    C. 窗体的 Enabled 属性值设置为 False
    D. 运行时窗体可以用拖动边框的方式改变大小

17. 启动 Visual Basic 后，在工具箱中列出的控件是（　　　　）。
    A. 可插入对象　　　B. ODBC 控件　　　C. 标准控件　　　　D. ActiveX 控件

18. 如果使某控件运行时不显示，则应修改其（　　　　）属性。
    A. Enabled　　　　B. Caption　　　　C. Visible　　　　　D. Top

19. 如要使窗体的背景变为红色，应使用的语句是（　　　　）。
    A. form1.forecolor="红色"　　　　　　B. form1.backcolor="红色"
    C. form1.forecolor=vbred　　　　　　D. form1.backcolor=vbred

20. 如果将窗体的 ControlBox 属性值设置为 False，则（　　　　）。
    A. 窗体边框上的最大化和最小化按钮失效
    B. ControlBox 属性仍然起作用
    C. 窗体边框上的最大化和最小化按钮消失
    D. 运行时还可以看到窗口左上角显示的控制框，
       可单击该控制框进行窗体移动、关闭等操作

21. 双击窗体的任何地方，可以打开的窗口是（　　　　）。
    A. 代码窗口　　　B. 属性窗口　　　C. 窗体设计器窗口　　　D. 以上选项都不对

22. 窗体设计器是用来设计
    A. 应用程序的代码　　B. 应用程序的界面　　C. 对象的属性　　　D. 对象的事件

23. 以下选项不是 Visual Basic 中的事件的是（　　　　）。
    A. Click　　　　　B. MouseDown　　　　C. UnLoad　　　　　D. Style

24. 下面关于事件方法说明中错误的是（　　　　）。
    A. 事件的方法不能响应某个事件
    B. 事件的方法的实现步骤可以修改
    C. 事件的方法是预先规定好的
    D. 用户可以直接调用 Visual Basic 所规定的方法

25. 事件的名称必须是（　　　）。
  A. 窗体所能够识别的　　　　　　　　B. 能够被用户触发的
  C. 对象所能识别的　　　　　　　　　D. 该事件有对应的方法可执行
26. 当事件被触发时，（　　　）就会对该事件作出响应。
  A. 对象　　　　　　B. 程序　　　　　　C. 控件　　　　　　D. 窗体
27. Stop 语句的主要作用为（　　　）。
  A. 把解释程序设置成中断模式　　　　B. 结束程序
  C. 为提高可读性，给程序加注释　　　D. 给某个变量或属性赋值
28. 以下关于 End 语句说法中正确的是（　　　）。
  A. End 语句除了结束程序的执行外没有其他作用
  B. End 语句执行后将保持文件打开
  C. 一个程序中有没有 End 语句，对程序的运行没有影响
  D. End 语句的格式是窗体名.End
29. 如果想将自己建立的应用程序保存到磁盘上，在 VB 集成环境中使用（　　　）命令实现。
  A. 使用"文件"菜单中的"保存 Form1"命令
  B. 使用"文件"菜单中的"Form1 另存为"命令
  C. 使用"文件"菜单中的"保存工程"命令
  D. 使用"文件"菜单中的"打开工程"命令
30. 应用程序运行的结果显示的窗口称为（　　　）。
  A. 窗体　　　　　　B. 控件　　　　　　C. 对象　　　　　　D. 模块

二、填空题

1. 对象是既包含＿＿＿＿＿又包含对数据进行操作的方法，并将其封闭起来的一个逻辑实体
2. 对象的属性是用＿＿＿＿＿来描述的。
3. ＿＿＿＿＿的方法是用于完成某种特定功能。
4. 控件是用＿＿＿＿＿来描述的。
5. 要对窗体上的某一控件进行操作，该控件必须是＿＿＿＿＿。
6. 要复制当前控件到窗体的左上角，应该先后使用的组合键是＿＿＿＿＿。
7. 如果要设置窗体为固定对话框，并包含控制菜单框和标题栏，但没有最大化和最小化按钮，则应该将 BorderStyle 的值设置为＿＿＿＿＿。
8. 任何控件都有＿＿＿＿＿属性。
9. 能够打开立即窗口的快捷键是＿＿＿＿＿。
10. 响应某个事件后所执行的操作通过一段程序代码来实现，这样的程序代码叫做＿＿＿＿＿。
11. 在一个工程的所有文件中，为了使其他文件自动装入内存，应该装入的文件为＿＿＿＿＿。
12. 在 Visual Basic 中，使用代码＿＿＿＿＿可以将窗体的高度设置为 10 000twip。设置窗体的属性时，如果省略对象名，则默认为＿＿＿＿＿。
13. 编写可视化程序的三个基本步骤依次是设计界面、设置属性和＿＿＿＿＿。
14. 设窗体上有两个按钮，名称分别为 cd1 和 cd2，标题分别为"显示 cd2"、"显示 cd1"，要求程序运行后，cd1 显示，cd2 不显示，单击 cd1，cd2 显示，cd1 显示，单击窗体，cd1、

cd2 消失，将下列程序补充完整。

```
Private Sub cd1_Click()
_____

End Sub
… … … … … … …
Private Sub cd2_Click()
_____

End Sub
… … … … … … …
Private Sub Form_Click()
_____

End Sub
```

15. 完成程序，单击窗体，在文本框 Text1 中显示"祝大家考试成功"。

```
Private Sub Form_Click()
_____

End Sub
```

三、编程题

1. 窗体上有两个文本框，一个命令按钮，一个标签，其名称（Name）属性分别为 T1、T2、cm1、cp1，要求：程序运行后，在两个文本框中输入两个数，单击命令按钮，在标签中输出两个数的乘积。

2. 在窗体上画一个命令按钮（名称为 c1、标题为"显示信息"）、一个标签（名称为 lb1、标题为"欢迎使用 vb"和一个文本框（名称为 t1、初始内容为空），要求：程序运行时，单击命令按钮时，文本框内显示标签内容，并且标签消失。

3. 在窗体上画两个命令按钮（名称分别为 c1、c2，标题为"前景色"和"背景色"），再画一个文本框。要求：程序运行时，单击 c1 时，文本框的前景色变为蓝色，单击 c2 时，文本框的背景色变为红色。

4. 请编写程序，要求程序运行后，当单击窗体时，窗体的高为 2 000，宽为 3 000，并位于屏幕的左上角。

第3章

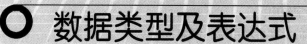

数据类型及表达式

知识点

- VB 的数据类型
- VB 变量、常量的定义和使用
- VB 数组的定义
- VB 运算符的使用
- VB 表达式的使用

重点

- 各数据类型的特点及所占存储空间大小
- 常量、变量的定义及作用范围
- 数组元素的定义及简单使用
- 表达式的运算

本章知识结构图

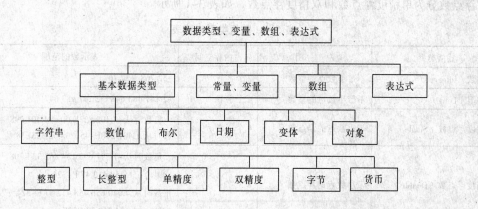

数据是计算机通过指令完成任务时的操作对象，数据类型则反映数据组织结构，数据类型不

同，它的内部结构和所占有的存储空间大小也不同。本章主要学习 VB 程序设计中常用的一些数据类型、常量、变量、表达式及函数的使用。

3.1   基本数据类型

VB 所能处理的基本数据类型有：字符串型、数值型、布尔型、日期型、变体型、对象型等。

1. 字符串型（String）

（1）功能：字符串型变量用于存储字符串，字符串变量赋值时用双引号引起来，如果双引号中没有任何字符，则称为空字符串。

（2）分类：可分为变长字符串和定长字符串。

变长字符串随着对其赋予新数据，它的长度可增可减。例如：

```
Dim a As String
a="good morning"
a="123"
a=""                        '空字符串
```

定长字符串型变量长度是固定的，最大长度不超过 65 535 个字符，声明语句是：

```
Dim/Private/Public/Static  变量名  As String*size
```

其中 size 为定义变量的长度，例如：

```
Dim b As String*8    '声明 b 为一个具有 8 个字节的字符串型变量
```

（3）说明：

① 对于定长字符串型变量，如果保存的字符串的字符个数少于所定义的长度，则 VB 将自动用空格将定长字符串变量的不足部分填满；如果保存的字符串的长度超过所定义的长度，则 VB 将会自动截去超出部分的字符。

② 由数字组成的字符串不仅可以赋给字符串型变量，也可赋给数值变量。这时 VB 会自动地调整数据值的类型，以适应变量的数据类型。

2. 数值型

主要用于数值计算，分为整型数和浮点数，货币型和字节型，其中整型数又分为整数和长整数，浮点数分为单精度浮点数和双精度浮点数，如表 3-1 所示。

表 3-1   数值类型一览表

数值类型	说　明	占内存空间	表示数的范围
整型数（Integer）	不带小数点的整数	2 个字节	$-32\,768 \sim 32\,767$
长整型（Long）	不带小数点的整数	4 个字节	$-2\,147\,483\,648 \sim 2\,147\,483\,647$
单精度浮点数（Single）	带小数点的浮点数	4 个字节	负数时从 $-3.402\,823E38 \sim -1:401\,298E\text{-}45$；正数时从 $1.401\,298E\text{-}45 \sim 3.402\,823E38$
双精度浮点数（Double）	带小数点的浮点数	8 个字节	负数时从 $-1.797\,693\,134\,862\,32\,E308 \sim -4.940\,656\,458\,412\,47\,E\text{-}324$；正数时从 $4.940\,656\,458\,412\,47\,E\text{-}324 \sim 1.797\,693\,134\,862\,32\,E308$

数值类型	说　　明	占内存空间	表示数的范围
货币型（Currency）	支持小数点后 4 位，前 15 位，是精确的定点数据类型	8 个字节	−922 337 203 658 477.580 8～922 337 203 658 477.580 7
字节型（Byte）	用于存储二进制数据	1 个字节	0～255

说明：所有数值变量都可相互赋值，也可将值赋给变体（Variant）类型的变量，在将浮点数赋予整数前，VB 将浮点数的小数部分四舍五入到整数。

例如：

```
Private Sub Command1_Click()
    Dim a As Integer
    a=12.2345
    Print a
End Sub
```

程序运行后，单击按钮，在窗体上输出 a 的值为 12，对 12.234 5 进行了四舍五入。

3. 布尔型（Boolean）

布尔类型取值范围为 True 或 False，默认值为 False，所占存储空间为 2 个字节，例如：

```
Dim c As Boolean
c=True
```

4. 日期型（Data）

日期数据类型用于存储日期、时间值。注意，日期型数据在赋值时，前后加一对 "#"，所占存储空间为 8 个字节，例如：

```
a=#03/06/2006#
a=#January 20,2005#
```

5. 变体型（Variant）

变体型是声明变量时的默认类型，能够存储所有类型的数据。存储数字时为 16 个字节，存储字符时为 22 个字节加字符串长度。

6. 对象型（Object）

对象型数据表示一个对象，因为对象只有在程序中用类生成一个对象实例后，才可得到表示对象的数据，所以对象数据是没有常数的。但 VB 中还是为对象型数据准备了一个常数 Nothing，它是一个不表示任何对象的对象常数。

想一想

下面变量的 a 值分别是多少？[设变量 a 为整型数（Integer）]

① a=55555

② a=32.86

③ a=32.35

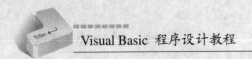

练一练

① 常量 2.785 6E-6 的类型为（　　　）。

　　A. 整型　　　　　　　B. 实型　　　　　　C. 字符型　　　　　D. 双精度型

② 以下（　　　）不是字符串（String）。

　　A. "cmdFixed.Enabled"　　　　　　　　B. 'We are strudents'

　　C. ""　　　　　　　　　　　　　　　　D. "　　　　"

③ 双精度型数在计算机中所占的字节数是（　　　）。

　　A. 4　　　　　　　　　B. 2　　　　　　　C. 8　　　　　　　　D. 6

④ 下列数据中，不属于浮点数的为（　　　）。

　　A. 123.455 6e-3　　　B. 234.23d5　　　C. "0.243D5"　　　D. 23.234

⑤ 在下列类型中，存储空间不是 8 位的是（　　　）。

　　A. 货币型　　　　　　B. 双精度型　　　C. 日期型　　　　　D. 对象型

⑥ 在下列数据类型中，存储空间最小的为（　　　）。

　　A. 字节　　　　　　　B. 布尔型　　　　C. 长整型　　　　　D. 日期型

3.2　变　　量

在程序运行期间，用变量将变化中的数据保存到内存中的一个存储单元中。变量在使用之前，必须先声明变量的类型与范围，以分配一定大小的内存给此变量。

程序代码中让一个变量等于某个数据时，事实上是把这个数据存到变量名所代表的一个存储单元；而在使用一个变量中的数据时，有一个从存储单元获取数据的过程，只不过存取数据的过程是由计算机完成的。对于一般的程序设计来说，不必关心这么多，把程序中的变量当作数学中的一个变量来使用就可以。而需要关心的是如何用变量表示不同类型的数据，如何在程序中使用变量等。

3.2.1　变量的声明

让一个自定义名称代表一个变量，称为声明变量。

1．显式声明

语法格式：

```
Dim/Private/Public/Static 变量名 [As 类型]
```

其中 Dim/Private/Public/Static 为变量的作用范围；变量名必须以字母开头，长度不得超过 255 个字符；类型是为变量定义的数据类型。例如，声明变量 a、b 的语句：

```
Dim a As Integer  'Dim为作用范围；a为变量名；Integer为变量a的类型
```

说明：

① 当程序执行上述语句后，就分配一块内存单元，并为它起名为 a。由于把 a 定义为 Integer（整型），则这块内存单元占 2 个字节，如图 3-1 所示。

② 当把变量定义为数值型时，变量初始值为 0。

③ 当把变量定义为字符串型时，变量初值为空字符串，如给变量 a 赋值：a=3，则这时 a 代表的这个内存空间内存入一个数 3，如图 3-2 所示。

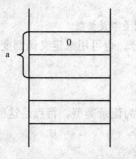
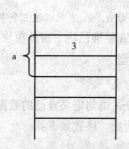

图 3-1　变量定义　　　　　　　　图 3-2　给变量赋值

可以在程序中强制要求对变量进行显式声明。这样，一旦遇到一个未经明确声明而可能当作变量的标识符，VB 都会发出错误警告。为了对变量强制进行声明，需要在模块的声明段中加入语句：Option Explicit，也可以通过菜单"工具" / "选项"命令，打开"选项"对话框，然后选择"编辑器"选项卡，从中选取"要求变量声明"选项，这样就可以在任何新建模块中自动插入 Option Explicit 语句。

2. 隐式声明

功能：指变量无需明确声明就可直接使用，例如，a=3。

注意：变量 a 在使用前没有声明，默认其类型为变体（Variant）。

3. 组合声明

功能：可以在一条语句中声明多个变量，方法是把各个被声明的变量用","号隔开。

例如：

`Dim a As Integer,b As String` '变量a的类型为整型，b的类型为字符串型

注意：语句 `Dim a ,b As Integer` 中 a 的类型没有具体指定，默认为变体；b 的类型为整型。

4. 用类型说明符定义变量

功能：把类型说明符放在变量名的尾部，标识变量的类型。

例如：

`a%=3` '变量a的类型为整型，值为3

注意：类型说明符一共有 6 个：%、&、!、#、@、$。其中%表示整型；&表示长整型；!表示单精度型；#表示双精度型；@表示货币型；$表示字符串型。

5. 用 DefType 语句定义变量

功能：定义某些字母，同时以该字母开头的变量名均定义为同一种变量。

格式：`DefType 字母范围`

说明：Def 是关键字，Type 是类型标志，可以是 Int、Lng、Sng、Dbl、Cur、Str、Byte、Bool、Date、Obj、Var，分别表示整型、长整型、单精度型、双精度型、货币型、字符串型、字节型、

布尔型、日期型、对象型、变体型。Def 和对象类型间不能有空格，字母范围用"字母–字母"的形式表示。

例如：

```
DefInt d-f    '字母 d、e、f 及以这三个字母开头的变量都是整型
```

DefType 语句可放在标准模块、窗体模块的声明部分，也可用来定义局部变量。

6. 用户自定义类型

（1）记录类型的定义

VB 允许用户用 Type 语句定义自己的数据类型，称为记录类型，特点是这种类型可以由若干个不同基本数据类型构成。格式如下：

```
Type 数据类型名
    数据类型元素名  As  类型名
    数据类型元素名  As  类型名
    ...
End Type
```

其中数据类型名是要定义的该数据类型的名称，命名规则与变量的命名规则相同；数据类型元素名是组成该数据类型的变量的名称，类型名为基本数据类型。例如在窗体模块的声明部分定义：

```
Private Type Worker
    Name  As String*10
    age  As Integer
    gz  As Integer
End Type
```

注意：①记录类型的定义必须放在标准模块或窗体模块的声明部分，在标准模块中定义，Type 前可有 Public 或 Private，如用 Public 则此记录类型可出现在工程的任何地方；在模块中定义，则必须在 Type 前加上 Private。②记录类型成员不能含有数组。

（2）记录类型的使用

假定以上数据类型 Worker 在窗体模块声明部分定义，则可用如下方法引用：

```
Private Sub Command1_Click()
    Dim a As Worker
    a.Name="王红"
    a.age=16
    a.gz=500
End Sub
```

先声明一个变量为此记录类型，再用"变量.数据类型元素名"进行引用。

7. 枚举类型

（1）定义

当一个变量只有几种可能的值时，可定义为枚举类型。

格式：

```
[Public|Private] Enum 类型名称
    成员名[=常数表达式]
    成员名[=常数表达式]
    ...
End Enum
```

枚举类型放在窗体模块、标准模块或公用类模块的声明部分。其中类型名称是要定义的该枚举类型的名称，不可省；成员名是指定组成 Enum 类型的元素的名称；常数表达式为可选项，为成员名指定值。

说明：

① 省略 Private 或 Public，则默认为 Public。

② 若省略了常数表达式，则对于枚举的每一个成员，系统都赋给它一个整型常数，第一个成员赋 0，第 2 个成员赋 1，其后每一个成员都被赋给比它前面大 1 的值；不省略常数表达式，可给成员显式赋值。例如：

```
Public Enum Mouth
    Monday          '常数值为默认值 0
    Tuesday         '比前面的常数值大 1，值为 1
    Friday=4        '显式赋值，常数值为 4
    Saturday        '比前面的常数值大 1，值为 5
End Enum
```

③ 如果将一个浮点数赋给枚举成员，VB 会将该数取整为最接近的长整数。

（2）使用

假定在窗体的声明部分定义了枚举类型，如上例，则可用以下方法使用。

```
Private Sub Command1_Click()
    Dim a As Mouth
    a=Friday
    Print a
End Sub
```

先定义一个变量为该枚举类型，然后用枚举类型成员名作为值赋给此变量。

3.2.2　变量的作用范围

变量作用范围指变量能在多大的范围内被使用。VB 允许在声明变量时指定它的作用范围，其范围可以是局部变量、模块级或是全局变量，这取决于声明变量时的位置和范围关键字。

1. 局部变量

局部变量只有在声明它们的过程中才能被识别。局部变量只能用 Dim 或 Static 关键字来声明，例如：

```
Private Sub Command1_Click( )
    Dim a As Integer
    Static b As Integer
    a=a+1
    b=b+1
    Print a,b
End Sub
——————————————————
Private Sub Command2_Click( )
    Print a,b
End Sub
```

说明：

① 变量 a 和 b 在单击按钮 Comman1 事件过程内定义，其作用范围只限于此过程。

② 变量 a 用关键词 Dim 声明，而 b 用关键词 Static 声明，用 Dim 声明的局部变量只在执行过程期间才存在，过程运行一结束，该变量也就不存在了，因此称为局部动态变量。而用 static 声明的局部变量，则在整个应用程序运行期间一直存在，即使过程结束，变量也仍然保留着，只是不能在过程外访问，因此称为局部静态变量。

当程序运行后，第一次单击 Command1 按钮，a=1;b=1（a、b 初值默认为 0），第二次单击 Command1 按钮，a=1;b=2，第三次单击 Command1 按钮，a=1;b=3。

③ 第一次执行过程，a、b 均加 1，第二次执行过程，a 被 dim 重新定义，a 重新置为 0，b 被 static 定义，b 的值保留，所以 a=1;b=2。

④ 单击 Command2，输出 a、b 的值均为 0，说明 a、b 只在定义其的过程内有效。

2. 模块级变量

模块级变量对该模块的所有过程都可用，但不能被其他模块的代码识别，可以在模块顶部的声明段中用 Private 或 Dim 关键字来定义。例如：

```
Dim A As Integer          '写入窗体 "通用/声明"
…………………………………………………………
Private Sub Command1_Click()
    A=1
    Print A
End Sub
…………………………………………………………
Private Sub Command2_Click()
    Print A
End Sub
```

说明：

① 单击 Command1 按钮，输出 A 的值为 1；单击 Command2 按钮，输出 A 的值为 1。说明 A 的值在窗体中的所有过程中均有效。

② 模块级变量定义语句可用的关键字为 Dim、Private。

注意：模块级变量定义不可用关键字 Static。

3. 全局变量

为了使模块级变量在其他模块中也有效，需使用 Public 关键字声明。全局变量只能在标准模块的通用声明段声明。

例如，打开标准模块的通用声明段：

```
Public a As Integer
```

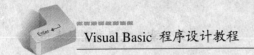 练一练

① 对于定义 Dim my1，my2，my3 As Single，以下说法中正确的为（　　　）。

　　A. my1、my2 与 my3 都被定义为单精度型

　　B. my1 被定义为变体类型，my2、my3 都被定义为单精度型

  C. my1、my2 被定义为变体类型，my3 都被定义为单精度型

  D. my1、my2 与 my3 都被定义为变体类型

② 假设要定义 num1、num2 为整型，Sing1、Sing2 为单精度型，以下（　　）是错误的。

  A.　Dim num1 As Integer

   Dim num2 As Integer

   Dim Singl As Single

   Dim sing2 As Single

  B.　Dim num1 As Integer,num2 As Integer, Sing1 As Single,Sing2 As Single

  C.　Dim num1 As Integer,num2 As Integer

   Dim Sing1 As Single,Sing2 As Single

  D.　Dim num1,num2 As Integer

   Dim Sing1,Sing2 As Single

③ 有一个过程定义如下：

```
Sub TestStatic()
    Dim num1 As Integer
    num=num1+8
    Print "num1=";num1
End Sub
```

如果此过程被调用了四次，则最后一次调用后的输出为（　　）。

  A. num1=8　　　　 B. num1=16　　　　 C. num1=24　　　　 D. num1=32

3.2.3　数组

  数组是有序的数据的集合。在 VB 中，把一组具有同一名字、不同下标的下标变量称为数组。其一般形式为 S(n)，其中 S 称为数组名，n 是下标。数组有上界和下界，数组的元素在上下界内是连续的。所谓上界是指数组下标所能取的最大值；所谓下界是指数组下标所能取的最小值。

  一个数组中的所有元素具有相同的数据类型。但当数据类型为 Variant 时，各个元素能够包含不同种类的数据（对象、字符串、数值等）。可以声明任何基本数据类型的数组，包括用户自定义类型和对象变量。

1. 数组的定义

  在 VB 中有两种类型的数组：静态数组和动态数组，通常把需要在编译时开辟内存区的数组称为静态数组，把需要在运行时开辟内存区的称为动态数组。

  （1）声明静态数组

  数组应当先定义后使用，定义数组的目的是通知计算机为数组留出其所需要的一块内存区域，数组名是这个所定义的区域的名称。区域的每个单元都有自己的地址，该地址用下标表示。

  有三种方法声明固定大小的数组，这三种方法所用的格式相同，用哪一种方法取决于数组应有的有效范围：

- 建立公用数组，在标准模块的声明段用 Public 语句声明数组，定义全局数组。
- 建立模块级数组，在模块的声明段用 Private 或 Dim 语句声明数组。
- 建立局部数组，在过程中用 Dim 或 Static 语句声明数组。

根据数组维数的不同，定义数组时，VB 提供了两种格式：

① 一维数组的定义。一维数组，顾名思义只拥有一个下标的数组。其声明格式如下：

Dim/Private/Public/Static 数组名（[下标下界 to]上界）[As 类型名称]

上界不得超过 Long 数据类型的范围（–2 147 483 648～2 147 483 647）。

其中数组名是用户为数组起的名称；As 类型说明数组元素的类型，默认为变体（Variant）类型；下标下界可省，省略表示默认下界为 0。

例如：

```
Dim Counters (14) As Integer        '占据15个（0～14）整型变量空间
Dim Sums (20) As Double             '占据21个（0～20）双精度变量空间
```

为建立公用数组，直接用 Public 取代 Dim。

```
Public Counters (14) As Integer
Public Sums (20) As Double
```

为了规定下界，用关键字 To 显式提供下界（为 Long 数据类型），例如：

```
Dim Counters (1 To 15) As Integer   '占据15个（1～15）整型变量空间
Dim Sums (100 To 120) As String     '占据21个（100～120）整型变量空间
```

② 多维数组的定义。多维数组是拥有多个下标的数组，例如，为了更清楚地表示矩阵的存储形式，可用二维数组表示矩阵的行列。

对于多维数组，格式为：

Dim/Private/Public/Static 数组名（[第一维下标下界 To]上界1,[第二维下标下界 To]上界2,…[,下界 To]上界n）[As 类型名称]

例如：

```
Dim Sum(2,3) As integer
```

定义了一个二维数组，名字为 Sum，类型为 Integer（整型），该数组有 3 行（0～2）、4 列（0～3），占据 12 个整型变量的空间，默认下界为 0，其元素分配如表 3-2 所示。

表 3-2　数组元素分配表

Sum(0,0)	Sum(0,1)	Sum(0,2)	Sum(0,3)
Sum(1,0)	Sum(1,1)	Sum(1,2)	Sum(1,3)
Sum(2,0)	Sum(2,1)	Sum(2,2)	Sum(2,3)

例如：

```
Dim Sum(5,1 To 10,1 To 20)          '定义6×10×20的三维数组
```

说明：

① 数组必须先定义后使用。

② 数组命名同变量的命名规则相同。

③ 当用 Dim 语句定义数组时，则把数组中的全部元素都初始化为 0，把字符串数组中的全部元素初始化为空字符串。

④ 在一般情况下，下标的下界默认为 0，如果希望下标从 1 开始，可在代码窗口的"通用声明"通过语句 Option Base 语句来设。格式为：

```
Option Base n       'n 为 0 或 1
```

⑤ 定义静态数组时，每一维的元素个数必须是常数，不能是变量或表达式，例如：

```
Dim Sum(n)
```

是不合法的。即使在执行数组定义语句前给出变量的值，也是错误的。

⑥ 要注意区别数组的"上界"与"元素个数"。例如：在代码中只有如下语句：

```
Dim Sum(10)
```

这时，数组的上界为 10 而元素个数为 11。这是因为数组的下界是从 0 开始的，在这种情况下，元素个数比数组的上界大 1；如果数组的下界是从 1 开始的，则元素个数与数组的上界相同。

数组元素个数的求解方法：

一维数组：上界–下界 + 1。

多维数组：先求每一维的个数（上界–下界 + 1），然后再用每维的个数相乘。

例如：

```
Dim a(4 To 10)
Dim b(3 To 6,-2 To 5)
```

一维数组 a 的元素个数为 7（10–4+1），二维数组 b 的元素个数为 32（(6–3+1)*(5–(–2)+1)）。

⑦ 测试数组上、下界的函数分别为：LBound(数组[, 维])与 UBound(数组[, 维])。其中 LBound 返回"数组"某一"维"的下界值，而 UBound 返回"数组"某一"维"的上界值。例如：

```
Dim Sum(1 To 50,-2 To 5)
```

用下列语句可得到该数组各维的上下界：

```
Print LBound(Sum,1),UBound(Sum,1)
Print LBound(Sum,2),UBound(Sum,2)
```

（2）动态数组

在程序设计时，有些问题还没有确定，如数组中应该包含多少个元素，这样在声明一个数组时，就必须使它的大小尽可能达到最大。但是，如果过度使用这种方法，会导致长时间占据大量内存，使内存的操作环境变慢。动态数组可以在任何时候改变其所含元素的个数。在 Visual Basic 中，动态数组最灵活、最方便，有助于有效管理内存。例如，可短时间使用一个大数组，然后在不使用这个数组时，将内存空间释放给系统。

声明动态数组时，在窗体层、标准模块或过程中用 Dim、Private 或 Public 声明一个没有下标的数组，例如：

```
Dim Sum()
```

在过程中执行 ReDim 语句，为数组指定维数和分配实际大小。ReDim 语句的格式为：

```
ReDim [Preserve] 数组名（下标）As 类型
```

例如：

```
x=3
ReDim Sum(x)
```

每次执行 ReDim 语句时，将重新定义动态数组，存储在数组中的值将全部丢失，VB 将数组元素的值重新设置为 Empty（对于元素是 Variant 类型的数组），或为 0（对于元素是数值型的数组），或为空字符串。但如果在 Redim 语句中使用 Preserve 选项，则不清除数组内容。

ReDim 语句只能出现在过程中。用它定义的数组是一个临时数组，即在执行数组所在的过程时为数组开辟一定的内存空间，当过程结束时，这部分内存即被释放。

说明：

① 对于每一维数，每个 ReDim 语句都能改变元素数目以及上下界。但是，数组的维数不能改变，也不能用 ReDim 改变数组类型。例如：

```
Dim Sum()
Private Sub Command1_Click()
    ReDim Sum(4)
    Sum(2)="good"
    Print Sum(2)
    ReDim Sum(5)
    Sum(3)="Morning"
    Print Sum(3)
End Sub
```

其中 ReDim 语句开始定义数组 Sum 有 5 个元素，然后再一次用 ReDim 把 Sum 数组定义为 6 个元素。

例如，下面的程序是错的：

```
Dim Sum() as String
Private Sub Command1_Click()
    ReDim Sum(4)
    Sum(2)="good"
    Print Sum(2)
    ReDim Sum(5) as integer
    Sum(3)="Morning"
    Print Sum(3)
End Sub
```

② 有时希望改变数组大小又不丢失数组中的数据。使用具有 Preserve 关键字的 ReDim 语句就可做到这点。例如，使用 UBound 函数引用上界，使数组扩大、增加一个元素，而现有元素的值并未丢失：

```
ReDim Preserve Sum(UBound (Sum) + 1)
```

在用 Preserve 关键字时，只能改变多维数组中最后一维的上界；如果改变了其他维或最后一维的下界，那么运行时就会出错。所以可这样编程：

```
ReDim Preserve M(10, UBound (M, 2) + 1)
```

而不可这样编程：

```
ReDim Preserve M(UBound (M, 1) + 1, 10)
```

2．数组的清除和重定义

数组定义后，便在内存为其分配相应的存储空间，其大小不能改变，有时可能需要清除数组的内容或对数组进行重新定义。可用如下语句实现：

```
Erase 数组名[,数组名]...
```

功能：Erase 语句用来重新初始化静态数组的元素，或释放动态数组的存储空间。

例如：

```
dim a(3)
Erase a
```

注意：使用 Erase 时只写数组名即可。

说明：

① Erase 用于静态数组时，如此数组为数值数组，则把数组中的所有元素置为 0；如为字符串数组，则把所有元素置为空字符串；如为记录类型数组，则根据每个元素的类型重新进行设置。

② Erase 用于动态数组时，将删除整个数组结构并释放该数组所占用的内存，即动态数组经

Erase 后不复存在，而静态数组经 Erase 后仍然存在，只是内存被清空。Erase 释放动态数组内存后，下次引用该动态数组时，必须用 ReDim 语句重新定义该数组变量。

③ Erase 用于变体数组时，每个元素将被置为"空"。

3.3 常   量

常量指在程序运行过程中数值保持不变的数据。VB 中常量可以分为两类，一类是文字常量，一类是符号常量。

3.3.1 文字常量

文字常量分为：数值常量、字符串常量、逻辑常量、日期常量。

1. 数值常量

数值常量有：字节型数、整型数、长整型数、定点数及浮点数。

① 字节型数、整型数、长整型数都是整型量，可以使用 3 种整型量：十进制整数、十六进制整数、八进制整数，只要是在该类型数合法范围之内。

十进制数按常用的方法来表示，十六进制数前加"&H"，八进制数前加"&O"。

例如：

```
1 200       十进制数 1200
&H333       十六进制数 333
&O555       八进制数 555
```

② 定点数即货币型数据，其取值范围见 3.1 节。

③ 浮点数分为单精度和双精度数。浮点数由尾数、指数符号和指数三部分组成。尾数是实数；指数符号是 E（单精度）或 D（双精度）；指数是整数。

指数符号 E 和 D 的含义为乘上 10 的幂次。例如，12.345 E-6 和 78 D3 所表示的值分别为 0.000 012.345 和 78 000。

2. 字符串常量

字符串是双引号括起来的一串字符（也可以是汉字）。其长度不超过 32 767 个字符（一个汉字占两个字节）。下面是合法的字符串及它的长度：

```
"abcdef"      长度为 6 个字符
"VB 中文版"    长度为 5 个字符
```

3. 逻辑常量

逻辑常量只有两个：逻辑真 True 和逻辑假 False。

4. 日期常量

格式：#mm-dd-yy#

例如：

```
#09-0 1-03#    '表示 2003 年 9 月 1 日
```

3.3.2 符号常量

1. 声明符号常量

格式：

`[Public|Private] Const 常量名 [as 类型]=常量表达式`

常量名在语句中是必需的，它指明常量的名称；常量表达式指明常量所代表的常数，可以由数值常数或字符串常数以及运算符组成，但不能包含函数调用；类型指明常数的数据类型，它可以是下列关键字 Byte、Boolean、Integer、Long、Currency、Single、Double、Date、String 或 Variant 之一；Public|Private 表明常量的作用范围，可省略。

例如：

```
Const pi=3.14159
Const a as Integer=20
Const b as Data=#2001-1-1#
```

一行语句可以声明多个常量标识符，各标识符之间使用逗号进行分隔，例如：

```
Const pi=3.14159,a =9
```

注意： 在程序运行过程中，不能够给常量标识符赋以新值。

2. 符号常量作用范围

常量标识符的作用范围体现为该标识符在什么地方能被识别，这由声明常量的位置决定。在过程或函数内部声明的常量标识符，仅在该过程或函数内部能够被识别。在模块文件的声明段中声明的常量，在模块中所有过程中都能被识别，但在模块文件之外则无效。若要声明在整个应用程序中都能被识别的常量标识符，则必须在标准模块文件的声明段中声明，并在 Const 前面放置 Public 关键字。在窗体模块或类模块中不能声明 Public 常量。

3.4 运算符、表达式

VB 中用于数据操作的运算符可以分为算术运算符、连接运算符、比较运算符和逻辑运算符四类。算术运算符用于数值计算，运算结果是一个数值；连接运算符可把相同或不同类型的数据连接成一个字符串；比较运算符用于对两个同类型数据的比较，其结果是一个逻辑值；逻辑运算符的运算结果根据参与运算数据的类型可能是一个逻辑值也可能是一个其他基本类型的数值。

用运算符和括号把参与操作的数据（常数、常量、变量、属性、函数和方法的返回值等）连接起来就得到表达式。单独的一个常数、常量或变量也称为一个表达式。表达式运算的最终结果的数据类型称为表达式的类型。例如，如果运算结果是一个逻辑值，就称这个表达式是一个逻辑表达式。

1. 算术运算符

算术运算符是进行数值计算的运算符，如表 3-3 所示，参与计算的数据必须都是数值型数据。

表 3-3 算术运算符表

运 算 符	名 称	例 子
^	乘方	X^Y
+	加	X+Y
−	减	X−Y
*	乘	X*Y
/	浮点除	X/Y
\	整数除	X\Y
Mod	模	X Mod Y

说明：

① 加、减、乘的运算结果的类型与参加运算的两个表达式中精确度最高的一个类型相同，当运算结果超出此数据类型所能表示的数值范围时，将采用精度更高的数据类型或者产生运行错误。例如一个 Date 表达式参与加减运算时运算结果是一个 Date 型数据，但是当 Date 型表达式参与乘除运算时将得到一个 Double 型数据。

② 取负运算符的作用是把一个数变成它的相反数，即正数变负数或负数变正数，而绝对值不变。

③ VB 中的除法一共有 3 类除法：浮点除 "/"、整除 "\"、取模 "Mod"。

浮点除执行标准除法，其结果为浮点数。

整除运算符 \ 类似于除法运算，但方式和结果都与运算符 / 不同，其结果为整数。使用运算符 \ 时，在做除法前先把两个数值表达式按四舍五入的方式转换为一个 Byte、Integer 或 Long 类型的整数，结果取整，丢掉余数。

取模运算 Mod 也是除法运算，其结果是除法运算的余数。如果参加运算的两个数不是整数，则在做除法前先把它们用四舍五入的方式转换为整数。余数的正、负号与被除数的正、负号相同。

例如：

```
7/4=1.75       7\4=1        7 mod 4=3      -7 mod -4=-3
6.6/2.4=2.75   6.6\2.4=3    6.6 mod 2.4=1
```

注意：Mod 在使用时，前后要加空格，与操作数分隔开。

④ 运算符的优先级决定了表达式中不使用括号指明运算次序时的运算次序。如果不使用括号，则先进行优先级高的运算符的运算，对同级运算按照从左到右的顺序运算。

优先级顺序为：乘方、取负、乘/浮点除、整数除、取模、加/减。

⑤ 当乘方与取负连在一起使用时，先取负再乘方；不连在一起使用时，先乘方，再取负。

例如：

```
2^-2=0.25     -2^2=-4
```

2．连接运算符

& 与 + 运算符都能用于两个字符串的连接，但 & 运算符强制性地将两个表达式按字符串连接，尽管被连接的表达式不是字符串也是如此。而 + 较复杂，当两个表达式都是字符串时按字符串连接，否则视具体情况会有不同结果。因此，在进行字符串连接时，一般使用 & 连接符。

& 与 + 运算符的比较如表 3-4 所示。

表 3-4　& 与 + 运算符比较

X	Y	X & Y	X+Y
"123"	"456"	"123456"	"123456"
123	456	"123456"	579
"123"	456	"123456"	579
"123A"	456	"123A456"	出错

运算符的特点：

① 若被连接的表达式中含非 String 类型，则将其转成 String 类型后进行连接；

② 如果两个被连接表达式都是 Null，则返回 Null；

③ 若两个被连接表达式只有一个是 Null，则该表达式按长度为零的字符串（""）处理。

如以下表达式是不正确的：

"现在日期:"　+　#5 / 26 / 2000#

以下表达式是正确的：

"现在日期:"　&　#5 / 26 / 2000#

它将连接成一个字符串"现在日期：2000-05-26"，连接后的日期格式取决于 Windows 系统中短日期格式的设置。

④ 连接符 + 的优先级高于连接符 & 的优先级。

3．比较运算符

比较运算符包括<（小于）、<=（小于等于）、>（大于）、>=（大于等于）、<>（不等于）、=（等于）、Is。比较运算符用来反映两个数值或字符串表达式间的关系，关系成立，返回 True，关系不成立，返回 False。当比较符是 Is 时，参与比较的表达式只能是对象型的变量或常数（Nothing），它的作用是比较两个对象是否是同一个对象，如果是同一个对象，则结果为 True。

在比较字符串的大小时，是逐字符比较的。如果第一个字符不相同，则由第一个字符的大小决定字符串的大小，否则检查第二个字符；如果第二个字符不相同，就由第二个字符的大小决定字符串的大小；如果第二字符也相同，则检查第三个字符……字符的大小是由字符的 ASCII 码决定的。数字 ASCII 码值小于大写字母 ASCII 码值，大写字母 ASCII 码值小于小写字母 ASCII 码值，小写字母 ASCII 码值又小于汉字，等等。

例如：

"abc">"AB"　　"9"<"A"

注意：关系运算符没有优先级别的高低，进行运算时按照从左到右的顺序进行依次比较。

4．逻辑运算符

逻辑运算符包括：Not（非）、And（与）、Or（或）、Xor（异或）、Eqv（逻辑等于）和 Imp（逻辑蕴涵），用于表达两个逻辑表达式之间的关系，在进行逻辑运算时，只要参加运算的表达式中有一个为 Null，则返回 Null。

各逻辑运算符的运算结果比较如表 3-5 所示。

表 3-5　各逻辑运算符的运算结果比较

A	B	Not A	A And B	A Or B	A Xor B	A Eqv B	A Imp B
True	True	False	True	True	False	True	True
True	False	False	False	True	True	False	False
False	True	True	False	True	True	False	True
False	False	True	False	False	False	True	True

这些逻辑运算符的优先级（按照从高到低的顺序）是：Not、And、Or、Xor、Eqv、Imp。

5．各类运算符的优先级

在一个复杂的表达式中可能涉及多种类型的运算符，例如，在一个逻辑表达式中通常是既有比较运算符又有逻辑运算符。当一个表达式中出现几种不同类型的运算符时，先进行算术运算，再进行字符串连接运算，然后是比较运算，最后是逻辑运算。字符中连接运算符 & 不是算术运算符，它在所有比较运算符之前，在所有算术运算符之后。

可以使用括号改变优先顺序，强令表达式的某些部分优先运算。在使用括号时，括号内的运算总是优先于括号外运算。但是，在括号之内运算符的优先顺序不变。

3.5　函　　数

VB 中的函数分为内部函数和自定义函数，内部函数又称标准函数，其调用方法与数学上的函数用法相同，格式为：函数名(自变量)。常用转换函数如表 3-6～表 3-9 所示。

表 3-6　常用转换函数

函　数	说　　明	示　　例
Asc(x$)	将字符串 x 中第一个字符转换为 ASCII 码	Asc("ABC")=65
Chr$(x)	将 x 值转换为相应的 ASCII 码字符	Chr(65)="A"
Str$(x)	将数值 x 转换为字符串，正数时前面会空出符号位。	Str(123)=" 123"　Str(−123)= "−123"
Val(x$)	将字符串 x 转换为数值	Val("123A")=123　Val("A123")=0
Hex$(x)	把十进制数 x 转换为十六进制数	Hex$(15)=F
Oct$(x)	把十进制数 x 转换为八进制数	Oct$(15)=17
Cint(x)	把 x 的小数部分四舍五入，转换为整数	Cint(2.68)=3　Cint(−2.68)=−3
Ccur(x)	把 x 的值转换为货币类型值，小数部分最多保留 4 位且自动四舍五入	Ccur(2.687325)=2.6873
CDbl(x)	把 x 的值转换为双精度数	
CLng(x)	把 x 的小数部分四舍五入转换成长整型数	
CSng(x)	把 x 的值转换为单精度数	
Cvar(x)	把 x 的值转换为变体类型值	

表 3-7　常用数学函数

函　　数	说　　明	示　　例
Sin(x)	计算数值 x 的正弦值	Sin(0.524)=0.5003（注：x 的值为弧度）
Cos(x)	计算数值 x 的余弦值	Cos(60*3.14/180)=0.49999
Tan(x)	计算数值 x 的正切值	Tan(45*3.14/180)=0.99999
Atn(x)	计算数值 x 的反正切值	Atn(1)=3.14/4
Abs(x)	计算数值 x 的绝对值	Abs(-3)=3
Exp(x)	计算 e 的 x 次幂	e 的值为 2.71828
Log(x)	计算数值 x 的自然对数	
Sgn(x)	返回数值 x 的符号 x 为负数时，返回 -1 x 为 0 时，返回 0 x 为正数时，返回 1	Sgn(-3)=-1 Sgn(0)=0 Sgn(3)=1
Sqr(x)	计算数值 x 的平方根，x 必须大于或等于 0	Sqr(4)=2
Fix(x)	去掉浮点数 x 的小数部分	Fix(-3.6)=-3　Fix(3.6)=3
Int(x)	取不大于自变量 x 的最大整数	Int(3.6)=3　　Int(-3.6)=-4
Rnd(x)	产生一个 0～1 间的单精度随机数	

表 3-8　常用日期时间函数

函　　数	说　　明	示　　例
Day(Now)	返回当前的日期，Now 是一个系统变量，表示当前系统日期时间（下同）	假定当前日期为 2008-08-08 星期五 15:23:12 Day(Now)=8
WeekDay(Now)	返回当前的星期(1～7)	WeekDay(Now) = 6
Month(Now)	返回当前的月份	Month(Now) = 8
Year(Now)	返回当前的年份	Year(Now) = 2008
Hour(Now)	返回小时（0～23）	Hour(Now) = 15
Minute(Now)	返回分钟（0～59）	Minute(Now) = 23
Second(Now)	返回秒（0～59）	Second(Now) = 12

表 3-9　常用字符串函数

函　　数	说　　明	示　　例
LTrim$(String)	去掉字符串左边的空白字符。空白字符包括空格、Tab 键等	LTrim（" abc"）="abc"
Rtrim$(String)	去掉字符串右边的空白字符。空白字符包括空格、Tab 键等	RTrim（"abc "）="abc"
Trim$(String)	去掉字符串两边的空白字符。空白字符包括空格、Tab 键等	Trim（" abc "）="abc"
Left$(String,n)	左部截取。返回字符串左边的 n 个字符	Left("abcdef",3)= "abc"
Mid$(String,p[,n])	中部截取。从第 p 个字符开始，向后截取 n 个字符；若省略参数 n 则是指从第 p 个字符一直向后截取到最后一个字符。	mid("abcdef",2,3)= "bcd" mid("abcdef",5)= "ef"
Right$(String,n)	右部截取。返回字符串右边的 n 个字符	Right("abcdef",3)= "def"
Len(String)	计算字符串的长度	len("abc")=3

函　　数	说　　明	示　　例
Len(变量)	计算变量的存储空间	Len(a%)=2
String$(n,ASCII 码)	返回由 ASCII 码对应的 n 个字符	String(3, 65)= "AAA"
String$(n,字符串)	返回由该字符串第一个字符组成的 n 个字符的字符串	String(3, "abcd")="aaa"
Space$(n)	返回 n 个空格	a="a"+space(4)+"b"
InStr([首字符位置,]字符串1,字符串 2[,n])	在字符串 1 中查找字符串 2，如找到了，返回字符串 2 的第一个字符在字符串 1 中的位置；如果未找到则返回 0	InStr(2, "abcd", "c")=3 InStr(2, "abcd", "s")=0
Ucase$(字符串)	把字符串中的小写字母转换成大写字母	Ucase("abc") =ABC
Lcase$(字符串)	把字符串中的大写字母转换成小写字母	Lcase("ABC")=abc
Mid$(字符串,位置[,L]=子字符串	把从字符串的位置开始的字符用"子字符串"替代	见说明⑤

说明：

① 三角函数的自变量 x 是一个数值表达式，其中 Sin、Cos、Tan 的自变量是以弧度为单位的角度，而 Atn 函数的自变量是正切值，它返回正切值为 x 的角度，以弧度为单位。角度可用下面公式转换为弧度：

1 度=π/180=3.14159/180（弧度）

例如，求 Sin(30°)的值，用 VB 表示为：

Sin(30*3.14159/180)

② 用 Rnd 可以产生随机数，且只能产生 0～1 间的随机数，要想产生其他区间的随机数，例如产生开区间（初值，终值）的随机整数，可用公式得出：

变量=Int(Rnd*(终值-初值))+初值

产生闭区间[初值，终值]的随机整数，可用公式得出：

变量=Int(Rnd*(终值-初值)+1)+初值

若想产生随机数（浮点数），则只需去掉 Int 函数。

例如，产生（50,80）随机整数为：

a=Int(Rnd*30)+50

产生[10，100]随机整数为：

a=Int(Rnd*91)+10

当一个应用程序不断地重复使用随机数时，同一序列的随机数会反复出现用 Randomize 语句可消除这种情况，格式为：

Randomize(x)

这里 x 是一个整型数，它是随机数发生器的"种子数"，可以省略。

③ 为了检验每个函数的操作，可通过编写事件过程，如 Command1_Click，也可用直接方式在立即窗口中执行，执行"视图"菜单下的"立即窗口"（或按【Ctrl+G】组合键）可打开立即窗口，在立即窗口中可输入命令，例如：

Print Int(2.68)　<回车>

也可用 ? 代替 Print，例如：

?Int(2.68)　<回车>

④ 字符串匹配函数（InStr）格式如下：

```
InStr([首字符位置,]字符串1,字符串2[,n])
```

功能：该函数在"字符串1"中查找"字符串2"，如找到了，返回"字符串2"的第一个字符在"字符串1"中的位置，"字符串1"的第一个字符的位置为1。例如：

```
a$="Microsoft Visual Basic"      <回车>
b=InStr(a$, "Visual")            <回车>
Print b                          <回车>
11
```

首字符的位置是可选的，如含有"首字符位置"，则从该位置开始查找，否则从"字符串1"的起始位置开始查找。

函数最后一个自变量 n 是可选的，它是一个整型数，用来指定字符比较的方式。该自变量的取值可以是 0、1 或 2。如果为 0 表示区分大小写，如果为 1 表示不区分大小写，如果为 2 表示基于数据库包含的信息进行比较（仅用于 Microsoft Access），默认为 0。例如：

```
n=InStr("Visual","A",0)          <回车>
m=InStr("Visual","A",1)          <回车>
Print n;m                        <回车>
 0 5
```

在实际应用中我们经常利用这个函数的返回值是否为 0 来判断字符串中是否含有要查找的字符串。例如，检查在文本框中是否输入了"a"：

```
Private Sub Command1_click()
n=InStr(Text1.Text, "a")
If n <> 0 Then
   MsgBox "找到了a" & "位置为: " & Str(n)
End If
End Sub
```

⑤ 插入字符串语句（Mid）格式如下：

```
Mid$(字符串，位置[,L])=子字符串
```

功能：把从"字符串"的"位置"开始的字符用"子字符串"代替，如含有 L 自变量，则替换的内容是"子字符串"左部的 L 个字符。"位置"和 L 均是长整型数。例如：

```
Private Sub Form_Click()
   a$="Microsoft Visual Basic"
   Mid$(a$, 2, 9)="good morning"
   Print a
End Sub
```

结果为：

```
Mgood mornVisual Basic
```

本 章 小 结

本章介绍了 VB 应用程序的基本元素，包括数据类型、常量、变量、内部函数、运算符和表达式等。掌握这些基本知识，会为 VB 编程奠定良好的基础。下一章将重点介绍有关标准控件的内容。

习 题 三

一、选择题

1. 常量与变量的区别在于（　　　）。

   A. 常量的值不可改变，而变量的值可以改变

   B. 常量与变量只是名字的不同

   C. 变量比常量有更多的类型

   D. 常量跟变量都代表内存中的一个数据单元

2. 在变量的命名规则中，名字的有效字符数为（　　　）。

   A. 127　　　　　　　B. 255　　　　　　　C. 511　　　　　　　D. 1023

3. 下列名字中，不合法的变量名是（　　　）。

   A. Hello$　　　　　　B. Print$　　　　　　C. My2　　　　　　　D. Hello_Print#

4. 下列变量名中，合法的变量名是（　　　）

   A. A+3　　　　　　　B. A3　　　　　　　　C. ABS　　　　　　　D. 3A

5. 一个枚举类型的定义如下：

```
Public Enum Wdays
    Staturday
    Sunday=0
    Moday
    Tueaday
    Wednesday
    Thursday
    Friday
    Invalid=-1
End Enum
```

   请判断其中 Staturday 所对应的数值是（　　　）。

   A. -1　　　　　　　　B. 0　　　　　　　　C. 1　　　　　　　　D. 无法确定

6. 在使用了定语语句 DefCur X-Z 后，以下说法中正确的为（　　　）。

   A. 变量 W 是一个货币型变量　　　　　　B. 变量 X 是一个单精度型变量

   C. 变量 Y_Count 是一个货币型变量　　　　D. 变量 a_Count 是一个货币型变

7. 下面关于局部变量的说法中，正确的为（　　　）。

   A. 局部变量的作用域是其所在的模块

   B. 在不同的过程中可以定义相同名称的局部变量

   C. 在相同的过程中可以定义相同名称的局部变量

   D. 局部变量可以被定义在过程外

8. 在某一模块文件的声明部分有如下定义：

```
Public strNme As String*80
```

   则变量 strName 的作用域为（　　　）。

   A. 此模块的某一过程　　　　　　　　　　B. 此模块中的所有过程

   C. 此模块所在工程中的所有模块　　　　　D. 所有类型的变量

9. 默认声明可以适用于下列（　　　）。

    A. 局部变量   B. 模块变量

    C. 全局变量   D. 所有类型的变量

10. 下列可以打开立即窗口的操作是（　　　）。

    A. Ctrl+D   B. Ctrl+E   C. Ctrl+F   D. Ctrl+G

11. 可以同时删除字符串前面和尾部空白的函数是（　　　）。

    A. Ltrim   B. Rtrim   C. Trim   D. Mid

12. 用于获得字符串 S 最左边四个字符的函数是（　　　）。

    A. Left(S,4)   B. Left(1,4)   C. LeftStr(S)   D. LeftStr(S,4)

13. 计算结果为 0 的表达式是（　　　）。

    A. Int(5.4)+Int(−5.8)   B. CInt(5.4)+CInt(−5.8)

    C. Fix(5.4)+Fix(−5.8)   D. Exp(5.4)+Exp(−5.8)

14. 下面四个表达式中，其值为 0 的是（　　　）。

    A. 4/5   B. 5 Mod 4   C. 4\5   D. 4 Mod 5

15. 在下列表达式中，非法的是（　　　）。

    A. a=b+c   B. a≠b>c   C. a>b+c   D. a<b+c

16. 表达式 4+5\6*7/8 Mod 9 的值是（　　　）。

    A. 4   B. 5   C. 6   D. 7

17. 如果在立即窗口中执行以下操作：

```
a=8
b=9
print a>b
```

则输出结果是（　　　）。

    A. −1   B. 0   C. False   D. True

18. 执行以下程序段后，变量 c\$的值为（　　　）。

```
a$="Visual basic Programing"
b$="Quick"
c$=b$&Ucase(Mid$(a$,7,6))&Right$(a$,11)
```

    A. Visual BASIC Programing   B. Quick Basic Programing

    C. QUICK Basic Programing   D. Quick BASIC Programing

19. 在窗体中添加一个命令按钮，编写如下程序：

```
Private Sub Command1_Click()
    a="ABCD"
    b="efgh"
    c=LCase(a)
    d=Ucase(b)
    Print c;d
End Sub
```

程序运行后，输出结果为（　　　）。

    A. abcdEFGH   B. abcdefgh   C. ABCDefgh   D. ABCDEFGH

20. 在窗体中添加一个命令按钮，编写如下程序：

```
Private Sub Command1_Click
    Dim x as single
    X=0.000000075
    Print X
End Sub
```

程序运行后结果是（　　　　）。

 A. 0.000000075   B. .000000075   C. 7.5E-8   D. 7.5E-08

21. 下面四个字符串进行比较，最小的是（　　　　）。

 A. "9977"   B. "B123"   C. "BASE"   D. "DATA"

22. 下面逻辑表达式中，其值为真的是（　　　　）。

 A. "b">"ABC"   B. "THAT">"THE" C. 9>"H"   D. "A">"a"

23. 正确的 VB 逻辑表达式是（　　　　）。

 A. x>y AND <z   B. x>y>z   C. x>y AND >z D. x>y AND y>z

24. VB 表达式 SQR(a+b)^3*2 中优先进行运算的是（　　　　）。

 A. SQR 函数   B. +   C. ^   D. *

25. 在 VB 中，语句 Print 3>9 输出结果为（　　　　）。

 A. 0   B. 1   C. –1   D. False

26. Msgbox 函数返回值的类型为（　　　　）。

 A. 整数   B. 字符串   C. 变体   D. 整数或字符串

27. 下列四项中，（　　　　）是 VB 中的数值变量

 A. ABC   B. E+5   C. 'Ture'   D. 1.35E-2

28. 表达式 3^3\3*3/3 Mod 3 的值是（　　　　）。

 A. 1   B. –1   C. 3   D. 0

29. 从键盘输入一个实数 mm，利用字符串函数对输入的数进行处理，如果输出的内容不是字符则输出 END，本例中输出的内容是（　　　　）。

```
Private Sub Command_click()
    mm=val(inputbox("请输入一个实数"))
    n=str$(mm)
    p=instr(n,".")
    if p>0 then
        print Mid(n,p)
    else
        print "END"
    End if
End Sub
```

 A. 用字符方式输出数据 mm   B. 输出数据的整数部分

 C. 输出数据的小数部分   D. 只去掉数据中的小数点，保留所有数码输出

二、填空题

1. Int(–17.8)+sgn(17.8)的值为＿＿＿＿＿＿。

2. x 是小于 100 的非负数，VB 的表达式正确的是＿＿＿＿＿＿＿＿。

3. 在窗体上画一个命令按钮，然后编写如下事件过程：

```
Private Sub Command1_Click()
    a=1
    b=2
    c=3
    a=b
    b=c
    c=a
    Print a;b;c
End Sub
```

程序运行后，输出的结果是_____。

4. 在程序中添加一个命令按钮和一个文本框，并在命令按钮中编写如下代码：

```
Private Sub Command1_Click
    a=1.2:b=321
    c=Len(Str(a)+str(b))
    Text1.Text=c
End Sub
```

程序运行后在文本框中显示_____。

5. 运行下列程序后，单击命令按钮后输出的图案是_____。

```
Private Sub Command1_Click
    a="aaaaaa"
        Mid(a,2,4)="AAA"
    print a
End Sub
```

6. 有如下一组程序语句：

```
Private Sub command1_click()
    dim sum as Integer
    Sum%=19
    sum=2.32
    print sum%,sum
End Sub
```

运行时的输出结果是_____。

7. 有下列程序：

```
Private Sub Command1_Click()
    a$="Good Morning"
    B$="Even"
    C$=Left$(a$,4)+LCase$(B$)+Right$(a$,3)
    Print C$
End sub
```

运行后窗体上显示的是_____。

8. 在窗体添加一个命令按钮，编写如下程序：

```
Private Sub Command1_Click()
    Dim a
    a=9^2 Mod 6^3\3^2
    Print a
End Sub
```

程序运行结果是_____。

9. 表达式 5*(7 Mod 3)*1/2 的值是_____。

10. 执行下列程序，输出结果是_____。

```
Private Sub Form_Click()
```

```
      Dim b As Double
      b=2# / 3
      Print b
   End Sub
```

11. Int(-17.8)+sgn(17.8)的值为_____。

12. x 是小于 100 的非负数，VB 的表达式正确的是_____。

13. 执行下列程序，输出结果是_____。
```
Private Sub Form_Click()
   Dim b As Double
   b=2# / 3
   Print b
End Sub
```

14. 下面一段程序定义了一个记录，包括 name、age 及 wage 三个字段，但不完整，请补充完整。
```
Private Type  student
   nam as strint*12
   age as integer
   wage as integer
   _____
```

15. 运行下列程序，结果为_____。
```
Private sub Command1_click()
   x=5^2 mod 4^3\3^2
   print "x=";x
End Sub
```

16. 有如下一组程序语句：
```
Private Sub command1_click()
   dim sum as Integer
   Sum%=19
   sum=2.32
   print sum%,sum
End Sub
```
运行时的输出结果是_____。

第4章

〇 常用标准控件

知识点

- 常用的标准控件
- 控件的焦点
- 控件数组

重点

- 控件的属性、事件和方法
- 与焦点相关的属性
- 控件数组的建立和使用

本章知识结构图

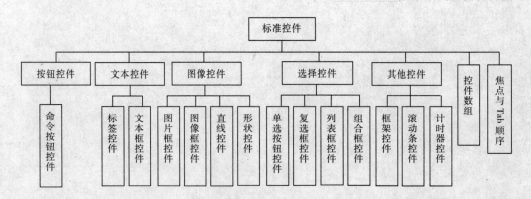

控件是构成用户界面的基本元素，只有掌握了控件的属性、事件和方法，才能编写出具有实用价值的应用程序。VB 中的控件可以分为两类，一类是标准控件，另一类是 AcitveX 控件。本章将系统深入地介绍部分标准控件的用法。

4.1 命令按钮控件

命令按钮控件如图 4-1 所示。

命令按钮是 VB 应用程序中最常用的控件，它提供了用户与应用程序交互最简便的方法。

图 4-1 命令按钮

1. 命令按钮的属性

命令按钮（Command Button）默认名称 Commandx（x 为 1，2，3，…），可通过 Name 属性修改，在属性窗口中一般为 "（名称）"。

（1）Caption（标题）

作用：用来在命令按钮中显示文本。

取值：任何字符，默认值为 Command1。

格式：对象名.Caption=属性值

例如：Command1.Caption= "Visual Basic"

（2）Cancel

作用：用来设置命令按钮和 Esc 键是否产生关联。

取值：True——命令按钮和【Esc】键产生关联，按【Esc】键和单击命令按钮的作用相同；False——命令按钮和【Esc】键没有关联。

注意：在一个窗体中，只允许有一个命令按钮的 Cancel 属性设置为 True。

（3）Default

作用：用来设置命令按钮和 Enter 是否产生关联。

取值：True——和【Enter】键产生关联，按 Enter 键和单击命令按钮的作用相同；False——和【Enter】键没有关联。

注意：在一个窗体中，只允许有一个命令按钮的 Default 属性设置为 True。

📖 练一练

在名称为 Form1 的窗体上画一个文本框，名称为 Text，再画一个命令按钮，名称为 C1，标题为 "显示"，它的 TabIndex 属性设为 0。请为 C1 设置适当的属性，使得当焦点 Text1 上时，按【Esc】键就调用 C1 的 Click 事件，该事件过程的作用是在文本框中显示 "等级考试"，程序运行结果如图 4-2 所示。

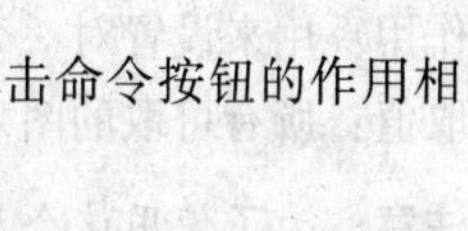

注意：程序中不得使用变量，事件过程中只能写一条语句。

图 4-2 运行结果

存盘时必须存放在 "E:\VB\第四章" 文件夹下，设置工程文件名为 Cmd1.vbp，窗体文件名为 Cmd1.frm。

（4）Style

作用：用来指定控件的显示类型和操作。

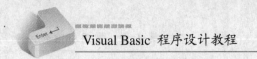

取值：0——标准样式（符号常量 vbButtonStandard），即在命令按钮中只显示文本，没有相关图形（默认设置）；1——图形格式（符号常量 vbButtonGraphical），即在命令按钮中不仅显示文本，而且还可以显示图形（Picture 属性）。

修改：只能在设计阶段（属性窗口）——它是只读属性。

（5）Picture

作用：用来给命令按钮指定一个图形。

取值：所有可取的图片文件。

注意：为了使这个属性有效，必须把 Style 属性值设置为 1（图形格式）。

（6）DownPicture

作用：用来设置当控件被单击并处于按下状态时在控件中显示的图形。

取值：所有可取的图片文件。

注意：为了使用这个属性，必须把 Style 属性设置为 1（图形格式），并且要使命令按钮呈按下状态。若该属性未设置，则显示 Picture 属性的图片。

（7）DisabledPicture

作用：用来设置对一个图形的引用。

取值：所有可取的图片文件

注意：为了使用这个属性，必须把 Style 属性设置为 1（图形格式）；命令按钮必须禁止使用（即 Enabled 属性为 False）。

练一练

在名称为 Form1 的窗体上画一个命令按钮，名称为 C1，标题为"图形"。要求：该命令按钮以图形方式显示，当按钮处于非按下状态时，显示图片 P1（见图 4-3），当按钮处于按下状态时，显示图片 P2（见图 4-4），当按钮不可用时，显示图片 P3（见图 4-5）。程序运行后，当单击命令按钮时，则命令按钮不可用。

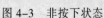

图 4-3　非按下状态

图 4-4　按下状态

图 4-5　不可用状态

注意：存盘时必须存放在"E:\VB\第四章"文件夹下，工程文件名为 Cmd2.vbp，窗体文件名为 Cmd2.frm。

2．命令按钮的事件

命令按钮最常用的事件是单击（Click）事件，特别强调的是命令按钮不支持双击（DblClick）事件。

练一练

在名称为 Form1 的窗体上画两个命令按钮，其名称分别为 Command1 和 Command2，标题分别为"扩大"和"移动"。如图 4-6 所示，编写适当的事件过程。程序运行后，如果单击 Command1 命令按钮，则使窗体在高、宽方向上各增加 0.2 倍（变为原来的 1.2 倍）；如果单击 Command2 命令按钮，则使窗体向右移动 200，向下移动 100。

图 4-6　命令按钮事件练习

注意：存盘时必须存放在"E:\VB\第四章"文件夹下，工程文件名为 Cmd3.vbp，窗体文件名为 Cmd3.frm。

想一想

① 为了使用户单击一个命令按钮控件，跟用户按下【Esc】键具有相同的功能，需要将按钮控件的（　　）属性的值设置为 True。

A. Cancel　　　　B. Default　　　　C. Visible　　　　D. Enabled

② 为了使用户单击一个按钮控件，跟用户按下【Enter】键具有相同的功能，需要将按钮控件的（　　）属性的值设置为 True。

A. Cancel　　　　B. Default　　　　C. Visible　　　　D. Enabled

③ 为了使按钮控件可以显示图形，应首先将（　　）属性的值设置为图形格式，即属性为 1。

A. Style　　　　B. Picture　　　　C. Appearance　　　　D. BackColor

④ 当一个按钮的 Enabled 属性被设置成 False 时，如果控件可以显示图形，则此时应显示下列（　　）属性所确定的图形。

A. Picture　　　　B. DownPicture　　　　C. DisabledPicture　　　　D. Pictures

4.2　文本控件

与文本有关的控件主要有两个，即标签和文本，如图 4-7 和图 4-8 所示。

图 4-7　标签　　　　图 4-8　文本框

标签：只能显示文本，不能进行编辑
文本：既可以显示文本，又可以输入文本。

4.2.1　标签（Label）

标签（Label）默认名称 Labelx（x 为 1，2，3，…），可通过 Name 属性修改，在属性窗口中一般为"（名称）"。

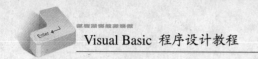
标签的主要作用是用来显示信息，常用来标注本身不具有 Caption 属性的控件，附加描述性的信息。

1．标签的属性

（1）Caption（标题）

作用：用来在标签中显示文本。

取值：任何字符，默认值为 Label1。

（2）Alignment（对齐方式）

作用：用来确定标签中标题的对齐方式。

取值：0——从标签的左边开始显示标题（默认）（即左对齐）；1——标题靠右显示（即右对齐）；2——标题居中显示（即居中对齐）。

（3）AutoSize（自动调整大小）

作用：是否根据 Caption 属性指定的标题自动调整标签的大小。

取值：True——可根据 Caption 属性指定的标题自动调整标签的大小；False——标签将保持设计时定义的大小，在这种情况下，如果标题太长，则只能显示其中的一部分（默认）。

（4）BorderStyle（边框类型）

作用：用来设置标签的边框。

取值：0——标签无边框（默认）；1——标签有边框。

练一练

在名称为 Form1 的窗体上画一个标签，其名称为 Lable1，标题为"等级考试"，BorderStyle 属性为 1，可以根据标题自动调整大小；然后再画一个命令按钮，其名称和标题均为 Command1，编写适当的事件过程。程序运行后，其界面如图 4-9 所示，此时如果单击命令按钮，则标签消失，同时用标签的标题作为命令按钮的标题，如图 4-10 所示。

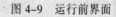

图 4-9　运行前界面　　　　图 4-10　运行后界面

注意：存盘时必须存放在"E:\VB\第四章"文件夹下，工程文件名为 LB1.vbp，窗体文件名为 LB1.frm。

（5）BackStyle（背景样式）

作用：用来设置标签的背景样式。

取值：0——标签为"透明"的；1——标签覆盖整个背景（显示 BackColor 属性指定的颜色）（默认）。

（6）WordWrap（标题显示方式）

作用：只适用于标签，用来决定标签的标题的显示方式。

取值：True——标签将在垂直方向变化大小以与标题文本相适用，水平方向的大小与原来的标签相同。False——标签将在水平方向上扩展为一行（默认）。

注意：①为了使 WordWrap 起作用，应把 AutoSize 属性设置为 True。②测试时在 Caption 中输入中文（汉字）。

2．标签的事件

标签可以触发 Click 和 DblClick 事件。

想一想

① 为了使标签可以覆盖背景，需要将下列（　　）属性的值设为 1。

    A．BorderStyle   B．WordWrap   C．BackStyle   D．Enabled

② 为了使标签可以根据 Caption 属性中字符的多少自动变化大小，需要以下（　　）属性的值设为 True。

    A．AutoSize   B．WordWrap   C．Enabled   D．Alignment

③ 为了使标签中显示的字符靠右显示，应将 Alignment 属性的值设置成（　　）。

    A．0   B．1   C．2   D．3

④ 假定窗体上有一个标签，名为 Lable1，为了使该标签透明并且没有边框，则正确的属性设置为（　　）

    A．Label1.Backstyle=0   B．Label1.Backstyle=1

        Label1.Borderstyle=0   Label1.Borderstyle=1

    C．Label1.Backstyle=True   D．Label1.Backstyle=False

        Label1.Borderstyle=True   Label1.Borderstyle=False

⑤ 如果标签上的文字变成了灰色，则说明标签的（　　）属性被设置为 False。

    A．AutoSize   B．WordWrap   C．Enabled   D．Alignment

4.2.2　文本框（TextBox）

文本框（TextBox）默认名称 Textx（x 为 1，2，3，…），可通过 Name 属性修改，在属性窗口中一般为"（名称）"。

文本框是一个文本编辑区域，在设计阶段可通过 Text 属性在这个区域中输入、编辑和显示文本，在运行阶段既可使用 Text 属性值也可手动通过键盘输入、编辑和显示文本。

1．文本框的属性

（1）Text（文本属性）

作用：用来设置文本框中显示的内容。

取值：任何字符，默认值为"Text1"。

格式：对象名.Text=属性值

例如：Text1.Text="程序设计"

（2）MaxLength（允许的最大字符数）

作用：用来设置允许在文本框中输入的最大字符数。

取值：0～65 535，其中 0 为默认值，表示不限定文本框的字符数。

（3）MultiLine（文本显示方式）

作用：用来确定文本的显示方式。

取值：True——多行显示；False——单行显示（默认）。

修改：只能在设计阶段（即在属性窗口中）设置，是只读属性。

注意：当把 MultiLine 属性设置为 True，使用多行文本，在设计阶段修改 Text 属性时，可按下【Ctrl+Enter】组合键换行或插入一个空行。

（4）ScrollBars（有无滚动条）

作用：用来确定文本框中有没有滚动条。

取值：0——没有滚动条（默认）；1——只有水平滚动条；2——只有垂直滚动条；3——同时具有水平和垂直滚动条。

修改：只能在设计阶段（即在属性窗口中）设置，是只读属性。

注意：①要使 ScrollBars 属性起作用，必须使 MultiLine 属性值为 True。②当在文本框中加入水平滚动条（或同时加入水平和垂直滚动条）后，文本框中文本的自动换行功能将不起作用，只能通过【Enter】键换行。

练一练

在名称为 Form1 的窗体上画一个名称为 Text1 的文本框，请设置适当属性使文本框中无初始内容，可显示多行，有垂直滚动条，且最多只能输入 1 000 个字符，如图 4-11 所示。

注意：存盘时必须存放在"E:\VB\第四章"文件夹下，工程文件名为 TB1.vbp，窗体文件名为 TB1.frm。

图 4-11　文本框属性练习1

（5）PasswordChar（设置口令属性）

作用：用于口令输入。

取值：任何字符，默认为空字符串（不是空格）。

修改：可在设计阶段（属性窗口）和运行阶段（代码窗口）设置。

格式：对象名.PasswordChar=属性值

例如：Text1.PasswordChar="*"（文本框内文字显示为"*"）
　　　Text1.PasswordChar=""（文本框内文字原样显示）

注意：要使 PasswordChar 属性起作用，则 MultiLine 属性必须设置为 False（呈单行显示）。

练一练

在名称为 Form1 的窗体上画一个文本框，名称为 T1，其初始内容为"Visual Basic"，再画两个命令按钮，名称分别为 C1、C2，标题分别为"密码显示"
和"原样显示"，如图 4-12 所示。

要求：编写适当的事件过程，程序运行时，当单击 C1 时，
则文本框的内容以"*"显示，当单击 C2 时，则显示为原来的样
式"Visual Basic"。

图 4-12　文本框属性练习 2

注意：存盘时必须存放在"E:\VB\第四章"文件夹下，工程文件名为 TB2.vbp，窗体文件名
为 TB2.frm。

（6）SelLength（选中文本长度）

作用：当前选中的字符数。

取值：①运行时，该属性值会随着选择字符的多少而改变；②可在程序代码中设置一个整数
值，由程序改变选择。

修改：只能在运行阶段（即在代码窗口中）设置。

格式：对象名.SelLength=属性值

例如：Text1.SelLength=5

注意：要看到最终效果，则必须使文本框具有焦点。

（7）SelStart（选择起始位置）

作用：定义当前选择的文本的起始位置。

取值：0～Len(Text1.Text)。0 表示选择的开始位置在第一个字符之前，1 表示从第二个字符之
前开始选择，依此类推，最后一个字符之后的位置则为 Len(Text1.Text)。

修改：只能在运行阶段（即在代码窗口中）设置。

格式：对象名.SelStart=属性值

例如：Text1.SelStart=2

注意：要看到最终效果，则必须使文本框具有焦点。

（8）SelText（文本属性）

作用：含有当前所选择的文本字符串

取值：①没有选择文本，则为空字符串；②选中的文本；③可在程序中设置 SelText 属性，则
用该值代替文本框中选中的文本。

修改：只能在运行阶段（即在代码窗口中）设置。

格式：对象名.SelText=属性值

例如：Text1.SelText= "等级考试"

练一练

在 Form1 窗体上画四个标签，名称分别为 L1、L2、L3、L4，标题分别为"字符串"、"起
始位置"、"选择长度"、"选中内容"；再画四个文本框，名称分别为 T1、T2、T3、T4，T1
的初始内容为"Visual Basic"，其余文本框初始内容均为空；再画三个命令按钮，名称分别为

C1、C2、C3，其标题分别为"选择"、"复制"、"删除"，如图 4-13 所示。程序运行后，在文本框 T1、T2 中分别输入一个整数，当单击 C1 时，则根据文本框 T2 和 T3 中的值选中文本框 T1 中相应的内容，当单击 C2 时，则将选中的文本复制到 T4 中，当单击 C3 时，则将选中的内容删除掉。

图 4-13　文本框属性练习 3

注意： 最后将程序保存在"E:\VB\第四章"文件夹下，工程文件名为 TB3.vbp，窗体文件名为 TB3.frm。

（9）Locked（锁定文本）

作用：用来指定文本框是否可被编辑。

取值：True——可以滚动和选择控件中的文本，但不能编辑；False——默认值，可以编辑文本框中的文本。

2．文本框的事件

文本框除支持 Click、DblClick 等事件之外，同时还支持 Change、GotFocus、LostFocus 等事件。

（1）Change 事件

触发：当改变了文本框中的内容时，将触发 Change 事件。

改变的方法：①输入文本，包括输入字符和删除字符；②运行时通过程序代码修改 Text 属性的值。

练一练

在窗体上画两个文本框，名称分别为 Text1、Text2。请设置适当的控件属性，并编写适当的事件过程，使得在运行时，如果在 Text1 中每输入一个字符，则显示一个"*"，同时在 Text2 中显示输入的内容（见图 4-14）。程序中不得使用任何变量。

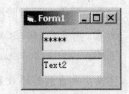

图 4-14　文本框事件练习 1

注意： 存盘时必须存放在"E:\VB\第四章"文件夹下，工程文件名为 TB4.vbp，窗体文件名为 TB4.frm。

（2）GotFocus 事件

触发：当文本框得到焦点时，即由非活动状态变为活动状态时。

注意： 只有当文本框可见（即 Visible 属性为 True）和可用（即 Enabled 属性为 True）时才能得到焦点触发 GotFocus 事件。

（3）LostFocus 事件

触发：当文本框失去焦点时，即由活动状态变为非活动状态时。

注意： 只有当文本框具有焦点，才能失去焦点。

练一练

在名称为 Form1 的窗体上画两个文本框，名称分别为 Text1、Text2。程序运行时，当文本框

Text2 失去焦点时，在窗体上显示"计算机"，当文本框 Text2 得到
焦点时在窗体上显示"等级考试"，如图 4-15 所示。

注意：存盘时必须存放在"E:\VB\第四章"文件夹下，工程文
件名为 TB6.vbp，窗体文件名为 TB6.frm。

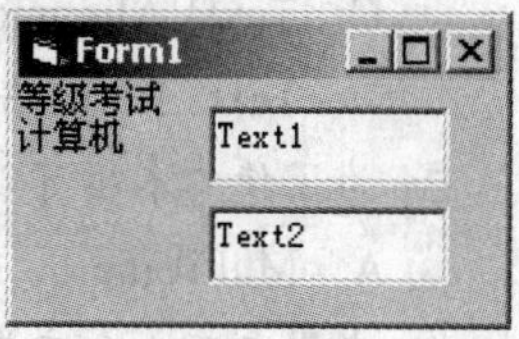

3. 文本框的方法

SetFocus 方法的作用：可以把光标移到指定的文本框中。

格式：[对象.]SetFocus

例如：Text1.SetFocus

图 4-15　文本框事件练习 2

练一练

在名称为 Form1 的窗体上画两个文本框，名称分为 Text1、
Text2，再画两个命令按钮，名称分别为 Command1、Command2，
标题分别为"左"、"右"，如图 4-16 所示。

要求：编写适当的事件过程，使得程序运行时，单击"左"按
钮，则焦点位于 Text1 上；单击"右"按钮，则焦点位于 Text2 上。

图 4-16　文本框方法练习

注意：①程序中不得使用变量，事件过程中只能写一条语句。
②存盘时必须存放在"E:\VB\第四章"文件夹下，工程文件名为 TB7.vbp，窗体文件名为 TB7.frm。

想一想

① 为了使文本框输入多行文本，需要将（　　）属性的值设置为 True。

　　A. MaxLength　　　　　B. MultiLine　　　　　C. Locked　　　　　D. Enabled

② 为了在文本框中使用垂直滚动条，要将 MultiLine 属性设为 True，同时还要将 ScrollBars
属性的值设为（　　）。

　　A. 0　　　　　　　　　B. 1　　　　　　　　　C. 2　　　　　　　　　D. 3

③ 在文本框的属性中，可以在设计阶段改变的为（　　）。

　　A. ScrollBars　　　　　B. SelLength　　　　　C. SelStart　　　　　D. SelText

④ 为了使一个文本框可以滚动和选择文字但不能编辑，需要将下列（　　）属性设为 True。

　　A. Enabled　　　　　　B. Locked　　　　　　C. Visible　　　　　D. MultiLine

⑤ 窗体中有一个文本框 Text1，其 Text 属性值是"Visual Basic"，当用鼠标选择其中的"l B"
后，则下列语句 Print Text1.seltext Text1.selstart Text1.selLength 的输出结果为（　　）。

　　A. l B53　　　　　　　B. Visual Basic　　　　C. l B 5 3　　　　　D. l B 6 3

⑥ 假定窗体上有一个 Text 文本框，为使它的文本内容位于中间并且没有边框，则正确的属
性设置为（　　）。

　　A. Text1.Alignment=1　　　　　　　　　　B. Text1.Alignment=2
　　　Text1.BorderStyle=0　　　　　　　　　　Text1.BorderStyle=1

  C. Text1.Alignment=1   D. Text1.Alignment=2

    Text1.BorderStyle=1   Text1.BorderStyle=0

⑦ 为了使文本框可以用做口令输入框，需要改变的属性的值是（   ）。

  A. MultiLine   B. MaxLength   C. PasswordChar   D. ScrollBars

⑧ 当用户在一个文本框中输入数据时按下【Tab】键后将触发文本框的（   ）。

  A. GetFocus 事件 B. SetFocus 事件   C. LostFocus 事件   D. Acrivate 事件

4.3 图 形 控 件

与图形有关的控件主要有四个，即图片框、图像框、直线和形状。如图 4-17～图 4-20 所示。

  图 4-17 图片框   图 4-18 图像框    图 4-19 直线   图 4-20 形状

图片框：可以显示文本和装入图形文件。

图像框：只能装入图形文件。

直线：绘制直线。

形状：绘制简单几何图形。

4.3.1 图片框和图像框的区别

  图片框和图像框都是 VB 中用来显示图形的两种基本控件，用于在窗体的指定位置显示图形信息。但是它们又有以下区别：

  ① 图片框可以通过 Print 方法接收文本，并可接收由像素组成的图形；而图像框不能接收用 Print 方法输出的信息，也不能用绘图方法在图像框上绘制图形。

  ② 图片框是"窗器"控件，可以作为父控件，而图像框不能作为父控件。

  ③ 图像框比图片框占用的内存少，显示速度快。在两者均可满足的条件下，应优先考虑图像框。

  注意：所谓"容器"控件，即"父控件"，就是可以把其他控件放在该控件上，作为它的"子控件"。当图片框中含有其他控件时，如果移动图片框，则框中的控件也随着一起移动，并且与图片框的相对位置保持不变；图片框内的控件不能移动到图片框外。

4.3.2 图片框（PictureBox）

  图片框（PictureBox）默认名称 Picturex（x 为 1，2，3，…），可通过 Name 属性修改，在属性窗口中一般为"（名称）"。

  图片框的主要作用是接收由 Print 方法输出的文本，或装入图形文件显示图形、图像。

  1. 图片框的属性

（1）Picture（图片属性）

作用：用来在图片框中装入图形文件。

取值：所有可取的图片文件。

（2）AutoSize（自动调整大小）

作用：是否根据 Picture 属性指定的图形的大小自动调整图片框的大小。

取值：True——可根据 Picture 属性指定的图形的大小自动调整图片的大小；False——图片框将保持设计时定义的大小，在这种情况下，如果图形太大，则只能显示其中的一部分，如果图形较小，则只能占用图片框的一部分（默认）。

2. 图片框的事件

图片框可以触发 Click 和 DblClick 事件。

3. 图片框的方法

图片框可以使用的方法：Print 方法、Cls 方法、Move 方法

4.3.3 图像框（Image）

图像框（Image）默认名称 Imagex（x 为 1，2，3，…），可通过 Name 属性修改，在属性窗口中一般为"（名称）"。图像框是用来显示图形的。

1. 图像框的属性

（1）Picture（图片属性）

作用：用来在图片框中装入图形文件

取值：所有可取的图片文件

（2）Stretch

作用：该属性只适用于图像框，用来自动调整图像框中图形内容的大小，以与图像框大小相适应。

取值：True——图形将根据图像框的大小调整自己的大小以与图像框相适应；False——默认值，加载图形时，图像框将自动调整大小以与图形相适应。

2. 图像框的事件

图像框可以触发 Click 和 DblClick 事件，但在实际编程中较少编辑图像框的事件。

3. 图像框的方法

图像框可以使用的方法：Move 方法

4.3.4 图形文件的装入

1. 在设计阶段装入图形文件

（1）用属性窗口中的 Picture 属性装入。

（2）利用剪贴板把图形粘贴到窗体、图片框、图像框中。（可使用【Ctrl+C】、【Ctrl+V】组合键）。

2. 在运行期间装入图形文件

方法：使用 LoadPicture 函数。

格式：[对象.]Picture=LoadPicture("文件名")

例如：Picture1.Picture=LoadPicutre("C:\pic1.jpg")

效果：把 C 盘上名为 pic1.jpg 的图形文件装入名为 Picture1 的图片框中。

例如：Picture1.Picture=LoadPicutre()

效果：将图片框 Picture1 中的图片清空。

例如：Picture1.Picture=Picture2.Picture

效果：将图片框 Picture2 中的图形装入图片框 Picture1 中。

注意：如果在运行期间用 LoadPicture 函数装入图形，则必须确保能找到相应的图形文件，否则会出错。相对来说，在设计阶段装入图形文件更安全一些，但窗体文件较大。

练一练

① 在名称为 Form1 的窗体上画一个图片框，名称为 P1，通过属性窗口将 "E:\VB\Pic\pic1.jpg" 图片装入图片框中。再画两个命令按钮，名称分别为 C1、C2，标题分别为"清空"和"装入"。程序运行后，当单击 C1 时将图片框中的图片清空，当单击 C2 时，则将该图片再次装入该图片框中，如图 4-21 所示。

注意：存盘时必须保存在 "E:\VB\第四章" 文件夹下，工程文件名为 PB2.vbp，窗体文件名为 PB2.frm。

图 4-21　图片框属性练习 1

② 在名称为 Form1 的窗体上画两个图像框，名称分别为 Img1 和 Img2，通过属性窗口，分别将 "E:\VB\Pic" 文件夹下的 pic1.bmp 和 pic2.jpg 文件装入到图像框中，并设置适当属性，使图形与图像框大小相适应。再画一个命令按钮，名称为 C1，标题为"交换"。程序运行后，当单击命令按钮 C1 时，则将两个图片框中的图片交换，如图 4-22 所示。

注意：存盘时必须保存在 "E:\VB\第四章" 文件夹下，工程文件名为 Img1.vbp，窗体文件名为 Img1.frm。

想一想

图 4-22　图片框属性练习 2

① 下列说法中，对于图片框与图像框的区别说法错误的为（　　　）。

　　A. 图片框是容器，而图像框不能作为其他控件的父控件

　　B. 图像框有 Picture 属性，而图片框没有

　　C. 图片框可以使用 Print 方法，而图像框没有

　　D. 图像框比图片框使用的内存少

② 为了实现根据图像框的大小来调整图像的大小这一功能，必须将下列（　　　）属性的值设为 True。

　　A. Picture　　　　　　B. Enabled　　　　　C. Stretch　　　　　D. 无法实现此功能

③ 为了实现根据图片框的大小来调整其内图片的大小这一功能，必须将下列（　　　）属性的值设为 True。

  A. Picture   B. Enabled   C. Stretch   D. 无法实现此功能

④ 在设计阶段向一个图片框控件、图像控件和窗体装入一个图形文件，除了通过改变属性窗口中的 Picture 属性外，还可以（　　　）。

  A. 向以上对象粘贴一个已经复制到剪贴板的图形

  B. 将一个图形文件名赋值给以上对象

  C. 使用对象的 LoadPicture 方法将图形文件装入

  D. 将图形文件复制到工程所在的目录下

⑤ 在运行期间，可以使用下列（　　　）方法装入图形文件夹。

  A. LoadString B. LoadPicture C. LoadImage D. LoadTuXing

⑥ 下列（　　　）语句可以将图片框 Picture1 的图形删除。

  A. Picture1.DeletePicture   B. Picture1.Picture=""

  C. Picture1.LoadPicture("null")   D. Picture1=LoadPicture()

4.3.5　形状（Shape）

形状（Shape）默认名称 Shapex（x 为 1，2，3，…），可通过 Name 属性修改，在属性窗口中一般为"（名称）"。

图像框可用来绘制简单几何图形，例如：矩形、正方形、椭圆、圆等。

形状具有以下属性：

（1）Shape（形状属性）

作用：用来确定所画形状的几何特性。

取值：

值	常数	形状
0——	vbShapeRectangle	矩形（默认）
1——	vbShapeSquare	正方形
2——	vbShapeOval	椭圆
3——	vbShapeCircle	圆
4——	vbShapeRoundedRectangle	圆角矩形
5——	vbShapeRoundedSquare	圆角正方形

练一练

在名称为 Form1 的窗体上利用形状控件画一个矩形，名称为 Shape1，高和宽分别为 1 000、1 700；再画两个命令按钮，名称分别是 Command1、Command2，标题分别为"圆"、"椭圆"，如图 4-23 所示，请编写适当的事件过程使得运行时，单击"圆"按钮，则矩形变为圆；单击"椭圆"按钮，则矩形变为一个椭圆，如图 4-24 所示。要求程序中不得使用变量，每个事件过程中只能写一条语句。

注意：存盘时必须保存在 "E:\VB\第四章" 文件夹下，工程文件名为 Shp1.vbp，窗体文件名为 Shp1.frm。

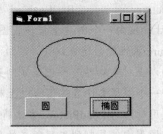

图 4-23　形状属性练习 1 运行前界面　　　　图 4-24　形状属性练习 1 运行后界面

（2）BorderColor（形状边框颜色）

作用：用来设置形状的颜色。

取值：6 位十六进制数。

注意：当 BorderStyle 属性设置为 0 时，将不显示该颜色。

练一练

在名称为 Form1 的窗体上用形状控件画一个圆，名称为 Shape1，其直径为 1 000；再画两个命令按钮，名称分别为 Command1、Command2，标题分别为 "红色"、"绿色"。

要求：编写两个按钮的 Click 事件过程，使得单击 "红色" 按钮，则圆的边线的颜色变为红色（为相关属性赋值：&HFF&）；单击 "绿色" 按钮，则圆的边线的颜色变为绿色（为相关属性赋值：&HC000&）。在程序中不得使用变量，事件过程中只能写一条语句。运行时的窗体如图 4-25 所示。

注意：存盘时必须保存在 "E:\VB\第四章" 文件夹下，工程文件名为 Shp2.vbp，窗体文件名为 Shp2.frm。

图 4-25　形状属性练习 2

（3）BorderStyle（形状边框类型）

作用：用来确定所画形状的边框类型。

取值：0——Transparent　　　　　　　　　（透明）

　　　1——Solid　　　　　　　　　　　　（实线）

　　　2——Dash　　　　　　　　　　　　（虚线）

　　　3——Dot　　　　　　　　　　　　　（点线）

　　　4——Dash-Dot　　　　　　　　　　（点画线）

　　　5——Dash-Dot-Dot　　　　　　　　（双点画线）

　　　6——Inside Solid　　　　　　　　　（内实线）

注意：当把属性 BorderStyle 属性设置为 0 时，虽然看不到这个控件，但是这个控件还是在窗体中存在的。

（4）BorderWidth（边框宽度）

作用：用来指定形状边界线的宽度，默认时以像素为单位。

取值：大于或等于 1 的整数。

注意：如果属性 BorderStyle 的值为 6 时，则形状将会向内扩展。

（5）BackStyle（背景样式）

作用：用来决定形状是否被指定颜色填充。

取值：0——形状边界内的区域是透明的（默认）；1——形状边界内的区域用 BackColor 属性所指定的颜色来填充。

（6）FillColor（内部填充色）

作用：用来定义形状的内部颜色。

取值：6 位十六进制数。

注意：当属性 FillStyle 属性值为 1 时，该颜色将不起作用。

（7）FillStyle（内部填充方案）

作用：用来决定形状控件内部的填充图案。

取值：0——Solid　　　　　　　　　　　　（实心）

　　　1——Transparent　　　　　　　　　（透明）

　　　2——Horizontal Line　　　　　　　（水平线）

　　　3——Vertial Line　　　　　　　　　（垂直线）

　　　4——Upward Diagonal　　　　　　　（向上对角线）

　　　5——Downward Diagonal　　　　　　（向下对角线）

　　　6——Cross　　　　　　　　　　　　（交叉线）

　　　7——Diagonal Cross　　　　　　　　（对角交叉线）

4.3.6　直线（Line）

直线（Line）默认名称 Linex（x 为 1，2，3，…），可通过 Name 属性修改，在属性窗口中一般为"（名称）"。

直线具有以下属性：

x1、y1 和 x2、y2（直线坐标）

作用：用来确定直线两个端点的坐标，即（x1，y1）和（x2，y2）。

取值：整数值。

练一练

在名称为 Form1 的窗体上画出如图 4-26 所示的三角形。下表给出了直线 Line1、Line2 的坐标值，请按表 4-1 画 Line1、Line2，并画出直线 Line3，从而组成如图 4-26 所示的三角形。

表 4-1　直线的属性

名　称	x1	y1	x2	y2
Line1	600	1 600	1 600	600
Line2	600	1 600	2 600	1 600

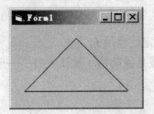

图 4-26　直线属性练习

注意：存盘时必须保存在 "E:\VB\第四章" 文件夹下，工程文件名为 Ln1.vbp，窗体文件名为 Ln1.frm。

想一想

① 如果希望将一条直线控件变为透明，应将其 BorderStyle 属性的值设为（　　　）。

A. 0　　　　　　　　B. 1　　　　　　　　C. 2　　　　　　　　D. 3

② 如果希望一个形状控件中 BackColor 属性所设置的颜色填充，应将（　　　）属性的值设为 1。

A. BorderStyle　　　　B. FillColor　　　　C. FillStyle　　　　D. BackStyle

③ 如果希望一个形状控件显示成一个圆形，需将此控件的 Shape 属性的值设为（　　　）。

A. 0　　　　　　　　B. 1　　　　　　　　C. 2　　　　　　　　D. 3

④ 形状控件的 FillStyle 属性的作用为（　　　）。

A. 定义形状控件的内部颜色　　　　B. 决定形状控件的边界线型

C. 决定形状控件的填充方案　　　　D. 决定形状控件的边界宽度

4.4　选择控件

在应用程序中，用户与计算机的交互常常是通过选择来实现的。为此，Visual Basic 提供了几个用于选择的标准控件，包括复选框、单选按钮、列表框和组合框。如图 4-27～图 4-30 所示。

图 4-27　复选框 　　　图 4-28　单选按钮 　　　图 4-29　列表框 　　　图 4-30　组合框

复选框：用于列出相关的一组选项，在运行期间可以改变状态，可以选择多个。

单选按钮：用于列出相关的一组选项，在运行期间可以改变状态，只能选择一个。

列表框：可以选择所需要的项目。

组合框：可以把一个文本框和列表框组合为单个控制窗口。

4.4.1　单选按钮（OptionButton）和复选框（CheckBox）

单选按钮（OptionButton）默认名称 Optionx（x 为 1，2，3，…），可通过 Name 属性修改，在属性窗口中一般为"（名称）"。

复选框（CheckBox）默认名称 Checkx（x 为 1，2，3，…），可通过 Name 属性修改，在属性窗口中一般为"（名称）"。

在运行期间，单选按钮用"·"表示选中，并且在同一组中最多只能选择一个，类似于录音机上的按钮，所以我们也称它为录音机按钮；而复选框用"√"表示被选中，并且在同一组中可以同时选中多个。

在使用时，有时将利用框架对其进行分组。具体方法见 4.5 节。

1. 单选按钮和复选框的属性

（1）Value（状态）

● 单选按钮

作用：用来表示单选按钮的状态。

取值：True——表示没有选择该单选按钮；False——表示选中该单选按钮。

● 复选框

作用：用来表示复选框的状态。

取值：0——表示没有选择该复选框；1——表示选中该复选框；2——表示该复选框被禁止（灰色）。

注意：复选框和单选按钮的 Value 属性常用来判断是否选中了某一项，然后根据结果确定所要执行的程序段。

（2）Alignment（对齐方式）

作用：用来设置复选框或单选按钮控件标题的对齐方式。

取值：0——控件居左，标题在控件右侧显示（默认）；1——控件居右，标题在控件左侧显示。

（3）Style（显示方式）

作用：用来指定复选框或单选按钮的显示方式。

取值：0——标准方式，同时显示控件和标题（默认）；1——图形方式，控件用图样式显示，即复选框或单选按钮的外观与命令按钮类似。

注意：①Style 是只读属性；②当 Style 属性被设置为 1 时，Pictrue、DownPicture、DisablePicture 属性才起作用，分别表示未选定、选定和禁用；③Style 属性被设置为不同的值 0 或 1 时，其外观不同，但实际作用相同。当该属性为 1 时，虽然与命令按钮外观相同，但其作用与命令按钮是不一样的。

2. 复选框和单选按钮的事件

复选框和单选按钮都可以接收 Click 单击事件。

 练一练

① 在名称为 Form1 的窗体上画一个文本框，其名称为 Text1，初始内容为空白；然后再画 3

个单选按钮，其名称分别为 Op1、Op2 和 Op3，标题分别为北京、西安和杭州，编写适当的事件。程序运行后，如果选择单选按钮 Op1，则在文本框中显示"颐和园"；如果选择单选按钮 Op2，则在文本框中显示"兵马俑"；如果选择单选按钮 Op3，则在文本框中显示"西湖"。程序的运行情况如图 4-31 所示。要求程序中不得使用变量，事件过程只能写一条语句。

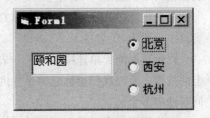

注意：存盘时必须存放在"E:\VB\第四章"文件夹下，工程文件名为 Opb1.vbp，窗体文件名为 Opb1.frm。

② 在名称为 Form1 的窗体上画一个文本框，其名称为 Text1，初始内容为"计算机等级考试"；再画三个复选框，其名称分别为 Ch1、Ch2 和 Ch3，标题分别为"加粗"、"倾斜"和"加下画线"，编写适当的事件过程。程序运行后，如果选中复选框 Ch1，则文本框中的文字加粗，否则不加粗；如果选中复选框 Ch2，则文本框中的文字倾斜，否则不倾斜；如果选中复选框 Ch3，则文本框中的文字加下画线，否则不加下画线。程序的运行情况如图 4-32 所示。要求程序中不得使用变量，事件过程只能写一条语句。

图 4-31　单选按钮练习

图 4-32　复选框练习

注意：存盘时必须存放在"E:\VB\第四章"文件夹下，工程文件名为 Chb1.vbp，窗体文件名为 Chb1.frm。

想一想

① 对于一个复选框，其 Value 属性不可以取的值为（　　　）。
A. 0　　　　　　 B. 1　　　　　　 C. 2　　　　　　 D. 3

② 复选框跟单选按钮的 Alignment 的属性值为1，它所表示的含义为（　　　）。
A. 控件居左，标题在选择框的右侧显示
B. 控件居右，标题在控件的最左侧显示
C. 控件居左，标题在控件的最右侧显示
D. 控件居右，标题在选择框的左侧显示

4.4.2　列表框（ListBox）

列表框（ListBox）默认名称 Listx（x 为 1，2，3，…），可通过 Name 属性修改，在属性窗口中一般为"（名称）"。

列表框用于在很多项目中作出选择的操作。用户进行选择时，只需单击选择自己需要的项目即可。当项目过多，超出列表框的高度时，Visual Basic 会自动给列表框加上滚动条。一般情况下，列表框的高度不少于 3 行。

1. 列表框的属性

（1）List（文本属性）

作用：该属性用来列出表项的内容。

取值：任何字符。

格式：对象名.List(下标)=属性值

例如：List1.List(0)= "程序设计"

效果：把列表框的第一项内容设置为"程序设计"。

例如：S$=List1.List(1)

效果：将列表框的第二项内容送给变量 S$。

例如：List1.List(3)=S$

效果：用变量 S$的值修改列表框的第四项的内容。

注意：①List 属性是以数组的形式来保存值的；②在属性窗口修改 List 属性时，每输入一项按【Ctrl+Enter】组合键换行，全部输入完成后按【Enter】键；③给 List 属性赋值时是给其中的一个列表项赋值，必须带下标；④注意下标（或称为序号）值是从 0 开始，且最大值要小于表项数量；⑤下标值总是比项数少 1，如第三项的下标为 2。

（2）ListCount（表项总项数）

作用：该属性用来列出列表框中表项的数量。

取值：它随着列表项数量的变化而变化。

修改：不能直接修改它的值，一般只提取它的值。

例如：n%=List1.ListCount

注意：①列表框的序号（下标）从 0 开始，最后一项的序号为：对象名.ListCount-1；②列表框中最后一项的内容可表示为：对象名.list(对象名.ListCount-1)；③列表框的总项目数不能人工修改。

练一练

在 Form1 的窗体上画一个标签，其名称为 Lab1；再画一个列表框，其名称为 L1，通过属性窗口向列表框中添加若干个项目，每个项目的具体内容不限，编写适当的事件过程。程序运行后，如果双击列表框中的任意一项，则将列表框中的总项目数在标签中显示出来。程序的运行结果如图 4-33 所示。不准使用任何变量。

图 4-33 列表框属性练习 1

注意：存盘时必须存放在 "E:\VB\第四章" 文件夹下，工程文件名为 L1.vbp，窗体文件名为 L1.frm。

（3）ListIndex

作用：该属性的设置值是已选中的表项的位置。

取值：选中表项的下标（从 0 到对象名.ListCount-1）。

修改：在运行阶段（代码窗口）设置。

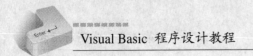

注意: ①该属性取选中项的下标。例如,选中第一项,则其值为 0,选中第二项,其值为 1,依此类推。②如果没有选中任何项,则其值为-1。③在程序中选中的条目呈反相显示(蓝底白字)。④可以在程序中设置其值,用于选中某一项。⑤选中表项的内容可表示为:对象名.List(对象名.ListIndex)。

例如:`List1.ListIndex=1`
效果:选中列表框 List1 的第二项。

练一练

在名称为 Form1 的窗体上画一个名称为 List1 的列表框,并任意输入若干列表项;再画一个名称为 Text1 的文本框,无初始内容。请编写 List1 和 Text1 的 Click 事件过程。程序运行后,如果单击列表框中的某一项,则在文本框中显示该相应的顺序号,即:若单击第一项,则在文本框中显示 1,若单击第二项,则在文本框中显示 2,依此类推,如图 4-34 所示;如果单击文本框,则把该列表项的内容显示在文本框中。

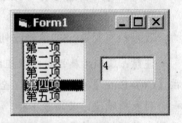

图 4-34 列表框属性练习 2

注意: 存盘时必须存放在 "E:\VB\第四章" 文件夹下,工程文件名为 L2.vbp,窗体文件名为 L2.frm。

(4)Text
作用:该属性的值为最后一次选中的表项的文本。
取值:选中表项的文本。
修改:不能直接修改 Text 属性的值,它随选择表项的不同而发生变化。
注意: ①该属性不能直接修改;②选中表项的内容可表示为:对象名.Text。

练一练

在名称为 Form1 的窗体上画一个标签,其名称为 Label1,标题为 "程序设计",AutoSize 属性为 True;然后再画一个列表框名称为 List1,通过属性窗口输入 5 个项目,分别为 10、16、20、24、36,编写适当的事件过程。程序运行后,如果用鼠标选中列表框中的某个项目,则把标签中的字体的大小设置为与该项目相同。程序的运行情况如图 4-35 所示。

注意: 存盘时必须存放在 "E:\VB\第四章" 文件夹下,工程文件名为 L3.vbp,窗体文件名为 L3.frm。

图 4-35 列表框属性练习 3

(5)MultiSelect
作用:该属性用来设置一次可以选择的表项数。
取值:0——每次只能选择一项,若选择另一项则会取消对前一项的选择(默认);1——可以同时选择多项，通过鼠标单击或用空格键即可选择；2——可以同时选择多项，但需用键盘键辅助完成。按住【Shift】键单击鼠标实现连续选择，按住【Ctrl】键单击鼠标实现间隔选择。

修改：只能在设计阶段（即在属性窗口中）设置，是只读属性。

注意：如果可以选择多项时，ListIndex 和 Text 的属性只表示最后一项的选择值。若要检查每一项的状态，必须通过 Selected 属性来完成。

（6）Selected

作用：该属性是一个数组，用来表示某项是否被选中。

取值：True——表明选择了该项；False——表明未选择该项。

格式：对象名.Selected(索引值)[=True|False]

例如：Print List1.Selected(0)

效果：检查第一项是否被选中，并将结果输出在窗体上。为 True 则选中，否则未选择。

例如：List1.Selected(1)=True

效果：选定第二项。

注意：该属性是一个数组，在使用时必须带上相应的下标。

（7）SelCount

作用：该属性用于读取列表框中所选项的数目。

取值：随着选择项个数的变化而变化。当一项也没有选择时，它的值为 0；最大为列表框的总项目数即 ListCount。

（8）Sorted（排序）

作用：该属性用来确定列表框中项目是否按字母、数字升序排列。

取值：True——表项按字母、数字升序排列；False——表项按加入列表框的先后次序排列。

修改：只能在设计阶段（即在属性窗口中）设置，是只读属性。

注意：当值由 False 变为 True 时，运行后才能看到效果。一经排序后，就不能再恢复初始状态，即使将它的值设为 False。

（9）Style

作用：该属性用来确定控件外观。

取值：0——标准形式（默认）；1——复选框形式。

（10）Columns（列数）

作用：该属性用来确定列表框的列数。

取值：0——所有项目呈单列显示（默认）；1——所有项目呈多行多列显示，且运行时在当前列表框只显示一列；大于 1 且小于列表框的项目数——所有项目呈多行多列显示，且运行时在当前列表框显示 N 列。

注意：①值为 0 时，如果表项的总高度超过了列表框的高度，将在列表框的右边加上一个垂直滚动条；②值不为 0 时，则会显示多列，如果超过了列表框的宽度，将自动在底部加一个水平滚动条；③该属性的值不能超过列表框的总项目数。

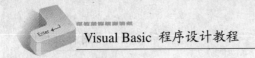

2. 列表框的方法

列表框的方法，主要是用来在运行期间修改列表框的内容。

（1）AddItem（添加一项）

格式：`列表框.AddItem 项目字符串[,索引值]`

作用：用来在列表框中插入一行文本，即添加一个列表项。即把"项目字符串"的文本内容插入在"列表框"中"索引值"指定的位置，其后各项依次后推。

说明："索引值"取值范围从 0 到对象名.ListCount-1；如果省略索引值，则文本被放在列表框的尾部。

例如：`List1.AddItem "AAAA"`

效果：在列表框 List1 的尾部添加一项，内容为 AAAA。

例如：`List1.AddItem "BBBB",2`

效果：在列表框 List1 的第三项前插入一行内容 BBBB。

注意：①该方法只能单个地向表中添加项目，如果要添加多个项目则需要多次使用该方法；②当添加了一项之后，其后各项的下标将会发生相应的变化。

练一练

在 Form1 的窗体上画一个列表框，名称为 L1，通过属性窗口向列表框中添加四个项目，分别为 AAAA、BBBB、CCCC 和 DDDD，编写适当的事件过程，过程中只能使用一条命令。程序运行后，如果双击列表框中的某一项，则把该项添加到列表框中。程序的运行情况如图 4-36 所示。

注意：存盘时必须存放在"E:\VB\第四章"文件夹下，工程文件名为 L4.vbp，窗体文件名为 L4.frm。

图 4-36　列表框方法练习 1

（2）Clear（清空列表项）

作用：该方法用来清除列表框中的全部内容。

格式：`列表框.Clear`

说明：该方法没有参数。

注意：执行 Clear 方法后，ListCount 重新被设置为 0。

（3）ReMoveItem（删除一项）

格式：`列表框.ReMoveItem 索引值`

作用：该方法用来删除列表框中的指定的项目。即将"列表框"中"索引值"指定的项目删除掉，其后各项依次前移。

说明："索引值"取值范围从 0 到对象名.ListCount-1。

例如：`List1.ReMoveItem 0`

效果：删除掉列表框 List1 的第一项。

例如：`List1.ReMoveItem List1.ListCount-1`

效果：删除掉列表框 List1 的最后一项。

例如：`List1.ReMoveItem List1.ListIndex`

效果：删除掉列表框 List1 中选中的项目。

注意：①该方法一次只能删除列表框的一项，如果要删除多项则需要多次调用该方法；②当删除掉列表框的一项后，则其后各项的下标将会发生相应的变化。

📖 练一练

在 Form1 的窗体上画一个列表框，名称为 L1，通过属性窗口向列表框中添加四个项目，分虽为 AAAA、BBBB、CCCC 和 DDDD，编写适当的事件过程。程序运行后，如果单击列表框中的某一项，则该项就从列表框中消失。程序运行情况如图 4-37 所示。

注意：存盘时必须存放在"E:\VB\第四章"文件夹下，工程文件名为 L6.vbp，窗体文件名为 L6.frm。

图 4-37 列表框方法练习 2

3. 列表框的事件

列表框支持 Click、DblClick 等事件，但不过一般不编写 Click 事件。

📖 练一练

在 Form1 的窗体上画两个列表框，名称分别为 L1 和 L2，通过属性窗口向列表框 L1 中添加四个项目，分虽为"姓名"、"性别"、"年龄"和"爱好"，编写适当的事件过程。程序运行后，如果双击列表框 L1 中的某一项，则该项就从列表框 L1 中移动到列表框 L2 中；如果双击列表框 L2 中的某一项，则该项就从列表框 L2 中移动到列表框 L1 中。程序运行情况如图 4-38 所示。

图 4-38 列表框事件练习

注意：存盘时必须存放在"E:\VB\第四章"文件夹下，工程文件名为 L7.vbp，窗体文件名为 L7.frm。

4.4.3 组合框（ComboBox）

组合框（ComboBox）默认名称 Combox（x 为 1，2，3，…），可通过 Name 属性修改，在属性窗口中一般为"（名称）"。

组合框是组合了列表框和文本框的特性而形成的控件。也就是说，组合框兼有文本框和列表框的功能。

1. 组合框的属性

列表框的属性基本上都可用于组合框。

（1）Style

作用：该属性决定了组合框的 3 种不同类型。

取值：0——下拉式组合框（Dropdown ComboBox），可以输入文本，也可以单击右端的下拉按钮产生下拉列表，从下拉列表中选择表项（默认）；1——简单组合框（Simple ComboBox），它由可输入文本的编辑区和一个标准列表框组成。右端没有下拉按钮，所以列表不是下拉产生的，而是直接显示在屏幕上；2——下拉式列表框（Dropdown ListBox），不能输入文本，只可以通过下拉列表选择表项。

注意：①注意三种不同类型的特点；②注意不同类型所能识别的事件也不一样。

（2）Text（文本属性）

作用：该属性是存放用户所选择的项目的文本或直接从编辑区域输入的文本。

取值：任何字符。

练一练

在名称为 Form1 的窗体上画一个名称为 Combo1 的组合框，其宽度为 1 200，其类型如图 4-39 所示（即简单组合框）。

要求：①请按图中所示，通过属性窗口输入"北京"、"上海"、"广州"、"深圳"。②设置适当的属性，使得运行时，窗体的最大化按钮和最小化按钮消失。

注意：存盘时必须放在"E:\VB\第四章"文件夹下，工程文件名为 Comb1.vbp，窗体文件名为 Comb1.frm。

图 4-39 组合框属性练习

2．组合框的事件

组合框所响应的事件依赖于其 Style 属性。

Style 属性值为 0，即为下拉式组合框时，可响应 Click、DropDown 和 Change 事件。

Style 属性值为 1，即为简单组合框时，可响应 Click、DblClick 和 Change 事件。

Style 属性值为 2，即为下拉式列表框时，可响应 Click 和 DropDown 事件。

注意：DropDown 事件，当用户单击组合框中向下的箭头按钮时，将触发 DropDown 事件。

3．组合框的方法

组合框可识别 AddItem、Clear 和 RemoveItem 方法，其使用方法与列表框相同。

练一练

在名称为 Form1 的窗体上画一个名称为 Label1、标题为"添加项目："的标签；画一个名称为 Text1 的文本框，没有初始内容；画一个名称为 Combo1 的下拉式组合框，并通过属性窗口输入若干项目（不少于 3 个，内容任意）；再画两个命令按钮，名称分别为 Command1、Command2，标题分别为"添加"、"统计"。在运行时，向 Text1 中输入字符，单击"添加"按钮后，则 Text1 中的内容作为一个列表项被添加到组合框的列表中；单击"统计"按钮，则在窗体上显示组合框中列表项的个数，如图 4-40 所示。请编写两个命令按钮的 Click 事件过程。

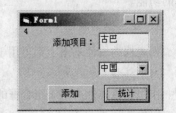

图 4-40 组合框方法练习

注意： 存盘时必须放在"E:\VB\第四章"文件夹下，工程文件名为 Comb2.vbp，窗体文件名为 Comb2.frm。

想一想

① 列表框的所有列表被存于（   ）属性中。

    A. List   B. ListCount   C. Selected   D. Sorted

② 在设计阶段设置列表框的 List 属性值时，在 List 的编辑框中使用（   ）键可以实现书写新的一行。

    A. Enter   B. Shift+Enter   C. Alt+Enter   D. Ctrl+Enter

③ 如果希望列表框可以同时选择多个选项，需要设置的属性为（   ）。

    A. Selected   B. Style   C. Enabled   D. MultiSelect

④ 可以得到列表框中被选择的项目的个数的属性为（   ）。

    A. ListCount   B. ListIndex   C. SelCount   D. Selected

⑤ 语句 Text1=List1.list(list1.listCount-1)的作用为（   ）。（此外 Text1 为一个文本框控件，List1 为一个列表框控件，并假设 List1.ListCount>0）

    A. 将控件 List1 的最后一个选取项的内容赋值给一个文本框

    B. 将控件 List1 的第一个选项的内容赋值给一个文本框

    C. 将控件 List1 的无法判断的一个选项的内容赋值给一个文本框

    D. 此句含有语法错误

⑥ 使用下列（   ）属性可以判断出列表中的选项被选择（假设列表框允许多项选择）。

    A. SelCount   B. Sorted   C. Selected   D. List

⑦ 在列表框的方法中，可以删除所有内容的方法（   ）。

    A. Clear   B. Drag   C. RemoveItem D. Refresh

⑧ 将组合框（ComboBox）的 Style 属性设为（   ）值时，组合框被称为"简单组合框"。

    A. 0   B. 1   C. 2   D. 3

⑨ 下列（   ）方法是将项目添加到 ComboBox 控件中。

    A. List   B. ListIndex   C. Move   D. AddItem

⑩ 当组合框的 Style 属性被设置为 2 时，不能响应的事件为（   ）。

    A. Click   B. DropDown   C. LostFocus   D. Change

4.5 其他控件

本节主要介绍框架、滚动条、计时器三个控件。

框架：用于将屏幕上的对象分组（见图 4-41）。

滚动条：通常附在窗口的右侧或底部（见图 4-42 和图 4-43）。

计时器：在给定的时刻内触发某一事件（见图 4-44）。

图 4-41　框架 　　　　图 4-42　水平滚动条 　　　图 4-43　垂直滚动条 　　　图 4-44　计时器

4.5.1　框架（Frame）

框架（Frame）默认名称 Framex（x 为 1，2，3，…），可通过 Name 属性修改，在属性窗口中一般为"（名称）"。

框架是一个容器控件，用于对屏幕上的对象分组。一般将相关的一组内容放在一个框架中，可以是同样的控件，也可以是不同的控件。框架提供了视觉上的区分和总体的激活或屏蔽特性。

1．框架的属性

（1）Caption（标题）

作用：用来设置框架可见文字部分。

取值：任何字符，默认值为"Frame1"。

练一练

在名称为 Form1，标题为"窗体"的窗体上画一个标签，其名称为 Label1，标题为"等级考试"，字体为"黑体"，BorderStyle 属性为 1，且可以自动调整大小，再画一个框架，名称为 Frame1，标题为"科目"，如图 4-45 所示。

注意：存盘时必须存放在"E:\VB\第四章"文件夹下，工程文件名为 Frm1.vbp，窗体文件名为 Frm1.frm。

图 4-45　框架属性练习

（2）Enabled

作用：用来设置框架的可用性。

取值：True——框架可用，并且其内部对象都是"活动"的；False——框架不可用，其标题变为灰色，框架内所有的对象均被屏蔽，即使内部对象其 Enabled 属性为 True。

注意：框架的 Enabled 属性为 False 时，其内部控件均不可用。

2．框架的作用——分组

（1）把指定控件放到框架中

步骤：先画出框架，然后再在框架内画出需要成为一组的控件。

判断：如果拖动框架，该控件随框架移动如同一个整体，则说明该控件在框架内，否则说明该控件不在框架内。

（2）对已有控件分组

步骤：

① 选择需要分组的控件，执行"编辑"菜单中的"剪切"命令；

② 在窗体上画一个框架控件或选中已有的框架控件；

③ 执行"编辑"菜单中的"粘贴"命令。

（3）选择框架内的控件

步骤：

① 使框架处于非活动状态；

② 按住【Ctrl】键；

③ 然后按住鼠标左键拖一个虚框，"套住"要选择的控件。

3．框架的事件

框架常用的事件是 Click 和 DblClick 事件。

练一练

在 Form1 的窗体上画一个名为 Text1 的文本框，其初始内容为"等级考试"；再画两个框架，其名称为 F1 和 F2，标题为"字体类型"和"字体大小"；在 F1 框架内画两个单选按钮，名称为 Op1 和 Op2，标题为"楷体"和"幼圆"；在 F2 框架内画两个单选按钮，名称为 Op3 和 Op4，标题为"16"和"24"，编写适当的事件过程。程序运行后，如果单击 Op1 则文本框内文本的字体类型为"楷体"；如果单击 Op2 则文本框内文本的字体类型为"幼圆"；如果单击 Op3 则文本框内文本的字体大小为"16"；如果单击 Op4 则文本框内文本的字体大小为"24"，如图 4-46 所示。

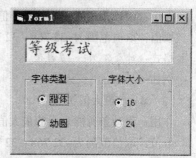

图 4-46　框架分组练习

注意： 存盘时必须存放在"E:\VB\第四章"文件夹下，工程文件名为 Frm2.vbp，窗体文件名为 Frm2.frm。

想一想

① 使用框架的主要作用为（　　）。

    A．对控件分组　　　　B．用于规整显示　　　C．建立一个新的显示窗　　　D．仅用于显示

② 有关框架的说法中不正确的为（　　）。

    A．框架是一个容器

    B．框架中的控件不能被直接拖出框架中

    C．框架中的单选按钮与框架外的单选按钮互不影响

    D．框架可以接收用户输入

③ 在 Visual Basic 中，下列（　　）控件可以包含其他控件。

    A．Grid　　　　　　　B．TextBox　　　　　　　C．Frame　　　　　　　D．CheckBox

4.5.2　滚动条

滚动条分为两种，即水平滚动条和垂直滚动条。其默认名称分别为水平滚动条 HScrollx（x 为 1，2，3，…）和垂直滚动条 VScrollx（x 为 1，2，3，…），可通过 Name 属性修改，在属性窗口中一般为"（名称）"。

滚动条通常是附在窗口上，用来观察数据或确定位置，有时也用来作为数据的输入工具，在 Windows 应用程序中被广泛的使用。

对于水平滚动条和垂直滚动条来说，它们除了方向有所不同外，其结构和操作是一样的。其结构如图 4-47 所示。

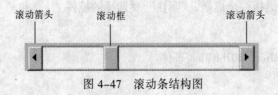

图 4-47　滚动条结构图

1．滚动条的属性

（1）Min（最小值）

作用：滚动条所能表示的最小值。

取值：取值范围为 -32 768 ~ 32 767。

格式：对象名.Mix=属性值

例如：HScroll1.Mix=0

（2）Max（最大值）

作用：滚动条所能表示的最大值。

取值：取值范围为 -32 768 ~ 32 767。

格式：对象名.Max=属性值

例如：HScroll1.Max=1000

（3）Value（当前值）

作用：该属性用来表示滚动框在滚动条上的当前位置。

取值：取值范围为 Min ~ Max。

格式：对象名.Value=属性值

例如：HScroll1.Value=100

注意：①当滚动框位于最左或最上端时，Value 的值为 Min 的值；当滚动框位于最右或最下端时，Value 的值为 Max 的值；②Value 属性的值必须在 Min 和 Max 范围之内；③如果在程序中设置该值，则会把滚动框自动移动滚动条相应的位置。

（4）SmallChange

作用：单击滚动条两端的箭头时，Value 属性增加或减小的增量值。

取值：整数，但不能设置为 0。

格式：对象名.SmallChange=属性值

例如：HScroll1.SmallChange=10

（5）LargeChange

作用：单击滚动框前面或后面的部位时，Value 属性增加或减小的增量值。

取值：整数，但不能设置为 0。

格式：对象名.LargeChange=属性值

例如：HScroll1.LargeChange=10

练一练

① 在名称为 Form1、标题为"滚动条"的窗体上画一个名称为 Hscroll1 的水平滚动条,刻度值范围为 1~100;再画两个标签,其名称分别为 Label1、Label2,标题分别为"1"、"100"。运行后的窗体如图 4-48 所示。

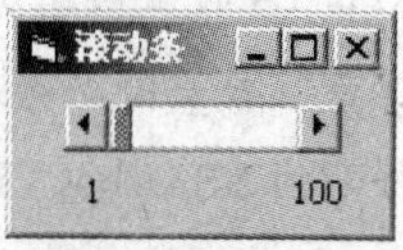

注意:存盘时必须存放在"E:\VB\第四章"文件夹下,工程文件名为 SB.vbp,窗体文件名为 SB1.frm。

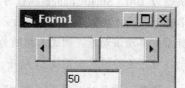

图 4-48 滚动条属性练习 1

② 在名称为 Form1 的窗体上画一个水平滚动条,其名称为 HScroll1,Min 属性为 0,Max 属性为 100,LargeChange 属性为 5,SmallChange 属性为 2,然后再画一个文本框,其名称为 Text1,初始内容为空白,编写适当的事件过程。程序运行后,在文本框中输入 0~100 之间的值,然后单击窗体,则滚动条的滚动框移动到相应的位置,程序的运行情况如图 4-49 所示。

图 4-49 滚动条属性练习 2

注意:存盘时必须存放在"E:\VB\第四章"文件夹下,工程文件名为 SB2.vbp,窗体文件名为 SB2.frm。

2. 滚动条的事件

与滚动条有关的事件主要有两个:Change 事件和 Scroll 事件。

(1) Change 事件

触发:改变滚动框的位置。

改变的方法:

① 单击滚动条左右两端的箭头;

② 单击滚动框前后的位置;

③ 拖动滚动框释放后。

作用:用来得到滚动条上滚动框最后的值。

(2) Scroll 事件

触发:当在滚动条内拖动滚动框时。

作用:用来跟踪滚动条中滚动框的动态变化。

注意:必须是在拖动滚动框时,是在释放鼠标左键之前触发。

练一练

① 在名称为 Form1 的窗体上画四个标签,名称分别为 L1、L2、L3 和 L4,标题分别为"速度"、"慢"、"快"和空白,L4 有边框;再画一个文本框,名称为 Display,初始内容为空白;再画一个滚动条,名称为 Speedbar,在属性窗口中设置其属性如下:

Min: 0   Max: 200   LargeChange: 10   SmallChange: 2

要求：编写适当的事件过程，程序运行后，如果移动滚动框的位置，则文本框内显示滚动框的当前位置；当拖动滚动框时，则在 L4 标签内显示滚动框的动态变化，如图 4-50 所示。

注意：存盘时必须存放在"E:\VB\第四章"文件夹下，工程文件名为 SB3.vbp，窗体文件名为 SB3.frm。

② 在名称为 Form1 的窗体上画一个水平滚动条，其名称为 HScroll1，滚动框最左边的位置为 0（即 Min 属性为 0），滚动框最右边的位置为 3 000（即 Max 属性为 300），LargeChange 属性为 100，SmallChange 属性为 20；然后再画一个文本框，其名称为 Text1，初始内容为空白，编写适当的事件过程。程序运行后，移动滚动框，则文本框随着滚动框的移动，向左或向右移动。程序运行情况如图 4-51 所示。

注意：保存时必须存放在"E:\VB\第四章"文件夹下，工程文件名为 SB4.vbp，窗体文件名为 SB4.frm。

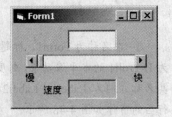

图 4-50　滚动条事件练习 1

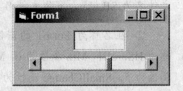

图 4-51　滚动条事件练习 2

想一想

① 当单击横向滚动条的右端滚动箭头时，将产生（　　　）。

A. 此滚动条的值加大一个属性 LargeChange 的值

B. 此滚动条的值减小一个属性 LargeChange 的值

C. 此滚动条的值加大一个属性 SmallChange 的值

D. 此滚动条的值减小一个属性 SmallChange 的值

② 在程序运行期间，如果拖动滚动条上的滚动块，则触发的滚动条事件是（　　　）。

A. Move　　　　　　B. Change　　　　　　C. Scroll　　　　　D. Getfocus

③ 下列关于滚动条的说法中不正确的为（　　　）。

A. Scroll 事件用来跟踪滚动条中的动态变化

B. Change 事件用来得到滚动条最后的值

C. 水平滚动与垂直滚动条除方向外没有其他差别

D. 当触发 Scroll 事件后，Change 事件就不被触发了

4.5.3　计时器（Timer）

计时器（Timer）默认名称分别为 Timerx（x 为 1，2，3，…），可通过 Name 属性修改，在属性窗口中一般为"（名称）"。计时器是 VB 利用系统内部的计时器计时。

所谓时间间隔，指的是各计时器事件之间的时间，它以 ms（毫秒）为单位。（1s = 1 000ms；1min = 60 000ms）

1. 计时器的属性

（1）Interval（时间间隔）

作用：用来设置计时器的时间间隔。

取值：取值范围为 0 ~ 65 535，单位为 ms。

例如：Timer1.Interval=1000

效果：表示每秒发生一个计时器事件。

练一练

在名称为 Form1 的窗体上添加一个计时器控件，名称为 Timer1。
请利用属性窗口设置适当属性，使得在运行时可以每隔 1s，调用计时
器的 Timer 事件过程一次。另外，请把窗体的标题设置为"题目 2"。
设计阶段的窗体如图 4-52 所示。

图 4-52　计时器属性练习

注意：存盘时必须存放在"E:\VB\第四章"文件夹下，工程文件
名为 Timer1.vbp，窗体文件名为 Timer1.frm。

（2）Enabled

作用：计时器的开关。

取值：True——计时器开，即计时器事件可以起作用；False——计时器关，即计时器事件不
起作用。

2. 计时器的事件

计时器只有一个事件，即 Timer 事件。

触发：由系统自动触发。每经过一段由属性 Interval 指定的时间间隔，就产生一个 Timer 事件。

触发的条件：①Enabled 属性为 True；②Interval 属性不为 0。

练一练

在窗体上画一个标签，名称为 L1，标题为空白，加外边框，并将 AutoSize 属性设置为 True，
字体大小设置为 28 磅；再画一个计时器。设置适当属性，使得程序运行时，在标签内显示当前
时间，并每隔 1 秒自动刷新，如图 4-53 所示。

图 4-53　计时器事件练习 1

注意：存盘时必须存放在"E:\VB\第四章"文件夹下，工程文件名为 Timer2.vbp，窗体文件
名为 Timer2.frm。

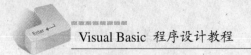

提示：可利用 Time 函数获取系统时间，Time 函数是无参函数；若想获取系统日期，可用 Date 函数，Date 函数也是无参函数。计时器的大小和放置位置无关紧要。

练一练

在窗体上画一个标签（名称为 Label1），一个计时器（名称为 Timer1）和两个命令按钮（名称分别为 Command1 和 Command2），如图 4-54 所示。程序运行后，其初始界面如图 4-55 所示。此时如果单击"开始"命令按钮，则可使标签每隔 0.2s 闪烁一次；如果单击"停止"命令按钮，则标签停止闪烁。下面的程序不完整，请把它补充完整。

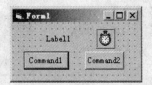 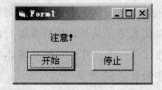

图 4-54　计时器事件练习 2 运行前　　　图 4-55　计时器事件练习 2 运行后

要求：去掉程序中的注释符，把程序中的标 ？ 处改为正确的内容，使其能正确运行，但不能修改程序中的其他部分。

注意：存盘时必须存放在"E:\VB\第四章"文件夹下，工程文件名为 Timer3.vbp，窗体文件名为 Timer3.frm。

部分程序代码如下：

```
Private Sub Form_Load()
'   Timer1.Enabled=?
'   Timer1.Interval=?
    Label1.Caption="注意！"
    Command1.Caption="开始"
    Command2.Caption="停止"
End Sub
Private Sub Command1_Click()
'   Timer1.Enabled=?
End Sub
Private Sub Command2_Click()
'   Timer1.Enabled=?
End Sub
Private Sub Timer1_Timer()
    Label1.Visible=Not Label1.Visible
End Sub
```

想一想

① 用来设置计时器之间的时间间隔的属性为（　　　）。

   A. Enabled　　　B. Index　　　　C. Interval　　　　　D. Left

② 为了暂时关闭计时器，应把该计时器的某个属性设置为 False，这个属性是（　　　）。

   A. Visible　　　B. Timer　　　　C. Enabled　　　　　D. Interval

③ 计时器支持的事件为（　　　）。

　　A．Timer　　　　B．Click　　　　C．Change　　　　D．Activate

4.6　控　件　数　组

在 VB 中，还可以用控件形成数组，我们称之为控件数组，它为处理一些功能相近的控件提供了方便。

4.6.1　基本概念

1．控件数组

控件数组是由一组相同类型的控件组成，这些控件共用一个相同的控件名字，具有同样的属性。数组中每一个控件都有唯一的索引号，即下标（通过 Index 属性设置），其所有元素的 Name 属性必须相同。

2．控件数组的特点

① 具有相同的名称，数组内的控件通过下标区分，即 Index 属性。

② 控件数组共享同样的事件过程。

③ 对数组内的控件进行设置时，必须带上下标。

4.6.2　建立控件数组

1．控件数组的建立方法

必须是相同类型的控件才可以建立控件数组，控件数组中的每个控件是数组中的一个数组元素，所以在使用时必须带上相应的下标。其具体方法有两种：

（1）名称下标修改法

步骤：

① 在窗体上画出作为数组元素的各个控件；

② 选择要包含到数组中的某个控件；

③ 在属性窗口中键入控件的名称；

④ 对每个要加到数组中的控件重复②、③步，输入相同的名称。

注意：当对第二个控件输入与第一个控件相同的名称时，VB 将显示一个对话框（见图 4-56），询问是否要建立控件数组，单击"是"按钮，关闭对话框。）

图 4-56　创建控件数组对话框

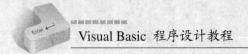

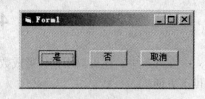

在名称为 Form1 的窗体上建立一个名称为 Command1 的命令按钮数组，含三个命令按钮，它们的 Index 属性分别为 0、1、2，标题依次为"是"、"否"、"取消"，每个按钮的高、宽均为 300、800。窗体的标题为"按钮窗口"。运行后的窗体如图 4-57 所示。

图 4-57　控件数组练习 1

注意：存盘时必须存放在"E:\VB\第四章"文件夹下，工程文件名为 Con1.vbp，窗体文件名为 Con1.frm。

（2）复制粘贴法

步骤：

① 在窗体上画一个控件，并将其激活。

② 执行"编辑"菜单中的"复制"命令，将其放入剪贴板。

③ 执行"编辑"菜单中的"粘贴"命令，将弹出如图 4-57 所示的对话框，单击"是"按钮关闭该对话框。

④ 重复执行"编辑"菜单中的"粘贴"命令。

练一练

在名称为 Form1 的窗体上画一个名称为 Check1 复选框数组（Index 属性从 0 开始），含三个复选框，其标题分别为"语文"、"数学"、"体育"，利用属性窗口设置适当的属性，使"语文"未选，"数学"被选中，"体育"为灰，再把窗体的标题设置为"选课"，如图 4-58 所示。

注意：存盘时必须存放在"E:\VB\第四章"文件夹下，工程文件名为 Con2.vbp，窗体文件名为 Con2.frm。

图 4-58　控件数组练习 2

2. 控件数组的事件

控件数组中的控件共享同一个事件过程。数组中的控件根据它的 Index 值来进行区分。

控件数组事件格式：

```
Private Sub 对象名_事件过程(Index As Integer)
End Sub
```

说明：Index 参数用来存放控件数组中控件的索引值，即 Index 属性值。

练一练

在窗体上建立一个单选按钮数组 Op1，含四个单选按钮，标题分别为"选项 1"、"选项 2"、"选项 3"、"选项 4"，初始状态下，"选项 1"为选中状态。程序运行后，如果单击单选按钮，则在窗体上输出相应单选按钮的标题，如图 4-59 所示。

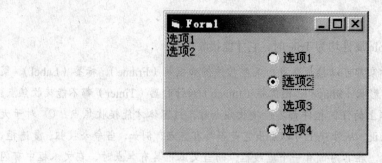

图 4-59 控件数组事件练习

要求：事件中只能写一条语句。

注意：存盘时必须存放在 "E:\VB\第四章" 文件夹下，工程文件名为 Con3.vbp，窗体文件名为 Con3.frm。

想一想

① 在控件数组中，所有控件元素都必须具有相同的（   ）。
A. Caption 属性   B. Index 属性   C. Name 属性   D. Enabled 属性
② 在控件数组中，所有控件元素都必须具有唯一的（   ）。
A. Caption 属性   B. Index 属性   C. Name 属性   D. Enabled 属性
③ 在控件数组中，所有控件元素必须共享相同的（   ）。
A. 所有属性   B. 所有事件过程   C. Name 属性   D. 所有方法

4.7 焦点和 Tab 顺序

在可视程序设计中，焦点（Focus）是一个十分重要的概念。在这一节中，将介绍如何设置焦点，同时介绍窗体上控件的 Tab 顺序。

4.7.1 焦点

1. 什么是焦点

焦点是接收用户鼠标或键盘输入的能力。

当一个对象具有焦点时，它可以接收用户的输入。在 Windows 系统中，某个时刻可以运行多个应用程序，但只有具有焦点的应用程序才有活动标题栏，才能接收用户输入。类似地，在含有多个文本框的窗体中，只有具有焦点的文本框才能接收用户的输入。

2. 获得焦点的方法

① 在运行时单击该对象；
② 运行时用快捷键选择该对象；
③ 在程序代码中使用 SetFocus 方法。

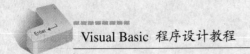

3. 获得焦点的条件

对象的 Enabled 和 Visible 属性均为 True 时，它才能接收焦点。

注意：①并不是所有对象都可以接收焦点。某些控件例如框架（Frame）、标签（Label）、菜单（Menu）、直线（Line）、形状（Shape）、图像框（Imagc）和计时器（Timer）都不能接收焦点。对于窗体来说，只有当窗体上的任何控件都不能接收焦点时，该窗体才能接收焦点。② 对于大多数可以接收焦点的控件来说，从外观上可以看出它是否具有焦点。例如，当命令按钮、复选框、单选按钮等控件具有焦点时，在其内侧有一个虚线框；而当文本框具有焦点时，在文本框中有闪烁的插入光标。

4. 与焦点相关的事件和方法

当对象得到焦点时，会产生 GotFocus 事件；而当对象失去焦点时，将产生 LostFocus 事件。LostFocus 事件过程通常用来对更新进行确认和有效性检查，也可用于修正或改变在 GotFocus 事件过程中设立的条件，窗体和多数控件支持这些事件。

可以通过 SetFocus 方法设置焦点。但是由于在窗体的 Load 事件完成前，窗体或窗体上的控件是不可视的，因此，不能直接在 Form_Load 事件过程中用 SetFocus 方法把焦点移到正在装入的窗体或窗体上的控件。必须先用 Show 方法显示窗体，然后才能对该窗体或窗体上的控件设置焦点。例如，要想在 Form_Load 事件中设置文本框 Text1 获得焦点，则其程序代码如下：

```
Private Sub Form_Load()
    Form1.Show
    Text1.SetFocus
End Sub
```

4.7.2 Tab 顺序

1. 什么是 Tab 顺序

Tab 顺序是在按【Tab】键时焦点在控件间移动的顺序。当窗体上有多个控件时，除鼠标外，用【Tab】键也可以把焦点移到某个控件中，每按一次【Tab】键，可以使焦点从一个控件移到另一个控件。

但是当对象的 Enabled 和 Visible 属性为 False 时，Tab 顺序不起作用。

2. 与 Tab 顺序相关的属性

（1）TabStop

作用：控制焦点的移动。

取值：True——默认值，Tab 顺序起作用；False——用 Tab 移动焦点，会跳过该控件。

（2）TabIndex

作用：改变 Tab 顺序。

取值：整数值。

3. 设置热键的方法

所谓热键，即在 Windows 及其他一些应用软件中，通过【Alt】键和某个特定的字母，可以把焦点移到指定的位置。

在 VB 中，通过把 "&" 加在标题的某个字母的前面可以实现这一功能。

例如：在窗体上画两个命令按钮，名称为 C1 和 C2，标题为 Visual 和 Basic。程序运行后，如果想按下【Alt + V】组合键使焦点到达命令按钮 C1，则需将标签的标题设为 "&Visual"。如果想按下【Alt + B】组合键使焦点到达命令按钮 C2，则需要将命令按钮的标题设为 "&Basic"，如图 4-60 所示。

图 4-60　热键设置

注意：一组单选按钮中只有一个 Tab 站，即被选中的单选按钮的 TabStop 属性自动设置为 True，而其他单选按钮的 TabStop 属性被设置为 False。

想一想

① 下列方法中不能用来设置一个对象的焦点的是（　　）。

　　A. 在运行时单击该对象　　　　　　　　B. 在运行时使用快捷键选择该对象

　　C. 在程序代码中使用 Refresh 方法　　　D. 在程序代码中使用 SetFocus 方法

② 如果要一个控件可以得到焦点，则必须至少以下（　　）属性的值被设为 True。

　　A. Enabled，Active　　　　　　　　　B. Enabled，Visible

　　C. Enabled，TabStop　　　　　　　　D. Enabled，Locked

③ 如果希望在 Form_Load() 事件过程中使用 SetFocus 方法，首先要调用方法为（　　）。

　　A. Move　　　　　B. Cls　　　　　C. Refresh　　　　　D. Show

④ 并不是所有控件都可以得到焦点，以下可以得到焦点的控件有（　　）。

　　A. 菜单　　　　　B. 直线　　　　　C. 按钮　　　　　D. 计时器

本 章 小 结

本章主要介绍了常用的标准控件的使用方法，包括控件的作用、属性、事件和方法。通过对本章的学习，大家将熟练掌握 VB 界面的设计方法，为今后的学习打下了良好的基础。下一章将介绍有关对话框和菜单的内容。

习 题 四

一、选择题

1. 以下能够触发文本框 Change 事件的操作是（　　）。

　　A. 文本框失去焦点　　　　　　　　　　B. 文本框获得焦点

　　C. 设置文本框的焦点　　　　　　　　　D. 改变文本框的内容

2. 在窗体上画一个名称为 Text1 的文本框和一个名称为 Command1 的命令按钮，然后编写如下事件过程

```
Private Sub Command1_Click()
    Text1.Text="Visual"
    Me.Text1="Basic"
```

```
        Text1="Program"
    End Sub
```

程序运行后，如果单击命令按钮，则在文本框中显示的是（   ）。

A. Visual   B. Basic   C. Program   D. 出错

3. 在窗体上画一个文本框、一个标签和一个命令按钮，其名称分别为 Text1、Label1 和 Command1，
   然后编写如下两个事件过程：

```
Private Sub Command1_Click()
        strText=InputBox("请输入")
        Text1.Text=strText
End Sub
Private SubText1_Change()
        Label1.Caption=Right(Trim(Text1.Text),3)
End Sub
```

   程序运行后,单击命令按钮,如果在输入对话框中输入 abcdef,则在标签中显示的内容是(   )。

A. 空   B. abcdef   C. abc   D. def

4. 设窗体上有一个文本框，名称为 text1，程序运行后，要求该文本框只能显示信息，不能接受
   输入的信息，以下能实现该操作的语句是（   ）。

A. Text1.MaxLength=0   B. Text1.Enabled=Flase
C. Text1.Visible=Flase   D. Text1.Width=0

5. 以下关于图片框控件的说法中，错误的是（   ）。

A. 可以通过 Print 方法在图片框中输出文本
B. 清空图片框控件中图形的方法之一是加载一个空图形
C. 图片框控件可以作为容器使用
D. 用 Stretch 属性可以自动调整图片框中图形的大小

6. 在窗体上画两个单选按钮，名称分别为 Option1、Option2，标题分别为"宋体"和"黑体"；
   一个复选框，名称为 Check1，标题为"粗体"；一个文本框，名称为 Text1，Text 属性为"改
   变文字字体"。要求程序运行时，"宋体"单选按钮和"粗体"复选框被选中，则能够实现上
   述要求的语句序列是（   ）。

A. Option1.value=True   B. Option1.Value=True
   Check1.Value=False   Check1.Value=True
C. Option2.Value=False   D. Option1.Value=True
   Check1.Value=True   Check1.Value=1

7. 当一个复选框被选中时，它的 Value 属性的值是（   ）。

A. 3   B. 2   C. 1   D. 0

8. 在窗体上画一个名称为 List1 的列表框，一个名称为 Label1 的标签。列表框中显示若干城市的
   名称。当单击列表框中的某个城市名时，在标签中显示选中城市的名称。下列能正确实现上
   述功能的程序是（   ）。

A. Private Sub List1_Click()   B. Private Sub List1_Click()
      Label1.Caption = List1.listlndex   Label1.Name = List1.listindex
   End Sub   End Sub

C.　Private Sub List1_Click()
　　　　Label1.Caption = List1.text
　　End Sub

D.　Private Sub List1_C1ick()
　　　　Label1.Name = List1.text
　　End Sub

9. 设窗体上有一个列表框控件 List1，且其中含有若干列表项，则以下能表示当前被选中的列表项内容的是（　　　）。

A. List1.List　　　　　B. List1.ListIndex　　　　C. List1.Index　　　　D. List1.Text

10. 设组合框 Combo1 中有三个项目，则以下能删除最后一项的语句是（　　　）。

A. Combo1.RemoveItem Text

B. Combo1.RemoveItem 2

C. Combo1.RemoveItem 3

D. Combo1.RemoveItem Combo1.Listcount

11. 表示滚动条控件取值范围最大值的属性是（　　　）。

A. Max　　　　　B. LargeChange　　　　　C. Value　　　　　D. Max—Min

12. 在窗体上画一个名称为 Text1 的文本框，然后画一个名称为 HScroll1 的滚动条，其 Min 和 Max 属性分别为 0 和 100。程序运行后，如果移动滚动框，则在文本框中显示滚动条的当前值，如图 4-61 所示。

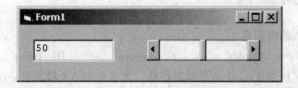

图 4-61　选择题 12 界面

以下能实现上述操作的程序段是（　　　）。

A.　Private Sub Hscroll1_Change()
　　　　Text1.Text=HScroll1.Value
　　End Sub

B.　Private Sub Hscroll1_Click()
　　　　Text1.Text=HScroll1.Value
　　End Sub

C.　Private Sub Hscroll1_Change()
　　　　Text1.Text=Hscroll1.Caption
　　End Sub

D.　Private Sub Hscroll1_Click()
　　　　Text1.Text=Hscroll1.Caption
　　End Sub

13. 在窗体上画两个滚动条，名称分别为 Hscroll1、Hscroll2；六个标签，名称分别为 Label1、Label2、Label3、Label4、Label5、Label6，其中标签 Label 4~ Label6 分别显示 "A"、"B"、"A*B" 等文字信息，标签 Label1、Label2 显示其右侧的滚动条数，Label3 显示 A*B 的计算结果，如图 4-62 所示。当移动滚动框时，在相应的标签中显示滚动条的值。当单击命令按钮 "计算" 时，对标签 Label1、Label2 中显示的两个值求积，并将结果显示在 Label3 中。

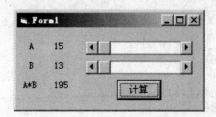

图 4-62　选择题 13 界面

以下不能实现上述功能的事件过程是（　　　）。

A. Private Sub Command1_Click()
　　　Label3.Caption = Str(Val(Label1.Caption)*Val(Label2.Caption))w
　　End Sub

B. Private Sub Command1_Click()w
　　　　　Label3.Caption = HScroll1.Value * HScroll2.Value
　　　End Sub

C. Private Sub Command1_Click()w
　　　Label3.Caption = HScroll1 * HScroll2w
　　End Subw

D. Private Sub Command1_Click()
　　　Label3.Caption = HScroll1. Text * HScroll2.Text
　　End Subw

14. 在窗体上有一个文本框控件，名称为 TxtTime，一个计时器控件，名称为 Timer1，要求每一秒在文本框中显示一次当前的时间。程序为：

```
Private Sub Timer1_ _____()
   TxtTime.text=Time
End Sub
```

在下画线上应填入的内容是（　　　）。

A. Enabled　　　　B. Visible　　　　C. Interval　　　　D. Timer

15. 在窗体上画一个名称为 Timer1 的计时器控件，要求每隔 0.5 秒发生一次计时器事件，则以下正确的属性设置语句是（　　　）。

A. Timer1.Interval=0.5　　　　　　　B. Timer1.Interval=5

C. Timer.Interval=50　　　　　　　　D. Timer1.Interval=500

16. 在窗体上画一个名称为 Label1、标题为 "Visual Basic 考试" 的标签，两个名称分别为 Command1 和 Command2、标题分别为 "开始" 和 "停止" 的命令按钮，然后画一个名称为 Timer1 的计时器控件，并把其 Interval 属性设置为 500，如图 4-63 所示。

图 4-63　选择题 16 界面

编写如下程序：

```
Private Sub Form_Load()
  Timer1.Enabled=False
End Sub
Private Sub Command1_Click()
  Timer1.Enabled=True
End Sub
Private Sub Command2_Click()
  Timer1.Enabled=False
End Sub
```

```
Private Sub Timer1_Timer()
  If Label1.Left < Width Then
    Label1.Left=Label1.Left+20
  Else
    Label1.Left=0
  End If
End Sub
```

程序运行后单击"开始"按钮，标签在窗体中移动。

对于这个程序，以下叙述中错误的是（　　　）。

A. 标签的移动方向为自右向左

B. 单击"停止"按钮后再单击"开始"按钮，标签从停止的位置继续移动

C. 当标签全部移出窗体后，将从窗体的另一端出现并重新移动

D. 标签按指定的时间间隔移动

17. 以下关于焦点的叙述中，错误的是（　　　）。

A. 如果文本框的 TabStop 属性为 False，则不能接收从键盘上输入的数据

B. 当文本框失去焦点时，触发 LostFocus 事件

C. 当文本框的 Enabled 属性为 False 时，其 Tab 顺序不起作用

D. 可以用 TabIndex 属性改变 Tab 顺序

18. 在窗体上有若干控件，其中有一个名称为 Text1 的文本框。影响 Text1 的 Tab 顺序的属性是（　　　）。

A. TabStop　　　　　B. Enabled　　　　　C. Visible　　　　　D. TabIndex

二、填空题

1. 在窗体上画一个名称为 Command1 的命令按钮和一个名称为 Text1 的文本框。程序运行后，Command1 为禁用（灰色）。当向文框中输入任何字符时，命令按钮 Command1 变为可用。请在横线处填入适当的内容，将程序补充完整。

```
Private Sub Form_Load()
    Command1.Enabled=False
End Sub
Private Sub Text1_ _____()
    Command1.Enabled=True
End Sub
```

2. 在窗体上画一个文本框、一个标签和一个命令按钮，其名称分别为 Text1、Label1 和 Command1，然后编写如下两个事件过程：

```
Private Sub Command1_Click()ww
s     S$=InputBox("请输入一个字符串")
s     Text1.Text=S$w
End Subw
Private Sub Text1_Change()
    Label1.Caption=UCase(Mid(Text1.Text,7))w
End Sub
```

程序运行后，单击命令按钮，将显示一个输入对话框，如果在该对话框中输入字符串 "VisualBasic"，则在标签中显示的内容是_____。

3. 在窗体上画一个文本框和一个图片框,然后编写如下两个事件过程:

```
Private Sub Form_Load()
    Text1.Text="计算机"
End Sub
Private Sub Text1_Change()
    Picture1.Print"等级考试"
End Sub
```

程序运行后,在文本框中显示的内容是_____,而在图片框中显示的内容是_____。

4. 为了在运行时把 d:\pic 文件夹下的图形文件 a.jpg 装入图片框 Picture1,所使用的语句为_____。

5. 在窗体上画一个名称为 Lable1 的标签和一个名称为 List1 的列表框。程序运行后,在列表框中添加若干列表项。当双击列表框中的某个项目时,在标签 Label1 中显示所选中的项目,如图所示。请在横线处填入适当的内容,将程序补充完整。

```
Private Sub Form_load()
    List1.AddItem"北京"
    List1.AddItem"上海"
    List1.AddItem"湖北"
End Sub
Private Sub_____()
    Label1.Caption=_____
End Sub
```

6. Visual Basic 中有一种控件组合了文本框和列表框的特性,这种控件是_____。

7. 在窗体上画两个标签,其名称分别为 Label1 和 Label2,Caption 属性分别为“数值”及空白;然后画一个名称为 Hscoll1 的水平滚动条,其 Min 的值为 0,Max 的值为 100。程序运行后,如果单击滚动条两端的箭头,则在标签 Lable2 中显示滚动条的值,如图 4-64 所示。请在横线处填入适当的内容,将程序补充完整。

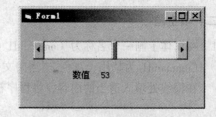

图 4-64 填空题 7 界面

```
Private Sub HScroll1_____()
    Labl2.Caption=HScroll1._____
End Sub
```

8. 为了改变计时器控件的时间间隔,应该修改该控件的_____属性。

9. 计时器控件能有规律地以一定时间间隔触发_____事件,并执行该事件过程中的程序代码。

10. 为了使计时器控件 Timer1 每隔 0.5s 触发一次 Timer 事件,应将 Timer1 控件的_____属性设置为_____。

11. 在窗体上画一个标签(名称为 Label1)和一个计时器(名称为 Timer1),然后编写如下几个事件过程:

```
Private Sub Form_Load()w
    Timer1.Enabled=Falsew
    Timer1.Interval=_____
End Subw
Private Sub Form_Click()w
    Timer1.Enabled=_____
```

```
End Sub
Private Sub Timer1_Timer()w
    Label1.Caption=_____
End Sub
```

程序运行后，单击窗体，将在标签中显示当前时间，每隔 1s 变换一次。请将程序补充完整。

三、编程题

1. 在名称为 Form1 的窗体上画两个标签（名称分别为 Label1 和 Label2，标题分别为"书名"和
   "作者"）、两个文本框（名称分别为 Text1 和 Text2，
   Text 属性均为空白）和一个命令按钮（名称为
   Command1，标题为"显示"）。然后编写命令按钮的 Click
   事件过程。程序运行后，在两个文本框中分别输入书名
   和作者，然后单击命令按钮，则在窗体的标题栏上先后
   显示两个文本框中的内容，如图 4-65 所示。要求程序
   中不得使用任何变量。

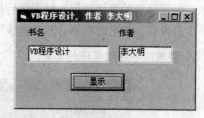

图 4-65　编程题 1 界面

   注意：存盘时必须存放在"E:\VB\第四章"文件夹下，
工程文件名为 Sjt1.vbp，窗体文件名为 Sjt1.frm。

2. 在名称为 Form1 的窗体上画两个文本框，名称分别为 Text1、Text2，都显示垂直滚动条和水平
   滚动条，都可以显示多行文本；再画一个命令按钮，名称为 C1，标题为"复制"（见图 4-66）。
   请编写适当的事件过程，使得在运行时，在 Text1 中输入文本后，单击"复制"按钮，就将
   Text1 中的文本全部复制到 Text2 中。程序中不得使用任何变量。

   注意：存盘时必须存放在"E:\VB\第四章"文件夹下，工程文件名为 Sjt2.vbp，窗体文件名
为 Sjt2.frm。

3. 在名称为 Form1 的本上画一个命令按钮，名称为 Command1，其标题为"移动本按钮"，如图
   4-67 所示。要求编写适当的事件过程，使得程序运行时，每单击按钮一次，按钮向左移动 100。
   要求：程序中不得使用变量，事件过程中只能写一条语句。

图 4-66　编程题 2 界面

图 4-67　编程题 3 界面

   注意：存盘时必须存放在"E:\VB\第四章"文件夹下，工程文件名为 Sjt3.vbp，窗体文件名
为 Sjt3.frm。

4. 在名称为 Form1 的窗体上画一个文本框，其名称为 Text1，初始内容为空白；然后再画三个单
   选按钮，其名称分别为 Op1、Op2 和 Op3，标题分别为"单选按钮 1"、"单选按钮 2"和"单
   选按钮 3"，编写适当的事件过程。程序运行后，如果单击"单击按钮 1"则在文本框中显示"1"，

单击"单选按钮2"则在文本中显示"2",依此类推。程序的运行情况如图 4-68 所示。

注意：存盘时必须存放在"E:\VB\第四章"文件夹下，工程文件名为 Sjt4.vbp，窗体文件名为 Sjt4.frm。

5. 在名称为 Form1 的窗体上画一个列表框，其名称为 List1，通过属性窗口向列表框中输入九个项目，分别为 10、20、30、40、50、60、70、80、90；画一个文本框，其名称为 Text1，初始内容为空白；再画一个水平滚动条，其名称为 Hscroll1，Min 属性和 Max 属性分别为 0 和 100，编写适当的事件过程。程序运行后，如果单击列表框中的某个项目，则在文本框中显示该项目内容，并把滚动条的滚动框移到相应的位置，如图 4-69 所示。

要求：不得使用任何变量。

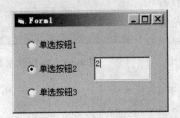 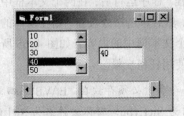

图 4-68　编程题 4 界面　　　　图 4-69　编程题 5 界面

注意：存盘时必须存放在"E:\VB\第四章"文件夹下，工程文件名为 Sjt5.vbp，窗体文件名为 Sjt5.frm。

6. 在 Form1 的窗体上画一个文本框，名称为 Text1，Text 属性为空白。再画一个列表框，名称为 L1，通过属性窗口向列表框中添加四个项目，分别为"AAAA"、"BBBB"、"CCCC"、"DDDD"，编写适当的事件过程。程序运行后，在文本框中输入一个字符串，如果双击列表框中的任一项，则把文本框中的字符串添加到列表框中。程序的运行情况如图 4-70 所示。

注意：存盘时必须存放在"E:\VB\第四章"文件夹下，工程文件名为 Sjt6.vbp，窗体文件名为 Sjt6.frm。

7. 在名称为 Form1 的窗体上画一个垂直滚动条（名称为 VScroll1）和一个水平滚动条（名称为 HScroll1）。在属性窗口中对两个滚动条设置如下属性：
Min: 1500　　Max: 6000　　LargeChange: 200　　SmallChange: 50

要求：编写适当的事件过程。程序运行后，如果移动滚动条上的滚动框，则可扩大或缩小窗体。运行后的窗体如图 4-71 所示。要求程序中不得使用任何变量。

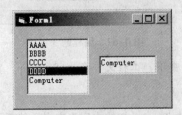 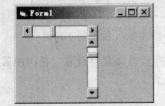

图 4-70　编程题 6 界面　　　　图 4-71　编程题 7 界面

注意：存盘时必须存放在"E:\VB\第四章"文件夹下，工程文件名为 Sjt7.vbp，窗体文件名为 Sjt7.frm。

第5章

对话框和菜单设计

知识点

- InputBox 输入对话框
- MsgBox 函数和语句
- 通用对话框控件的使用
- 下拉式菜单和弹出式菜单

重点

- InputBox 输入对话框
- MsgBox 函数和语句
- 通用对话框控件的使用
- 下拉式菜单和弹出式菜单

本章知识结构图

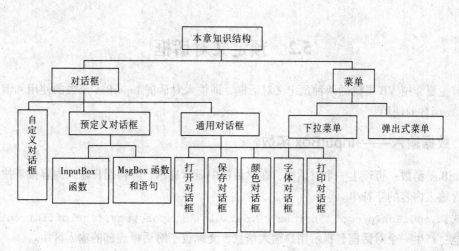

在这一章中将介绍到如何用 VB 进行对话框程序设计及菜单程序设计。用户可以根据自己的需要在窗体上设计适合自己所需要的对话框。在 Windows 环境下，几乎所有的应用软件都通过菜单实现操作，在本章中，还将介绍到 VB 的菜单程序设计技术。

5.1　对话框的分类和特点

在 VB 中，对话框是一种特殊的窗口，它通过显示和获取信息与用户进行交流。尽管它有自己的特性，但从结构上来说，对话框与窗体是类似的。

5.1.1　对话框的分类

VB 中的对话框主要分为三类：预定义对话框，自定义对话框和通用对话框

预定义对话框是由系统提供的。VB 提供了两种预定义对话框，即输入框和信息框（消息框），前者由 InputBox 函数建立，后者由 MsgBox 函数建立。

自定义对话框是用户根据具体需要建立自己的对话框，当输入框和消息框满足不了用户需要的时候可以自定义对话框，但在应用上有一定有限制，很多情况下无法满足需要。

通用对话框是一种控件，用于设计复杂的对话框。

在这一章中，我们将逐一介绍。

5.1.2　对话框的特点

对话框是一种特殊的窗体，具有区别于一般窗体的不同的属性，主要表现在以下几个方面：

① 在一般情况下，对话框的大小是固定的。所以对话框中没有最大化和最小化按钮，以免被意外的扩大或缩成图标。

② 为了退出对话框，必须单击其中的某个按钮，不能通过单击对话框外部的某些地方关闭对话框。

③ 对话框不是应用程序的主要工作区，只是用来临时使用，进行一些设置的，所以使用后就关闭。

5.2　预定义对话框

本节主要介绍 VB 提供的两种预定义对话框，即输入对话框 InputBox 函数的使用和消息对话框 MsgBox 函数的使用。

5.2.1　数据输入—— InputBox 函数

InputBox 函数：可产生一个对话框，在对话框中显示提示，等待用户输入内容按下按钮，并返回包含输入内容的字符串。

格式：`InputBox(prompt [,title] [,default] [,xpos,ypos][,helpfile,context])`

功能：产生一个对话框，提示用户输入信息，光标位于对话框底部的输入区中。

说明:

① Prompt:必需的。Prompt 是一个字符串,作为对话框消息出现,最大长度大约是 1 024 个字符。如果 Prompt 包含多个行,则可在各行之间用 VBCRLF 或回车换行符的组合(Chr(13) + Chr(10)) 来分隔,可参见例 5.1。

② Title:可选的。字符串表达式,用于设置对话框标题。如果省略 Title,则标题栏显示应用程序的名字。

③ Default:可选的。字符串表达式,用于设置输入区内的默认值。如果省略 Default,则输入区为空。

④ xpos 和 ypos:可选的。数值表达式,成对出现,用于设置对话框的位置。xpos 指定对话框的左边与屏幕左边的水平距离。如果省略 xpos,则对话框会在水平方向居中。ypos 指定对话框的上边与屏幕上边的距离。如果省略 ypos,则对话框被放置在屏幕垂直方向距下边大约 1/3 的位置。

⑤ Helpfile 和 Context:可选的,成对出现。Helpfile 是字符串表达式,识别帮助文件,用该文件为对话框提供上下文相关的帮助。Context 是数值表达式,由帮助文件的作者指定给某个帮助主题的帮助上下文编号。

例如,运行下面程序,其结果如图 5-1 所示。

```
Private Sub Command1_Click()
a=InputBox("prompt", "title", "default")
Print a
End Sub
```

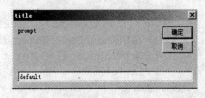

图 5-1 输入对话框 1

注意: ①Inputbox 函数返回的是字符型数据;②运行时,单击"确定"按钮,则将输入区的数据返回;单击"取消"按钮,则返回一个空字符串;③一个 InputBox 函数只能输入一个值,输入多个值时应该多次执行 InputBox 函数;④InputBox 函数也可以写成 InputBox$函数;⑤可以省略参数但不能省略","。

【例 5.1】编制程序,提示框如图 5-2 所示。

```
Private Sub Command1_Click()
a=InputBox("下面填写工作单位" + Chr(13)+ Chr(10)
+ "请输入:", _
"输入", "Shan Xi University")
Print a
End Sub
```

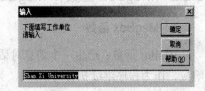

图 5-2 输入对话框 2

【例 5.2】编写程序,用 InputBox 函数输入数据。

```
Private Sub Command1_Click()
    msg$="学生情况登记: "
    msg1$="请输入姓名: "
    msg2$="请输入年龄: "
    msg3$="请输入性别: "
    msg4$="请输入籍贯: "
    studname$=InputBox(msg1$, msg$)
    studage$=InputBox(msg2$, msg$)
    studsex$=InputBox(msg3$, msg$)
    studhome$=InputBox(msg4$, msg$)
    Print studname; ","; studsex; ",现年";
```

```
    Print studage; "岁,"; studhome; "人"
End Sub
```

练一练

有下列程序:
str1=inputbox("输入" , "", "练习")
从键盘上输入字符串"示例"后, str1 的值是 (　　　)。
A. 输入　　　　　　　B. ""　　　　　　　C. 练习　　　　　　D. 示例

想一想

有下列两组程序:
```
Private Sub Command1_Click()
    a=InputBox("Enter the first integer")
    b=InputBox("Enter the second integer")
    Print b+a
End Sub
Private Sub Command2_Click()
    a=Val(InputBox("Enter the first integer"))
    b=Val(InputBox("Enter the second integer"))
    Print b+a
End Sub
```
程序运行后, 单击命令按钮, 先后在两个对话框中输入 456 和 123, 则单击 Command1 时输出的结果是 (　　　); 单击 Command2 时输出的结果是 (　　　)。
A. 579　　　　　　B.123　　　　　　C.456　　　　　　D.123456

5.2.2　MsgBox 函数和 MsgBox 语句

1. MsgBox 函数

MsgBox 函数:产生一个消息对话框向用户发送消息, 并等待用户作出响应, 然后根据用户的响应, 作为程序继续执行的依据。

格式:MsgBox(Prompt[,Buttons] [,Title] [,Helpfile,Context])

说明:

① Prompt、Title、Helpfile、Context:这几个参数的说明同 InputBox 函数。

② Buttons:可选的。数值表达式是值的总和, 用于指定显示按钮的数目及形式, 使用的图标样式, 默认按钮是什么以及消息框的强制回应等。如果省略, 则 Buttons 的默认值为 0。

Buttons 的值是由表 5-1～表 5-4 内的 4 组数, 每组数中取 1 个数, 将 4 个数相加得来的。也可取常数, 若取常数则用 OR 或 + 连接。每个数都代表 MsgBox 对话框的一种样式。

表 5-1　对话框内命令按钮的类型

常　　数	值	描　　　述
vbOKOnly	0	只显示 OK 按钮
VbOKCancel	1	显示 OK 及 Cancel 按钮

续表

常　　数	值	描　　　　述
VbAbortRetryIgnore	2	显示 Abort、Retry 及 Ignore 按钮
VbYesNoCancel	3	显示 Yes、No 及 Cancel 按钮
VbYesNo	4	显示 Yes 及 No 按钮
VbRetryCancel	5	显示 Retry 及 Cancel 按钮

表 5-2　对话框内显示的图标

常　　数	值	描　　　　述
VbCritical	16	显示 Critical Message 图标
VbQuestion	32	显示 Warning Query 图标
VbExclamation	48	显示 Warning Message 图标
VbInformation	64	显示 Information Message 图标

表 5-3　对话框内默认的活动按钮

常　　数	值	描　　　　述
vbDefaultButton1	0	第一个按钮是默认值
vbDefaultButton2	256	第二个按钮是默认值
vbDefaultButton3	512	第三个按钮是默认值
vbDefaultButton4	768	第四个按钮是默认值

表 5-4　应用程序和系统强制返回

常　　数	值	描　　　　述
vbApplicationModal	0	应用程序强制返回；应用程序一直被挂起，直到用户对消息框作出响应才继续工作
vbSystemModal	4 096	系统强制返回；全部应用程序都被挂起，直到用户对消息框作出响应才继续工作
vbMsgBoxHelpButton	16 384	将 Help 按钮添加到消息框
VbMsgBoxSetForeground	65 536	指定消息框窗口作为前景窗口
vbMsgBoxRight	524 288	文本为右对齐
vbMsgBoxRtlReading	1 048 576	指定文本应为在希伯来和阿拉伯语系统中的从右到左显示

　　MsgBox 函数的返回值：它表示运行时，用户单击了哪个按钮。MsgBox 函数的返回值含义如表 5–5 所示。

表 5-5　MsgBox 函数的返回值

常　　数	值	被鼠标单击的按钮
vbOK	1	OK（确定）
vbCancel	2	Cancel（取消）
vbAbort	3	Abort（终止）
vbRetry	4	Retry（重试）

常　　数	值	被鼠标单击的按钮
vbIgnore	5	Ignore（忽略）
vbYes	6	Yes（是）
vbNo	7	No（否）

【例 5.3】编制程序实现如下功能：消息框内显示"是否继续？"，单击"是"按钮，则在窗体上显示文字"是"，单击"否"按钮，则在窗体上显示文字"否"。

```
Private Sub Command1_Click()
    a=MsgBox("是否继续？", vbDefaultButton2 + vbYesNo + vbQuestion, "提问")
    If a=6 Then
        Print "是"
    Else
        Print "否"
    End If
End Sub
```

2. MsgBox 语句

MsgBox 语句的功能和 MsgBox 函数的功能一样，参数的内容和使用也是一样的，但它没有返回值；由于一些消息框不需要返回信息，所以不使用函数方式，使用语句方式。

格式：`MsgBox prompt[, buttons] [, title] [, helpfile, context]`

例如：`MsgBox "密码不对，重新输入"`

5.3　自定义对话框

预定对话框容易建立，但在应用上有一定的限制。对于信息框来说，只能显示简单信息、一个图标和有限的几种命令按钮，程序设计人员不能改变命令按钮的说明文字，也不能接收用户输入的任何信息；输入框可能接收输入的信息，但只限于使用一个输入区域，而且只能使用"确定"和"取消"两种命令按钮。如果要使用比信息框和输入框功能更多的对话框，只能由用户自己建立。下面通过一个例子，说明如何建立用户自己的对话框。

【例 5.4】设计登录对话框。

分析：

① 设计一个具有固定边框的窗体，如图 5-3 所示。

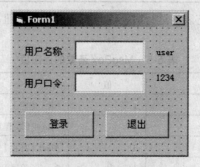

图 5-3　登录对话框

② 设置控件属性（见表 5-6）。

表 5-6　程序中使用的控件

控件	名称（Name）	标题（Caption）	文本（Text）	边框
窗体	Form1	Form1	无	3
标签 1	Label1	用户名称	无	默认
标签 2	Label1	用户口令	无	默认
标签 3	Label1	User	无	默认
标签 4	Label1	1234	无	默认
文本框 1	Text1	无	空	默认
文本框 2	Text2	无	空	默认
命令按钮 1	Command1	登录	无	无
命令按钮 2	Command2	退出	无	无

③ 完成代码如下：

```
Private Sub Command1_Click()
    If Text1.Text="user" And Text2.Text="1234" Then
        MsgBox "登录成功"
    Else
        MsgBox "用户名或密码错误" & vbCrLf & "登录失败"
    End If
End Sub
Private Sub Command2_Click()
    End
End Sub
```

5.4　通用对话框

用输入框和消息框可以建立简单的对话框，如果需要，也可以用上面介绍的方法，定义自己的对话框，当要定义的对话框较复杂时，VB 提供了通用对话框控件，可以定义较为复杂的对话框。

通用对话框是一种 ActiveX 控件。选择菜单中的"工程" / "部件"命令，打开"部件"对话框，选择 Microsoft Common Dialog Control 6.0 项，如图 5-4 所示，然后单击"确定"按钮，工具箱中将出现通用对话框控件，如图 5-5 所示。

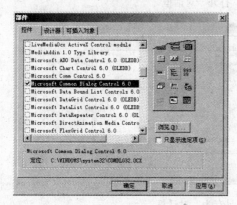

通用对话框控件

图 5-4　"部件"对话框图　　　　　　图 5-5　通用对话框控件

通用对话框控件名默认为：CommonDialog1。

通过设置通用对话框的 Action 属性或使用通用对话框的方法，来弹出对应的通用对话框，Action 属性和对应方法如表 5-7 所示。

表 5-7　通用对话框的 Action 属性及对应方法

对话框类型	Action 属性值	方　　法
打开文件	1	ShowOpen
保存文件	2	ShowSave
颜色	3	ShowColor
字体	4	ShowFont
打印	5	ShowPrinter
调用 Help 文件	6	ShowHelp

如用下面两种方式可以打开"打开对话框"：

```
CommonDialog1.Action=1
CommonDialog1.ShowOpen
```

5.4.1　文件对话框

1. 文件对话框的结构

文件对话框有两种：打开对话框、保存对话框，如图 5-6 和图 5-7 所示。

图 5-6　"打开"对话框

图 5-7　"另存为"对话框

2．文件对话框的属性

打开文件对话框和保存文件对话框的共有属性：

① DefaultEXT 属性：默认的文件类型，即打开或保存的文件的默认扩展名。如果在打开或保存对话框中没有给出扩展名，则自动将 DefaultEXT 属性作为其扩展名。

② DialogTitle 属性：对话框标题。

③ FileName 属性：设置或返回要打开或保存的文件名，含路径。

④ FileTitle 属性：指定对话框选定的文件名。此属性只有文件名称，不包含路径。

⑤ Filter 属性：用来指定对话框中显示的文件类型。可以设置多个文件类型。

其格式为：

"描述符 1|过滤器 1|描述符 2|过滤器 2|…|描述符 n|过滤器 n"

例如，设置扩展名为 doc 的文件，在类型上显示 Word Files：

```
对话框控件名称.Filter="Word Files|*.doc"
```

如设置多个，可按照下面方式设置：

```
对话框控件名称.Filter="所有文件|*.*|Word 文档|*.Doc|文本文件|*.txt"
```

⑥ FilterIndex 属性：用来设置默认的过滤器，其设置值为 1 整数。

如上例中设置 Word 文档为默认类型：

```
对话框控件名称.Filter="所有文件|*.*|Word 文档|*.Doc|文本文件|*.txt"
对话框控件名称.FilterIndex=2
```

⑦ Flags 属性：设置通用对话框的外观。使用多个状态时，将值相加。

格式：

```
对象.Flags=值
```

表 5–8 列出了打开/保存对话框 Flags 属性值及作用。

表 5-8　打开/保存对话框 Flags 属性值及作用

值	作　　用
1	显示"只读检查"复选框
2	已有同名文件，保存时显示消息框，提示是否覆盖原有文件
4	取消"只读检查"复选框
8	保留当前目录
16	显示一个 Help 按钮
256	允许在文件中有无效字符
512	允许用户选择多个文件（Shift），多个文件名作为字符串放在 FileName 属性中
1 024	用户指定的扩展名与默认的扩展名不同时无效，如果 DefaultEXT 属性为空，则标志无效
2 048	只允许输入有效的路径
4 096	禁止输入对话框中没有列出的文件名
8 192	询问用户是否要建立一个新文件
16 384	对话框忽略网络共享冲突的情况
32 768	选择的文件不是只读文件，并且不在一个写保护的目录中

⑧ InitDir 属性：用来指定对话框中显示的起始目录。如果没有设置，显示当前目录。

⑨ MaxFileSize 属性：设置 FileName 属性的最大长度，以字节为单位，取值范围 1～2 048，

默认为 256。

⑩ CancelError 属性：设置为 True，则当单击 Cancel 按钮关闭一个对话框时，显示出错信息；设置为 False 时，则不显示出错信息。

⑪ HelpCommand 属性：指定 Help 的类型，表 5-9 列出了 Help 类型的说明。

表 5-9　Help 类型说明

值	说　　　　明
1	先是一个特定的上下文的 Help 屏幕，该上下文应先在 HelpContext 属性中定义
2	通知 Help 应用程序，不再需要指定的 Help 文件
3	显示一个帮助文件的索引屏幕
4	显示标准的"如何使用帮助"窗口
5	当 Help 文件有多个索引时，该设置使得用 HelpContext 属性定义的索引成为当前索引
257	显示关键词窗口，关键词必须在 HelpKey 属性中定义

⑫ HelpContext 属性：确定 Help ID 的内容，与 HelpCommand 属性一起使用，指定显示的 Help 主题。

⑬ HelpFile 和 HelpKey 属性：分别用来指定 Help 应用程序的 Help 文件名和 Help 主题能够识别的名字。

【例 5.5】在窗体上画两个名称为 CmdOpen 和 CmdSave，标题为"打开"和"保存"的命令按钮，请编写程序，当单击"打开"按钮时，出现"打开"对话框，单击"保存"按钮时，出现"保存"对话框。

程序如下：

```
Private Sub CmdOpen_Click()
    Cd1.FileName=""
    Cd1.Filter="所有文件|*.*|(*.exe)|*.exe|文本文件|*.txt"
    Cd1.FilterIndex=3
    Cd1.InitDir="d:\"
    Cd1.DialogTitle="打开文件"
    Cd1.ShowOpen
    If Cd1.FileName="" Then
        MsgBox "没有选择文件", 37, "检查"
    Else
        Open Cd1.FileName For Input As #1        '打开指定的文件
        Do While Not EOF(1)
            Input #1, a$                         '读数据
            Print a$                             '打印数据
        Loop
        Close #1                                 '关闭文件
    End If
End Sub
Private Sub CmdSave_Click()
    Cd1.CancelError=True
    Cd1.DefaultExt="txt"
    Cd1.InitDir="d:\"
    Cd1.FileName="d:\lx.txt"
```

```
    Cd1.Filter="文本文件|*.txt|所有文件|*.*|(*.exe)|*.exe"
    Cd1.FilterIndex=1
    Cd1.DialogTitle="保存文件"
    Cd1.Flags=2+2048              ' 2:如果有同名, 提示覆盖  2048:只允许有效路径
    Cd1.ShowSave
    If Cd1.FileName="" Then
      MsgBox "没有输入文件名", 37, "检查"
    Else
      Open Cd1.FileName For Append As #1      '打开文件
      Print #1, Text1.Text                    '写数据到文件中
      Close #1
    End If
End Sub
```

5.4.2　颜色对话框

颜色对话框的 CancelError、DialogTitle、HelpComman、HelpContext、HelpFile 和 HelpKey 这些属性和文件对话框一样，其他属性如下：

① Color 属性：用来设置初始颜色，并且将选择的颜色返回给应用程序。

② Flags 属性：使用多个状态时，将值相加。如表 5-10 所示为颜色对话框的 Flags 属性值及作用。

表 5-10　颜色对话框的 Flags 属性值及作用

值	作　　　　　用
1	使得 Color 属性定义的颜色在首次显示对话框中显示出来
2	打开完整的对话框，包括用户自定义对话框
4	禁止选择"用户自定义颜色"按钮
8	显示一个 Help 按钮

【例 5.6】在窗体上画一个名称为 Text1 的文本框，两个名称分别为 Command1 和 Command2 的命令按钮，按钮标题分别为"前景色"和"背景色"，一个名称为 Cd1 的通用对话框控件，程序运行后，单击"前景色"或"背景色"按钮，则弹出颜色对话框，分别为文本框设置前景色和背景色。

程序如下：

```
Private Sub Command1_Click()
    Cd1.Flags=1
    Cd1.Color=Text1.ForeColor
    Cd1.Action=3
    Text1.ForeColor=Cd1.Color
End Sub
Private Sub Command2_Click()
    Cd1.Flags=1
    Cd1.Color=Text1.BackColor
    Cd1.ShowColor
    Text1.BackColor=Cd1.Color
End Sub
```

5.4.3　字体对话框

字体对话框的 CancelError、DialogTitle、HelpCommand、HelpContext、HelpFile 和 HelpKey 这些属性和文件对话框一样，其他属性如下：

① Flags 属性：使用多个状态时，将值相加。Flags 属性及作用如表 5-11 所示。

表 5-11　字体对话框 Flags 属性及作用

值	作　　用
1	只显示屏幕字体
2	只列出打印机字体
3	列出打印机和屏幕字体
4	显示 Help 按钮
256	允许删除线、下画线和颜色
512	允许"应用"按钮
1 024	不允许使用 Windows 字符集的字体（无符号字符）
2 048	不允许使用矢量字体
4 096	不允许图形设备接口字体仿真
8 192	只显示在 Max 和 Min 属性值指定的范围内的字体
16 384	只显示固定字符间距（不按比例缩放）的字体
32 768	只允许选择屏幕和打印机可用的字体
65 536	试图使用不存在的字体，将提示错误信息
131 072	只显示按比例缩放的字体
262 144	只显示 TrueType 字体

② Max 和 Min 属性：设置字体的最大点数和最小的点数，取值范围：1～2 048，此属性设置后，应该将 Flags 属性设置为 8 192。

FontBold、FontItalic、FontName、FontSize、FontStrikeThru、FontUnderline 这些字体属性和前面学过的一样，这里不再详述。

【例 5.7】修改例 5.6，增加一个名称为 Command3 的按钮，标题为"设置字体"，程序运行后，单击此按钮，弹出字体对话框，可设置文本框的字体。

```
Private Sub Command3_Click()
    Cd1.Flags=1+256
    Cd1.FontName=Text1.FontName
    Cd1.FontSize=Text1.FontSize
    Cd1.FontBold=Text1.FontBold
    Cd1.FontItalic=Text1.FontItalic
    Cd1.FontStrikethru=Text1.FontStrikethru
    Cd1.FontUnderline=Text1.FontUnderline
    Cd1.ShowFont
    Text1.FontName=Cd1.FontName
    Text1.FontSize=Cd1.FontSize
    Text1.FontBold=Cd1.FontBold
    Text1.FontItalic=Cd1.FontItalic
```

```
    Text1.FontStrikethru=Cd1.FontStrikethru
    Text1.FontUnderline=Cd1.FontUnderline
    Text1.ForeColor=Cd1.Color
End Sub
```

5.4.4 打印对话框

打印对话框的 CancelError、DialogTitle、HelpCommand、HelpContext、HelpFile 和 HelpKey 这些属性和文件对话框一样，其他属性如下：

① Copier 属性：指定要打印的文档的副本数。

② Flags 属性：使用多个状态时，将值相加。Flags 属性及作用如表 5–12 所示。

表 5-12　打印对话框 Flags 属性及作用

值	作　　　　　　用
0	返回或设置"所有页"选项的按钮的状态
1	返回或设置"选定范围"选项的按钮的状态
2	返回或设置"页"选项的按钮的状态
4	禁止"选定范围"选项的按钮
8	禁止"页"选项的按钮
16	返回或设置校验复选框状态
32	返回或设置"打印到文件"复选框状态
64	显示"打印设置"对话框
128	当没有默认打印机时，显示警告信息
256	在对话框的 hDC 属性中返回"设备环境"，hDC 指向用户所选择的打印机
512	在对话框的 hDC 属性中返回"信息上下文"，hDC 指向用户所选择的打印机
2 048	显示一个 Help 按钮
262 144	如果打印机不支持多份副本，则设置这个值禁止副本编辑控制，只能打印 1 份
524 288	禁止"打印到文件"复选框
1 048 576	隐藏"打印到文件"复选框

③ FromPage 和 ToPage 属性：打印文件页的范围，Flags 应设置为 2。

④ hDC 属性：分配给打印机的句柄，用来识别对象的设备环境，用于 API 调用。

⑤ Max 和 Min 属性：限制 FromPage 和 ToPage 属性的范围，允许起始页的最大最小值。

⑥ PrinterDefault 属性：它是一个布尔值。当值为 True 时，如果选择了不同的打印设置，例如 Fax，则将对 win.ini 文件作相应的修改；如果值为 False，则不会保存在 win.ini 文件中，不会改变当前默认打印机设置。

注意：打印对话框，只是用于打印的一些参数设置和选定，它不能启动实际的打印过程，如果要执行具体的打印操作，还要编写相应的代码。

【例 5.8】 在窗体上画一个名称为 Command1 的命令按钮，程序运行后单击命令按钮弹出打印对话框。

```
Private Sub Command1_Click()
    Cd1.Flags=1
    Cd1.Copies=5
    Cd1.ShowPrinter
End Sub
```

5.5 菜 单

菜单因其占用屏幕空间小，导航功能强，因此在各种 Windows 应用软件中经常用到。VB 为提供了简单的菜单制作方法，这一节将介绍如何建立菜单。

5.5.1 VB 中的菜单

1．菜单的作用和分类

作用：提供人机对话界面，便于选择应用程序的功能；管理应用系统，控制各种功能模块的运行。

分类：

① 下拉式菜单：典型的窗口式菜单。

② 弹出式菜单：鼠标右击后弹出的快捷菜单。

2．菜单的优点

下拉式菜单有如下优点：

① 整体感强，一目了然，直观方便，易于学习。

② 具有导航功能，方便在各个菜单中查询要使用的功能。

③ 占用屏幕空间小，只占用窗体上边一行，需要时下拉出子菜单。

5.5.2 菜单编辑器

对于可视语言来说，菜单的设计要简单和直观得多，因为它省去了屏幕位置的计算，也不需要保存和恢复屏幕区域。全部设计都在一个窗口内完成。利用这个窗口，可以建立下拉式菜单，最多可达到 6 层。

VB 中的菜单通过菜单编辑器，即菜单设计窗口建立。

1．进入菜单编辑器

进入菜单编辑器有 4 种方法：

① 执行"工具"菜单中的"菜单编辑器"命令。

② 使用快捷键【Ctrl+E】。

③ 使用工具栏中的"菜单编辑器"按钮。

④ 在设计阶段，在窗体上右击，选择快捷菜单中的"菜单编辑器"命令。

进入菜单编辑器后，出现菜单编辑器对话框，如图 5-8 所示。

菜单编辑器分为 3 个区，上半部分为数据区，中间为编辑区，下半部分为菜单项显示区。

图 5-8 菜单编辑器

2. 数据区

数据区包含的选项有：标题、名称、索引、快捷键、帮助上下文、协调位置、复选、有效、可见、显示窗口列表，如图 5-9 所示。

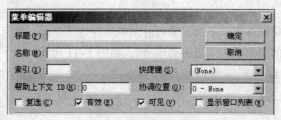

图 5-9 菜单编辑器

① 标题：用来输入所建立的菜单运行时显示的内容，相当于控件的 Caption 属性。如果在该处输入一个减号，它将显示一个分隔线。

② 名称：用来输入所建立菜单的控件名，相当于控件的 Name 属性。需要注意的是，每个菜单项都是一个控件，都要有一个唯一的控件名，在编写代码的时候使用。

③ 索引：用来为用户建立的控件数组设立下标。

④ 快捷键：是一个列表框，用来设置菜单项的快捷键（热键）。

⑤ 帮助上下文：在该处输入一个数值，这个值用来在帮助文件中查找相应的帮助主题。

⑥ 协调位置：它是一个列表框，用来确定菜单或菜单项是否出现或在什么位置显示。

⑦ 复选（Checked）：当选择此项目时，该项菜单可以通过单击在菜单项前加上指定的记号。它不改变菜单项的作用，也不影响事件过程对于任何对象的执行结果，只是设置或重新设置菜单项旁的符号。利用这个属性，可以指明某个菜单项当前是否处于活动状态

⑧ 有效（Enabled）：用来设置菜单项的操作状态。在默认情况下，该属性被设置为 True，表明相应的菜单项可以对用户事件做出响应。如果此属性被设置为 False，则在运行时，菜单项变为失效的灰色。

⑨ 可见（Visible）：确定菜单项是否可见。一个不可见的菜单项是不能执行的，在默认情况下，此属性值为 True。当制作弹出式菜单也需要用到此属性。

⑩ 显示窗口列表：当该选项被设置为 On 时，将显示当前打开的一系列子窗口。它用于多文档应用程序。

3．编辑区

编辑区共有 7 个按钮，用来对输入的菜单项进行简单的编辑，如图 5-10 所示。

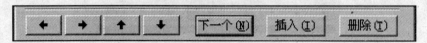

图 5-10　菜单编辑器编辑区

① 左右箭头：用来产生或取消内缩符号。单击一次右箭头可以产生 4 个点，单击一次左箭头可以删除 4 个点。通过内缩的层次来区分菜单的层次。

② 上下箭头：用来在菜单项显示区中移动菜单项的位置。

③ 下一个：开始一个新的菜单项。

④ 插入：插入新的菜单项。

⑤ 删除：删除当前菜单项。

4．菜单项显示区

菜单项显示区在菜单设计窗口下部，输入的菜单项在这里显示，并且通过内缩符号表明菜单的层次，条形光标所在的菜单项为"当前菜单项"，如图 5-11 所示。

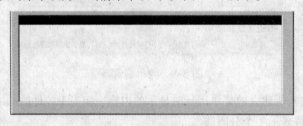

图 5-11　菜单编辑器显示区

内缩一层为 4 个点，最多 20 个点。也就是说，最多 6 层菜单。

只有菜单名没有菜单项的菜单为顶层菜单。

在"标题"栏内输入一个"-"减号，则表示产生一个分隔线。

除分隔线外，所有的菜单项都可以接收 Click 事件。

在输入菜单项的"标题"栏内，如果在字母前加上"&"字符，则显示菜单时，在该字母下有下画线，可以使用【Alt+字母】的方式打开此菜单或执行相应的菜单命令。

5.5.3　用菜单编辑器建立菜单

【例 5.9】设计下拉式菜单。

（1）界面设计

分为两个主菜单项，第一个"计算"有四个子菜单项；第二个"清除与退出"有两个子菜单项，如图 5-12 所示。

窗体上有两个文本框、四个标签，如图 5-13 所示。

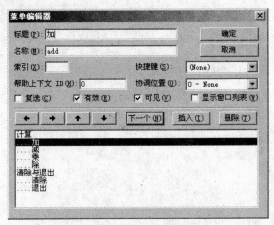

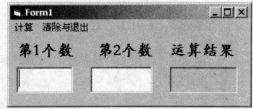

图 5-12　菜单编辑器　　　　　　　　　　图 5-13　菜单程序示例

（2）设置属性

菜单项和控件的属性值如表 5-13 和表 5-14 所示。

表 5-13　各菜单项的属性

分　类	标　题	名　称	内缩符号
主菜单项 1	计算	Calc1	无
子菜单项 1	加	Add	1
子菜单项 2	减	Min	1
子菜单项 3	乘	Mul	1
子菜单项 4	除	Div	1
主菜单项 2	清除与退出	Calc2	无
子菜单项 1	清除	Cls	1
子菜单项 2	退出	Quit	1

表 5-14　控件的属性

控　件	名　称	标　题	文　本	边　框
标签 1	Label1	第 1 个数	无	默认
标签 2	Label2	第 2 个数	无	默认
标签 3	Label3	运算结果	无	默认
标签 4	Label4	（空白）	无	1
文本框 1	Text1	无	（空白）	默认
文本框 2	Text2	无	（空白）	默认

（3）编写菜单代码

菜单代码如下：

```
Private Sub Add_Click()
    Label4.Caption=Val (Text1.Text) + Val(Text2.Text)
End Sub
Private Sub Min_Click()
```

```
    Label4.Caption=Val(Text1.Text) - Val(Text2.Text)
End Sub
Private Sub Mul_Click()
    Label4.Caption=Val(Text1.Text) * Val(Text2.Text)
End Sub
Private Sub Div_Click()
    If Val(Text2.Text) <> 0 Then
      Label4.Caption=Val(Text1.Text) / Val(Text2.Text)
    Else
      Label4.Caption="除数为 0，不能计算"
    End If
End Sub
Private Sub Cls_Click()
    Text1.Text=""
    Text2.Text=""
    Label4.Caption=""
End Sub
Private Sub Quit_Click()
    End
End Sub
```

5.5.4 菜单项的控制

【例 5.10】按要求完成如下程序。

（1）界面设计

分为两个主菜单项，第一个"编辑"，有两个子菜单项；第二个"系统"，有两个子菜单项，如图 5-14 所示。

图 5-14 菜单编辑器

窗体上有两个文本框，文本框设置为多行、垂直滚动条，一个标签框，一个计时器，如图 5-15 所示。

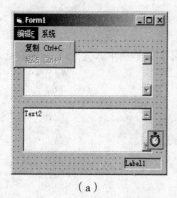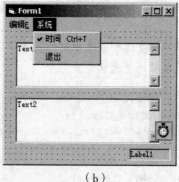

（a）　　　　　　　　　　（b）

图 5-15　菜单程序示例

（2）设置属性

菜单项和控件的属性值见表 5-15 和表 5-16 所示。

表 5-15　各菜单项的属性

分　类	标　题	名　称	内缩符号	有　效	复　选	快捷键
主菜单项 1	编辑&E	MnuEdit	无	True	False	无
子菜单项 1	复制	MnuCopy	1	True	False	Ctrl+C
子菜单项 2	粘贴	MnuPaste	1	False	False	Ctrl+V
主菜单项 2	系统	Mnusystem	无	True	False	无
子菜单项 1	时间	MnuTime	1	True	True	Ctrl+T
子菜单项 2	—	MnuLine	1	True	False	无
子菜单项 3	退出	MnuQuit	1	True	False	无

表 5-16　控件的属性

控　件	名　称	标　题	文　本	边　框	多　行	滚动条	Interval
标签	Label1	Label1	无	1	无	无	无
文本框 1	Text1	无	Text1	默认	True	2	无
文本框 2	Text2	无	Text2	默认	True	2	无
计时器	Timer1	无	无	无	无	无	1000

（3）编写菜单代码

编写复制菜单项程序代码：

```
Private Sub MnuCopy_Click()
    Clipboard.Clear
    Clipboard.SetText Text1.SelText
    Text2.SelStart=Len(Text2.Text)
    Text2.SetFocus
    mnupaste.Enabled=True
End Sub
```

编写粘贴菜单项程序代码：

```
Private Sub MnuPaste_Click()
```

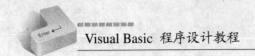

```
    Text2.SelText=Clipboard.GetText()
End Sub
```

注意：菜单项中的复选和复选框中的复选不同，菜单项中只是加了一个复选标记，不会因为单击菜单项更改菜单项的复选状态。

编写时间菜单项程序代码：

```
Private Sub MnuTime_Click()
    MnuTime.Checked=Not MnuTime.Checked
    Label1.Visible=MnuTime.Checked
End Sub
Private Sub Timer1_Timer()
    Label1.Caption=Time
End Sub
```

5.5.5 菜单项的增减

1. 增加菜单项的实现方法

增加菜单项可通过控件数组来实现，使用 Load 语句建立控件数组中新的下标控件， Load 语句的功能是把窗体或控件加载到内存中。格式为：

Load 控件名称(下标)

2. 减少菜单项的实现方法

减少菜单项也可通过控件数组来实现。

使用 UnLoad 语句将控件数组中的控件卸载，UnLoad 语句的功能是把窗体或控件从内存中卸载掉。格式为：

UnLoad 控件数组名称(下标)

注意：卸载控件数组中的控件时，如果被卸载的控件在数组中间，后续的控件下标不会自动上移。

【例 5.11】编写一个程序，有一个主菜单为应用程序，应用程序菜单下有下面这些菜单项：增加应用程序、减少应用程序和一个分隔线，当单击增加应用程序菜单项，弹出一个输入对话框，输入应用程序文件名（含路径），单击"确定"按钮，此内容加入菜单；当单击减少应用程序，弹出输入对话框，输入项数，减少应用程序。

操作步骤：

① 建立菜单。打开菜单编辑器窗口，进行如下设置（见表 5-17），结果如图 5-16 所示。

表 5-17　各菜单项及属性

标　　题	名　　称	内 缩 符 号	可 见 性	下　　标
应用程序	Apps	无	True	无
增加应用程序	AddAp	1	True	无
减少应用程序	DelAp	1	True	无
-	SepBar	1	True	无
（空白）	AppName	1	False	0

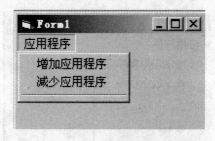

图 5-16　建立菜单

② 编写程序代码。

a. 在窗体层定义如下变量：

```
Dim Menucounter as Integer
```

b. 编写增加新菜单项的程序代码：

```
Private Sub AddAp_Click()
    msg$="Enter file path:"
    Temp$=InputBox(msg$, "Add Application")
    Menucounter=Menucounter-1
    Load AppName(Menucounter)
    AppName(Menucounter).Caption=Temp$
    AppName(Menucounter).Visible=True
End Sub
```

c. 编写减少菜单项的程序代码：

```
Private Sub DelAp_Click()
    Dim N As Integer, I As Integer
    msg$="Enter number to delete:"
    N=InputBox(msg$, "Delete Application")
    If N>Menucounter Or N<1 Then
        MsgBox "超出范围"
        Exit Sub
    End If
    For I=N To Menucounter-1
        AppName(I).Caption=AppName(I+1).Caption
    Next I
    Unload AppName(Menucounter)
    Menucounter=Menucounter-1
End Sub
```

d. 执行应用程序的程序代码：

```
Private Sub AppName_Click(Index As Integer)
    x=Shell(AppName(Menucounter).Caption, 1)
End Sub
```

③ 运行结果如图 5-17 所示。

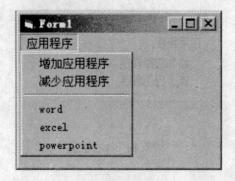

图 5-17　运行结果

5.5.6　弹出式菜单

除了下拉式菜单，Windows 还经常使用弹出式菜单。

建立弹出式菜单的步骤：

① 使用菜单编辑器编辑菜单，把主菜单中的菜单名的可见性设为 False。

② 在弹出式菜单的事件过程中使用 PopupMenu 方法，格式为：

对象名.PopupMenu 菜单名,Flags,X,Y,BoldCommand

说明：

① 菜单名：弹出式菜单的名称；

② X,Y：弹出式菜单弹出的位置；

③ Flags：设置菜单位置及行为，其取值分为两组，一组用于指定菜单位置，另一组用于定义特殊的菜单行为，如表 5-18 和表 5-19 所示。

表 5-18　指定菜单位置

定位常量	值	描　　　述
vbPopupMenuLeftAlign	0	（默认值），弹出式菜单的左边定位于 X
vbPopupMenuCenterAlign	4	弹出式菜单的中间定位于 X
vbPopupMenuRightAlign	8	弹出式菜单的右边定位于 X

表 5-19　定义菜单行为

行为常量	值	描　　　述
vbPopupMenuLeftButton	0	（默认值）。仅当使用鼠标左按钮时，弹出式菜单中的项目才响应鼠标单击
vbPopupMenuRightButton	8	不论使用鼠标右按钮还是左按钮，弹出式菜单中的项目都响应鼠标单击

④ BoldCommand：指定弹出式菜单中一个菜单项的名称，在运行时，此菜单项粗黑体显示。

一般来说，在程序中，通常把 PopupMenu 方法放在对象的 MouseDown 事件中。此事件可以根据事件参数区分鼠标左右键的按下。

【例 5.12】在窗体上，用鼠标右击弹出弹出式菜单，菜单中有下面这些菜单项，字体设置、分隔线、字号增大、字号减小、分隔线、粗体（复选）。当单击菜单项时针对标签框执行对应的操作。

分析：

首先设置菜单，注意主菜单项为不可见。

编制代码如下：

```
'初始化粗体菜单项起始状态
Private Sub Form_Load()
    Mbold.Checked=False
End Sub
'标签框的内容字号变小
Private Sub Msizesub_Click()
    Label1.FontSize=Label1.FontSize-3
End Sub
'标签框的内容字号变大
Private Sub Msizeadd_Click()
    Label1.FontSize=Label1.FontSize+3
End Sub
'使用通用对话框中的字体对话框
'选定后修改标签框字体
Private Sub MFont_Click()
    cd1.FontName=Label1.FontName
    cd1.Action=4
    Label1.FontName=cd1.FontName
    Label1.FontSize=cd1.FontSize
    Label1.FontBold=cd1.FontBold
End Sub
'设置菜单中粗体，设置标签中粗体
Private Sub Mbold_Click()
    Mbold.Checked=Not Mbold.Checked
    Label1.FontBold=Mbold.Checked
End Sub
'当鼠标右击标签，弹出菜单
'注意参数x、y为鼠标相对于标签的顶部和右部的位置
Private Sub Label1_MouseDown(Button As Integer, _
    Shift As Integer, X As Single, Y As Single)
    If Button=2 Then
      PopupMenu Mset, , X+Label1.Left, Y+Label1.Top
    End If
End Sub
'当鼠标右击窗体，弹出菜单
Private Sub Form_MouseDown(Button As Integer, _
    Shift As Integer, X As Single, Y As Single)
    If Button=2 Then
      PopupMenu Mset, , X, Y
    End If
End Sub
```

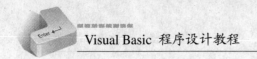

本 章 小 结

　　本章主要介绍了 VB 中常用的对话框及菜单设计方法。通过对本章的学习，大家将熟练掌握 VB 中各种对话框的制作方法及制作两种类型的菜单，使得编制的程序实用性更强。下一章将介绍有关程序设计结构。

习 题 五

一、选择题

1. Inputbox()函数返回值的类型为（　　　　）。
　　A. 数值　　　　　　　　B. 字符串　　　　　　　C. 变体　　　　　D. 数值或字符串（视输入的数据而定）

2. MsgBox 函数返回值的类型为（　　　　）。
　　A. 整数　　　　　　　　B. 字符串　　　　　　　C. 变体　　　　　D. 整数或字符串（视输入的数据而定）

3. 语句　Msgbox "a wrong operation!",vbOKOnly 的作用为（　　　　）。
　　A. 显示一个对话框，输出信息，显示一个"是"按钮
　　B. 显示一个对话框，输出信息，显示一个"确定"按钮和"取消"按钮
　　C. 显示一个对话框，输出信息，显示一个"确定"按钮
　　D. 显示一个对话框，输出信息，没有按钮

4. 在 MsgBox 函数中，如果省略第三个 Title 参数，则对话框的标题为（　　　　）。
　　A. 一个随机的字符串　　　　　　　　　B. 一个空字符串
　　C. 工程的名字　　　　　　　　　　　　D. 与第一个参数相同

5. 设有语句：
　　`x=InputBox("输入数值", "0", "示例")`
　　程序运行后，如果从键盘上输入数值 10 并按【Enter】键，则下列叙述中正确的是（　　　　）。
　　A. 变量 x 的值是数值 10
　　B. 在对话框标题栏中显示"示例"
　　C. 0 是默认值
　　D. 变量 x 的值是字符串"10"

6. 执行如下语句：
　　`a=InputBox("today", "tommorrow", "yesterday", , , "day before yesterday",5)`
　　显示一个输入对话框，在对话框的输入区中显示的信息是（　　　　）。
　　A. today　　　　　　B. tommorrow　　　C. yesterday　　　　D. day before yesterday

7. 由于在 VB 中，InputBox 函数默认返回值类型为字符串，那么当 InputBox 函数作为数值型数据输入时，下列操作中可能有效防止程序出错的操作是（　　　　）。
　　A. 事先对要接收的变量定义为数值型
　　B. 在函数 InputBox 前面使用 Str 函数进行类型转换
　　C. 在函数 InputBox 前面使用 Value 函数进行类型转换
　　D. 在函数 InputBox 前面使用 String 函数进行类型转换

8. 以下叙述中错误的是（　　　）。

　　A．在同一窗体的菜单项中，不允许出现标题相同的菜单项

　　B．在菜单的标题栏中，"&" 所引导的字母指明了访问该菜单项的访问键

　　C．程序运行过程中，可以重新设置菜单的 Visable 属性

　　D．弹出式菜单也在菜单编辑器中定义

9. 以下关于菜单的叙述中，错误的是（　　　）。

　　A．在程序运行中可以增加或减少菜单项

　　B．如果把一个菜单项的 Enabled 属性设为 False，则可删除该菜单项

　　C．弹出式菜单在菜单编辑器中定义

　　D．利用控件数组可以实现菜单项的增加或减少

10. 如果要在菜单中添加一个分隔线，则应将其 Caption 属性设置为（　　　）。

　　A． =　　　　　　　　B． *　　　　　　　C． &　　　　　　　D． –

11. 在菜单控件中可以使用的事件有（　　　）。

　　A．LostFocus　　　　B．Change　　　　C．Gotfoucs　　　　D．Click

12. 如果在窗体 Form1 上添加一个通用对话框控件 CommonDialog1，那么语句 CommonDialog1.Action = 4 的作用是（　　　）。

　　A．显示"打开文件"对话框　　　　　B．显示"保存文件"对话框

　　C．显示"字体"对话框　　　　　　　D．显示"打印"对话框

13. 假定在窗体 Form1 上建立了一个通用对话框，其名称为 CommonDialog1，利用语句 CommonDialog1.Action = 3 可能建立一个对话框，与该语句等价的语句是（　　　）。

　　A．Form1.CommonDialog1.ShowOpen

　　B．CommonDialog1.ShowOpen

　　C．Form1.CommonDialog1.ShowColor

　　D．以上都不对

14.
```
Private Sub Form_MouseDown(Button As Integer, Shift As Integer, X As Single, Y As Single)
If Button=2 Then
    PopupMenu.PopForm
  End If
End Sub
```
　　则以下的描述中错误是（　　　）。

　　A．过程的功能是弹出一个菜单

　　B．PopForm 是在菜单编辑器中定义的弹出式菜单的名称

　　C．参数 X、Y 指明鼠标的当前位置

　　D．Button=2 表示按下的鼠标左键

二、填空题

1. 打开菜单编辑器的快捷键是_____。

2. 用于显示弹出式菜单的方法名是_____。

3. 如果要将某个菜单设计为分隔线，则该菜单项的标题应设置为_____。

4. 通常将菜单分为两种，分别为_____。

5. 除_____外，所有的菜单项都可以接收 Click 事件。

6. Visual Basic 中的对话框分了三类，即_____。

7. 能得到颜色对话框中用户所选择的颜色的属性是_____。

8. 在 Visual Basic 中，能够得到"字体"对话框中用户所选字体的名字、大小和颜色的属性分别为_____。

9. 假设有一名为 CommonDialog1 的通用对话框控件，利用该控件建立一个"打开文件"对话框，其 Filter 属性值设置为 "Text Files(*.doc)|*.doc"；运行程序，在对话框中选择了打开文件的路径 E:\TextFiles\myfile，然后在"打开文件"对话框中选择要打开的文件"abc"，则此时 CommonDialog1 的 FileName 属性值为_____，FileTitle 的属性值为_____。

10. 在窗体上有一个名为 Text1 的文本框和如图 5-18 所示的下拉菜单，其中"剪切"、"复制"可以把文本框中的内容"剪切"或"复制"到变量 A 中；"粘贴到尾部"可以把 A 中的内容接到文本框的原有内容之后；"覆盖"则用 A 的内容替换文本框的原有内容；"清除剪贴板"将把 A 中的内容清空。

图 5-18　填空题 10 图

如果文本框中没有内容，则"剪切"、"复制"菜单项不可用，如果 A 中没有内容，则"粘贴"菜单项不可用。各菜单项设置如表 5-20 所示，填空完成下面的程序。

表 5-20　菜单项设置

标　　题	名　　称	层　次　编辑
编辑	edit	1
剪切	cut	2
复制	copy	2
粘贴	paste	2
粘贴到尾部	append	3
覆盖	replace	3
清除剪贴板	clear	2

```
Dim a As String
Private Sub append_Click()
  Text1.Text=_____ + a
End Sub
Private Sub clear_Click()
  a=""
  cut.Enabled=_____
  copy.Enabled=_____
End Sub
Private Sub copy_Click()
  a=Text1.Text
End Sub
Private Sub cut_Click()
```

```
  a=Text1.Text
  Text1.Text=_____
End Sub
Private Sub edit_Click()
  If Text1.Text="" Then
    cut.Enabled=False
    copy.Enabled=False
  Else
    cut.Enabled=True
    copy.Enabled=True
  End If
  If _____Then
    paste.Enabled=False
  Else
    paste.Enabled=True
  End If
End Sub
Private Sub replace_Click()
  Text1.Text=a
End Sub
```

三、编程题

1. 从键盘上输入四个数，编写程序，计算并输出这四个数的和及平均数。通过 InputBox 函数输入数据。在窗体上显示这四个数，以及四个数的和及平均数。

2. 编写函数求一元二次方程 $ax^2+bx+c=0$ 的解，分别通过 InputBox 函数输入系数 a、b、c，输出解 x1、x2。

3. 编写程序，求解鸡兔同笼问题。一个笼子里中有鸡 X 只，兔 Y 只，每只鸡有 2 只脚，每只兔子有 4 只脚。今知鸡和兔子的总头数为 H，总脚数为 F，问笼子里鸡和兔各多少？用 InputBox 函数输入 H 和 F 的值，设 H=71，F=158，请编写程序并上机运行。

4. 建立一个二级下拉菜单，第一级共有两个菜单，标题分别为"文件"、
"编辑"，名称分别为 file、edit，在"编辑"菜单下有第二级菜单，
含有三个菜单项，标题分别为"剪切"、"复制"、"粘贴"，名称分别
为 cut、copy、paste。其中"粘贴"菜单项设置为无效（见图 5-19）。

图 5-19　4 题图

5. 在窗体上建立一个标签，标签的 Caption 值是"欢迎使用 Visual Basic 系统"，另外设置一个弹出式菜单，其中的菜单项是字体、颜色、粗体、斜体、底线、删除线等，选择其中的菜单项可以对标签上的内容进行格式化。

6. 窗体上有一个名称为 CD1 的通用对话框控件，一个名为 Text1 的文本框，两个命令按钮，其标题分别为"打开文件"、"保存文件"，名称分别为 C1、C2，编写适当的事件过程，单击"打开文件"按钮时，弹出打开文件对话框并把选中的文件读入文本框中，单击"保存文件"按钮时，打开保存文件对话框，并把文本框中的内容按选定的路径和文件名存盘。如果在对话框中单击了"取消"按钮，则不进行任何操作，程序中不使用 On Error 语句。对话框的默认路径是"C:\my documents\"，默认的文件类型是文本文件。

程序如下：
```
Private Sub C1_Click()
```

```
    Dim a As String
    CD1.InitDir="c:\my documents\"
    CD1.Filter="文本文件|*.txt"
    CD1.FileName=""
    CD1.Action=1
    If CD1.FileName <> "" Then
      Open CD1.FileName For Input As #1
        Input #1, a
      Close #1
      Text1.Text=a
    End If
End Sub
Private Sub C2_Click()
    CD1.InitDir="c:\my documents\"
    CD1.FileName=""
    CD1.Filter="文本文件|*.txt"
    CD1.Action=2
    If CD1.FileName <> "" Then
      Open CD1.FileName For Output As #1
        Print #1, Text1.Text
      Close #1
    End If
End Sub
```

7. 在窗体上画一个名称为 Text1 的文本框和一个名称为 CD1 的通用对话框控件，再建一个下拉式菜单，顶级菜单项标题为"文本框颜色"，名称为 Colors，含两个子菜单项，其标题分别为"前景颜色"和"背景颜色"，其名称分别为 textcolor 和 text_color。其作用都是打开颜色对话框，"文本颜色"菜单项的功能是把从对话框中选中的颜色设置为文本框中文字的颜色；"背景颜色"菜单项的功能是把从对话框中选中的颜色设置为文本框的背景色。编写适当的事件过程实现这些功能。

8. 在窗体上有一个名称为 Text1 的文本框，一个名称为 CD1 的通用对话框控件，一个名称为 command1，标题为"设置字体"的命令按钮。单击"设置字体"按钮可以打开字体对话框（对话框中只需包含打印机字体和屏幕字体），编写适当的事件过程，可以用对话框中选定的字体、字号等来设置文本框中的文字格式（包括字体、字号、是否为斜体、是否为加粗）。

第6章

○ Visual Basic 控制结构

知识点

- VB 的选择结构
- VB 的循环结构

重点

- 选择结构
- 循环结构
- 应用基本结构解决实际问题

本章知识结构图

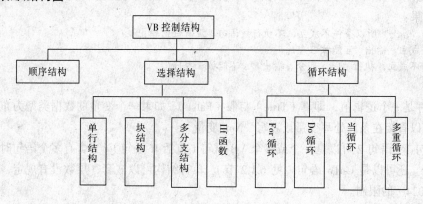

　　面向对象的编程尽管采用事件驱动的机制，但在设计过程的程序代码时，仍需要对过程的流程进行控制。和结构化程序设计一样，程序流程有三种最基本的结构：顺序结构、选择结构和循环结构。

6.1   选择控制结构

在日常生活和工作中，常常需要对给定的条件进行分析、比较和判断，并根据判断结果执行不同的操作。在 VB 中，这样的问题通过选择结构来解决，而选择结构通过条件语句来实现。条件语句也称为 If 语句，它有两种形式，一种是单行结构，一种是块结构。

6.1.1   单行结构条件语句

格式：If 条件 Then 语句 1 [Else 语句 2]

功能：如果条件成立，执行语句 1，然后执行 If 语句的下一条语句；如果有[Else 语句 2]的可选部分，条件不成立时执行语句 2，然后执行 If 语句的下一条语句。

If 循环流程图如图 6-1 所示。

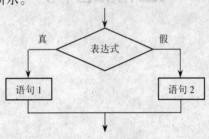

图 6-1   If 循环流程图

【例 6.1】假定 a=12，b=15，则以下程序段的输出结果为：

① If a>b Then Print "a>b"

② If a/3=int(a/3) Then Print "a 能被 3 整除"

③ If a/3<>int(a/3) Then Print "a 能被 3 整除" Else Print "a 不能被 3 整除"

输出结果：

① 因为 "a<b" 所以条件不成立，不执行该语句，没有任何输出

② 条件成立，输出 "a 能被 3 整除"

③ 条件不成立，执行 Else 部分，输出 "a 不能被 3 整除"

说明：

① 条件是一个逻辑值，即真（True）与假（False）。如果一个变量的数据类型为布尔型，则根据要求可以直接在条件处写变量或者写 "Not 变量"。

② 语句 1、语句 2 可以是一个或多个 VB 语句（包括 If 语句），当含有多个语句时，各语句用冒号隔开。还可以是 GoTo 语句（见 6.1.2 节）。单行结构可以嵌套，层数没有规定，但受到每行字符（1 024）的限制。

【例 6.2】判断输入的字符是大写字母、小写字母还是数字。

```
Private Sub Command1_Click()
    a=InputBox("请输入一个字符")
    If a>="A" And a<="Z" Then Print "输入的字符是大写字母" Else If a>="a" _
    And a<="z" Then Print "输入的字符是小写字母" Else If a>="0" And a<="9" _
    Then Print "输入的字符是数字"
End Sub
```

练一练

设有如下函数:

$$y=\begin{cases} 1 & (x>0) \\ 0 & (x=0) \\ -1 & (x<0) \end{cases}$$

编写程序，根据函数，输入不同的 x 的值时，输出 y 的值。

注意：当嵌套层数较多时，应注意嵌套的正确性，一般原则是，每一个 Else 部分都与它前面的且未被配对的 If...Then 配对。

6.1.2　块结构条件语句

块结构条件语句的一般格式如下：

```
If 条件 1 Then
    语句块 1
[ElseIf 条件 2 Then
    语句块 2]
[ElseIf 条件 3 Then
    语句块 3]
    …
[Else
    语句块 n]
End If
```

功能：如果条件 1 成立，执行语句块 1；条件 1 不成立，测试条件 2，如果条件 2 成立，执行语句 2；一直这样执行下去，到最后一个条件测试成立，执行该语句块，不成立执行语句块 n。

语句块可为一条或多条语句也可以是 GoTo 语句。当为多条语句的时候，可以写成多行，也可以写成一行，中间用冒号隔开。

【例 6.3】输入学生成绩，如果成绩大于等于 60，显示及格；否则，显示不及格。

```
Private Sub Command1_Click()
    cj=InputBox("请输入学生成绩")
    If cj>=60 Then
        Print cj; "及格"
    Else
        Print "不及格"
    End If
End Sub
```

【例 6.4】如果成绩大于 100 或者小于 0，显示"成绩错误"；在 90～100 之间，显示"成绩优秀"；80～89 之间，显示"成绩良好"；60～79 之间，显示"及格"；0～59 之间，显示"不及格"。

```
Private Sub Command1_Click()
    cj=InputBox("请输入学生成绩")
    If cj>100 or cj<0 Then
        Print "成绩错误"
    ElseIf cj>=90 Then
        Print "成绩优秀"
```

```
    ElseIf cj>=80 Then
        Print "成绩良好"
    ElseIf cj>=60 Then
        Print "及格"
    Else
        Print "不及格"
    End If
End Sub
```

说明：

① 格式中的条件 1、条件 2 等都是逻辑表达式，通常数值表达式和关系表达式都是逻辑表达式的特例。当条件是数值表达式时，非 0 表示 True，0 表示 False；当条件是关系表达式或逻辑表达式时，–1 表示 True，0 表示 False。

② 单行结构与块结构在结构上的区别就是单行结构只有一行，而块结构写在多行，Then 和其后面的语句块不能写在一行，而且必须以 End If 结束，而且块结构的嵌套没有限定层数，不能互相"骑跨"。

③ 在块结构条件语句中的 ElseIf 子句和 Else 子句都是可选的。如果省略这些子句，块结构的条件语句简化为：

```
If  条件 Then
    语句块
End If
```

例如：
```
If x>1 Then
    Print "x>1"
End If
```

这种块形式的条件语句也可以写成单行形式，即：
```
If x>1 Then Print "x>1"
```

④ 在某些情况下，可能有多个条件为 True，但也只执行一个语句块，即最先满足的条件后面的语句块。所以条件语句中条件的先后顺序对程序的结果影响很大。

想一想

以下程序运行后，y 的值是多少？

①
```
x=76
If x>60 Then
    y=3
ElseIf x>70 Then
    y=2
ElseIf x>80 Then
    y=3
ElseIf x>90 Then
    y=4
End If
Print y
```

②
```
x=76
If x>60 Then y=1
If x>70 Then y=2
If x>80 Then y=3
If x>90 Then y=4
Print y
```

6.1.3 IIf 函数

格式：`result=IIf(条件,表达式 1,表达式 2)`

功能：如果条件成立，返回表达式 1 的值，否则返回表达式 2 的值。

例如：

```
s=IIf(cj>=60,"及格","不及格")
s=IIf(cj>=90,"优秀",IIf(cj>=60,"及格","不及格"))
```

说明：表达式 1 和表达式 2 可以是表达式、变量或其他函数。注意，该函数的三个参数都不可以省略，而且 result、表达式 1、表达式 2 的数据类型必须一致。

例如：

```
If a>6 Then
    r=1
Else
    r=2
End If
```

用 IIf 函数表达就是 r=IIf(a>6,1,2)。

注意：由于该函数要计算 True 部分和 False 部分，因此有可能产生副作用。请谨慎使用。

练一练

① 现有语句：y=IIf(x>0,x mod 3,0)，设 x=10，则 y 的值是多少？

② 设计一个程序，从键盘上任意输入三个数，并从大到小输出。

6.1.4 GoTo 型控制

标号、行号：标号是一个以冒号结尾的标识符；行号是一个整型数，不以冒号结尾。标号和行号标识一个位置，可以使用 GoTo 语句转到这一位置。

1. GoTo 语句

格式：`GoTo 标号|行号`

GoTo 语句中的标号和行号，在程序中必须存在，且是唯一的。

GoTo 语句只能在一个过程内转向。

GoTo 语句的功能是直接转到标号或行号的位置执行，因此称为无条件转向语句，但经常和条件语句结合使用。

【例 6.5】以下程序运行后，输出结果是什么？

```
Private Sub Command1_Click()
  i=1
  Start:
  if i>10 Then Goto Finish
  i=i+1
   Goto Start
  Finish:
   Print i
   End
End Sub
```

在执行过程中，标号 Start 和 Finish 不参与运算，只是标识跳转的位置。程序执行时，首先给 i 赋初值 1，碰到 Start 时，继续向下执行，判断 i 的值是否超过 10，一旦超过 10 则跳转到 Finish 指定的位置继续向下执行，输出 i 的值结束程序。如果没有超过，则不发生跳转继续向下执行，执行语句 i=i+1，使 i 的值增加，当碰到 Goto Start 语句时，自动跳转到 Start 所指向的位置，然后向下执行，直到 i 的值超过 10，跳转到 Finish 输出 i 的值，结束程序。

程序最终的运行结果为：11。

2. On…GoTo 语句

格式：On 数值表达式 GoTo 标号表|行号表

功能：按"数值表达式"计算的结果 n，转去"行号表"和"标号表"中的第 n 个行号或标号。

执行过程：先计算"数值表达式"的值，将其四舍五入处理得到一个整数，然后根据该整数的值决定转移到第几个行号或标号执行；如果该值是 1，就转移到第一个行号或标号所指的语句；如果为 2，则转向第二个行号或标号指出的语句行，依此类推；如果"数值表达式"的值为 0 或大于"行号表"或"标号表"中的项数，程序就找不到相应的语句行，将自动执行 On-GoTo 语句下面的一个可执行语句。

例如：On 3 GoTo 3,10,Start,Finish

程序执行后转到第三个标号是 Start。

一般来讲，无条件转向是非结构化的语句，影响可读性，所以不提倡使用。

练一练

下列程序的执行结果是（   ）。
```
100
k=k+1
s=s+k
If k<=10 Then GoTo 100
Print s
```

6.2   多分支控制结构

在 VB 中，多分支结构程序通过情况语句来实现。情况语句也叫做 Select Case 语句或 Case 语句。它根据一个表达式的值，在一组相互独立的可选语句中挑选要执行的语句序列。

情况语句的一般格式如下：
```
Select Case 表达式
   [Case 表达式 1
      [语句块 1]]
   [Case 表达式 2
      [语句块 2]]
   …
   [Case Else
      [语句块 n]]
End Select
```

功能：计算表达式的值，如果表达式的值和 Case 项中的值相等，则执行相应的语句块。

执行过程是：先对 Select Case 语句后面的表达式进行求值，然后测试该值与哪一个 Case 子句中的"表达式"相匹配；如果找到，就执行与该 Case 子句有关的语句块，并把语句的控制权转移到 End Select 后面的语句；如果找不到，则执行与 Case Else 子句有关的语句块，然后把控制权转移动 End Select 后面的语句。

当条件范围重叠时，只执行第一个满足条件的 Case 语句。

【例 6.6】单击窗体判断输入的值是否为"1、2、3"，并在文本框中显示对应的结果。

其程序代码如下：

```
Private Sub Form_Click()
    Var=Inputbox("请输入一个数")
    Select Case Var
        Case 1
            Text1.Text="1"
        Case 2
            Text1.Text="2"
        Case 3
            Text1.Text="3"
        Case Else
            Text1.Text="good bye"
    End Select
End Sub
```

说明：Case 后面的值可以是具体的值，也可以是表达式，有以下三种形式。

① 表达式[,表达式],...形式。例如：Case 1,2,3。

② 表达式 To 表达式：在这种情况下，必须把较小的值放在前面，较大的值放在后面，值可以是字符串，字符串一般是按照字母的顺序给出。

例如：

```
Case 1 To 5
Case "acb" To "bcd"
```

③ Is 关系运算表达式：Is 后面必须跟关系运算符，关系运算符包括以下几种。

```
<   <=  >   >=  <>  =
```

例如：Case Is>=60

注意：当用关键字 IS 定义条件时，只能是简单的条件，不能用逻辑运算符将两个或多个简单条件组合在一起。例如：

```
Case Is>=60 And Is<=100
```

是不合法的。

④ 在一个 Select Case 语句中，这三种形式可以混用。例如：

```
Case Is<"L","S","Q","X" To "Z", Is <= "Z"
```

注意："," 逗号表示"或"关系

【例 6.7】窗体上有一个文本框，接收成绩，请按下按钮后，检测成绩的级别，如图 6-2 所示。

```
Private Sub Command1_Click()
    Select Case Val(Text1.Text)
        Case Is<0,Is>100
            Label3.Caption="成绩不合法"
        Case Is<60
            Label3.Caption="不及格"
        Case Is<80
            Label3.Caption="及格"
```

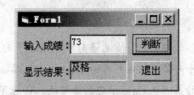

图 6-2　判断成绩等级

```
        Case Is<90
            Label3.Caption="良好"
        Case Is<100
            Label3.Caption="优秀"
    End Select
End Sub
----------------
Private Sub Command2_Click()
    End
End Sub
```

想一想

若将上面程序改为如下程序，是否正确，为什么？

```
Private Sub Command1_Click()
    Select Case Val(Text1.Text)
        Case Is<0,Is>100
            Label3.Caption="成绩不合法"
        Case Is<60
            Label3.Caption="不及格"
        Case Is>=60
            Label3.Caption="及格"
        Case Is>=80
            Label3.Caption="良好"
        Case Is>=90
            Label3.Caption="优秀"
    End Select
End Sub
```

【例 6.8】窗体上有一个文本框，输入 1～5，标签显示"工作日"，输入 6～7，标签显示"休息日"，输入其他显示"错误"。

```
Private Sub Command1_Click()
    Select Case Val(Text1.Text)
        Case 1 To 5
            Label1.Caption="工作日"
        Case 6, 7
            Label1.Caption="休息日"
        Case Else
            Label1.Caption="错误"
    End Select
End Sub
----------------
Private Sub Command2_Click()
    End
End Sub
```

注意：①情况语句中，Case 子句的顺序对执行结果影响较大，要注意其先后顺序，但 Case Else 子句必须放在所有的 Case 子句之后。②如果同一个值在不同的 Case 子句中出现，则只执行符合要求的第一个 Case 子句的语句块。③在不同的 Case 子句中指定的条件和相应的操作不能相互矛盾。

想一想

下列程序的运行结果是多少？

```
x=int(rnd+4)
Select Case  x
Case 5
   Print "优秀"
Case 4
   Print "良好"
Case 3
   Print "通过"
Case Else
   Print "不通过"
End Select
```

6.3　For 循环控制结构

格式：

```
For 循环变量=循环初值 To 循环终值 [Step 循环步长]
    [循环体]
    [Exit For]
Next [循环变量]
```

其中，循环变量是一个数值变量，但不能是下标变量或记录元素；初值、终值、步长是一个数值表达式，步长为 1 时，可省略；循环体为一个或多个语句；Exit For 用来退出循环；Next 是循环终端语句，在 Next 后的循环变量与 For 语句中的循环变量必须相同。

功能：以指定次数来重复执行一组语句。操作如下：

① 循环变量赋予循环初值。

② 测试循环变量的值是否超过终值，步长默认为 1。

超过，转到 Next 的下一句运行。（退出循环）

没有超过，执行循环体。

如果循环体中有 Exit For 语句，运行到此句，直接转向 Next 语句的下一句运行。（退出循环）

③ 执行 Next 语句，循环变量=循环变量+步长，转到步骤②开始处运行。

流程图如图 6-3 所示。

说明：

① For 与 Next 必须成对出现，且 For 在 Next 前。

② VB 的 For 循环遵循 "先检查，后执行" 的原则。当步长为正数，初值大于终值时，循环将不被执行；当步长为负数，初值小于终值时，循环将不被执行；初值等于终值时，只执行一次循环体。

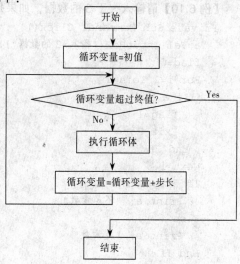

图 6-3　For 循环流程图

③ 循环次数由初值、终值和步长三个因素决定，公式为：

循环次数=int(终值-初值)/步长+1

④ 可以嵌套使用，但是循环变量名必须使用不同的变量名，而且不可以书写交叉的 For 循环语句。

嵌套的形式有：

一般形式	省略 Next 后的变量	当内层循环与外层循环有相同的终点时，可以共用一个 Next 语句，此时循环变量名不能省略
For i1=… 　For i2=… 　　For i3=… 　　… 　　Next i3 　Next i2 Next i1	For i1=… 　For i2=… 　　For i3=… 　　… 　　Next 　Next Next	For　i1=… 　For　i2=… 　　For i3=… 　　… Next　i3, i2, i1

【例 6.9】计算 1 到 100 的和。

```
Private Sub Command1_Click()
    m=0
    For i=1 To 100
      m=m+i
    Next i
    Print "1+2+3+…+100="; m
End Sub
```

【例 6.10】请输入大于 3 的数据，如果是素数，显示"是素数"，否则显示"不是素数"。

```
Private Sub Command1_Click()
    a=Val(InputBox("输入>3 的数据"))
    flag=0
    For i=2 To a-1
      If a Mod i=0 Then
        flag=1
        Exit For
      End If
    Next i
    If flag=1 Then
      Print a; "不是素数"
    Else
      Print a; "是素数"
    End If
End Sub
```

在循环体内不含有循环语句的循环称为单层循环；而多个循环语句嵌套称为多重循环。

【例 6.11】单击窗体，在窗体上输出如下图形，如图 6-4 所示。

```
Private Sub Command1_Click()
   For i=1 To 5
      Print Tab(10-i);
      For j=1 To i*2-1
         Print "*";
      Next j
      Print
   Next i

   For i=4 To 1 Step -1
      Print Tab(10-i);
      For j=1 To 2*i-1
         Print "*";
      Next j
      Print
   Next i
End Sub
```

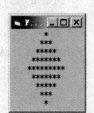

图 6-4　菱形

【例 6.12】打印九九乘法表。

```
Private Sub Form_Click()
   Print "*";
   For I=1 To 9: Print Tab(I * 6); I;: Next
   Print
   For I=1 To 9
     Print I;
     For j=1 To I
        Print Tab(j * 6); I * j;
     Next j
     Print
   Next I
End Sub
```

九九乘法表如图 6-5 所示。

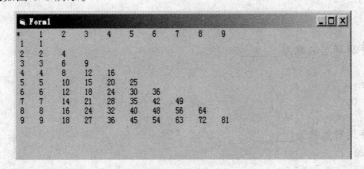

图 6-5　九九乘法表

 练一练

① 下面程序运行结果为_____。

```
Private Sub Command1_Click()
```

```
    For j=1 To 4
        Print "*";
    Next j.
End Sub
```

② 下面程序运行结果为_____。

```
Private Sub Command3_Click()
a=1: b=1
For i=1 To 3
    a=a+b: b=b+a
Next i
Print a, b
End Sub
```

③ 下面程序运行结果为_____。

```
Private Sub Command3_Click()
k=1
For j=2 To 5
  k=k*j
Next j
Print k+j
End Sub
```

④ 下面程序共循环_____次。

```
Private Sub Command3_Click()
For x=5 To 2.5 Step -7
Next x
Print x
End Sub
```

⑤ 下面的嵌套是否正确。

```
For i=1 To 9
   For j=1 To 9
     Print i, j
   Next i
Next j
```

⑥ 下面程序循环总次数为_____。

```
For m=1 To 3
  For n=0 To 2
  Next n
Next m
```

⑦ 下面程序运行结果为_____。

```
a=0: b=0
For i=-1 To -2 Step -1
   For j=1 To 2
      b=b+1
   Next j
  a=a+1
Next i
Print a; b
```

⑧ 设窗体上有一个文本框 Text1 和一个命令按钮 Command1，并有以下事件过程：

```
Private Sub Command1_Click()
    Dim a As String,ch As String
    s= ""
    For k=1 To Len(Text1)
      ch=Mid(Text1,k,1)
      s=ch+s
    Next k
    Text1.Text=s
End Sub
```

程序运行后，在文本框中输入"Basic"，然后单击命令按钮，则 Text1 中显示的是＿＿＿＿。

⑨ 请编写程序计算 $1 \times 2 \times 3 \times \cdots \times 10$ 的值。

⑩ 判断 60 以内符合勾股定理的不重复的数据有多少组。例如：3,4,5、4,3,5、5,4,3 等认为是同一组数据。

6.4　For 循环在数组中的应用

数组在建立之后，就可以对数组及数组中的元素进行操作了，数组根据定义时下标的上下界来确定有多少个元素。数组的操作基本包括数组的引用、输入、输出及复制，这些操作都是对数组元素进行的。

6.4.1　数组元素的引用

```
Option Base 1         '要求声明的数组元素下标从 1 开始
Dim a(5)              '声明了一个数组 a，它有 5 个元素
a(1)=78              '将 a 数组中下标为 1 的元素内容赋值 78
a(5)=56              '将 a 数组中下标为 5 的元素内容赋值 56
Print a(5)           '打印 a 数组元素下标为 5 的内容
```

说明：Dim a(5)和 a(5)=56 两个语句中的 a(5)代表不能的内容,声明语句中的 a(5)是数组说明符；而赋值语句中的 a(5)代表数组 a 中下标为 5 的元素，是对这个元素的引用。

注意：①引用数组元素时，必须和定义数组时的数组名、下标范围、数据类型、维数一致。②下标不可以超出定义的范围。

6.4.2　数组元素的输入

1. 一维数组输入方法

方法 1：直接给数组元素赋值。如 a(1)=78 :a(2)=56。

方法 2：用函数 Array 进行数组初始化。

① 定义数组，把数组定义为变体。如 Dim a As Variant 或直接用 Dim a 或省略声明语句。

② 进行数组初始化。如 a=Array(2,3,4,5)。

经过以上两步，数组 a 的值为 a(0)=2;a(1)=3;a(2)=4;a(3)=5。

注意：该函数只能给一维数组进行赋值。

方法 3：用一重 For 循环实现。

例如，一维数组的输入：

```
Option Base 1
-------------------------------------
Private Sub Command1_Click(.)
   Dim a(10) As Integer
   For I=1 To 10
      a(i)=Inputbox("请输入一个数")
      Print a(i);
   Next i
End Sub
```

2. 多维数组的输入

方法 1：直接给数组元素赋值。如 a(2,3)=56。

方法 2：用多重 For 循环，由于 VB 中的数组是按行存取的，因此常把控制数组第一维的循环变量放在最外层的循环中，外层循环表示行，内层循环表示列，有时要根据实际情况确定。

例如，二维数组的输入：

```
Option Base 1
-------------------------------------
Private Sub Command1_Click()
   Dim a(2,3)
   For i=1 To 2
     For j=1 To 3
         a(i, j)=i*j
           Next j
   Next i
End Sub
```

6.4.3 数组元素的输出

数组元素的输出可以用 For 循环结合 Print 方法实现。假如有如下一组数据：

```
25   36   78   13
12   26   88   93
75   18   22   32
56   44   36   58
```

可以用下列的程序把这些数据输入一个二维数组：

```
Option Base 1
Private Sub Form_Click()
Dim a(4, 4) As Integer
   For i=1 To 4
     For j=1 To 4
       a(i, j)=InputBox("请输入相应的数")
     Next j
   Next i
End Sub
```

原来的数据分为 4 行 4 列，存放在数组中。为了使数组中的数据仍按原来的 4 行 4 列输出，可以这样编写程序：

```
Dim a(4, 4) As Integer
For i=1 To 4
  For j=1 To 4
    Print a(i, j);
  Next j
  Print
Next i
```

6.4.4　数组元素的复制

单个数组元素可以像简单变量一样使用，例如，a(2)=b(3)。为了复制整个数组，仍要使用 For 循环。一维数组用一重 For 循环，二维数组用二重 For 循环。

例如：把数组 a 的值送给数组 b，其程序代码如下：

```
Option Base 1
-----------------------------
Private Sub Form_Click()
   Dim a(10), b(10)
   For i=1 To 10
     a(i)=InputBox("enter data")
   Next i
   For i=1 To 10
     b(i)=a(i)
   Next i
End Sub
```

【例 6.13】从键盘上输入 10 个整数，用冒泡排序法对这 10 个整数进行升序排序。

```
Option Base 1
-----------------------------
Private Sub Form_Click()
   Dim num(10) As Integer
   For i=1 To 10                          '输入数组元素
     num(i)=InputBox("enter number")
     Print num(i);
   Next i
   For i=1 To 9                           '大循环次数
     For j=1 To 10-i                      '每次大循环两两比较的次数
       If num(j)>num(j+1) Then
         s=num(j)                         '数据进行两两交换
         num(j)=num(j+1)
         num(j+1)=num(j)
       End If
     Next j
   Next i
   Print                                  '换行
   For i=1 To 10                          '输出排好序的数组元素
     Print num(i);
   Next i
End Sub
```

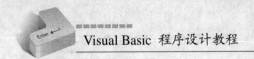

想一想

排序内外层循环初\终值还能怎么变？（提示：外层表示多少个数参与比较，内层表示两两比较次数。）

6.4.5　For Each…Next 语句

格式：
```
For Each 成员 In 数组
    循环体
    Exit For
    …
Next 成员
```
说明：

① 成员是一个变体变量，在循环体中可以使用此变量代表数组的一个元素。

② 这种 For 循环是专门针对数组的方式实现的，它的循环次数是由数组的元素个数决定的，它自动遍历数组中的每一个元素，并将元素的值赋给成员变量。例如：
```
Dim M(10) As Integer
For i=1 To 10
    M(i)=InputBox("请输入数字")
Next i
For Each x In M
    Print x
Next x
```
③ 在数组操作中，For Each…Next 语句更方便，因为它不需要指明结束循环的条件。

④ 不能在 For Each…Next 语句中使用用户自定义类型数组，因为 Variant 不能包含用户自定义类型。

6.5　当循环控制

在自然界和人类的生产活动中存在着大量的转化现象，在一定的条件下，物质会发生状态的转化，在 VB 中，一般描述这类问题使用的是当循环语句或 Do 循环（详见 6.6 节）。

格式：
```
While 条件
    [语句块]
Wend
```
功能：按照条件是否成立执行循环。操作如下：

① 测试条件。

② 当结果为真，执行语句块，执行完语句块，遇到 Wend，转向 While 语句，重复第①步操作；如结果为假，转到 Wend 语句的下一句执行，结束循环。

可以嵌套使用，每个 Wend 语句与离它最近的 While 语句配对。

说明：这个循环是以条件的结果为假来结束循环的，如果条件一次也不成立，那么语句块一次也不执行，如果条件永远成立，那么就不停重复执行循环体。而 For 循环是计次循环的。

流程图如图 6-6 所示。

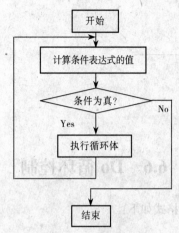

图 6-6　当循环流程图

【例 6.14】请循环输入大于 0 的数据，如果是奇数，显示是奇数，否则显示是偶数；如果输入了 "0"，则退出。

```
Private Sub Command1_Click()
   a=Val(InputBox("输入>=0 的数据,输 0 退出循环"))
   While a <> 0
    If a/2=Int(a/2) Then       '注: 判断偶数也可用语句: a Mod 2=0
       Print a ; "是偶数"
    Else
       Print a ; "是奇数"
    End If
    a=Val(InputBox("输入>=0 的数据,输入 0 退出循环"))
   Wend
End Sub
```

【例 6.15】请输入大于 3 的数，如果是素数，显示是素数，否则显示不是素数。

```
Private Sub Command1_Click()
   a=InputBox("输入>3 的数据")
   b=Int(Sqr(Val(a)))
   flag=0
   I=2
   While I<=b And flag=0
     If Val(a) Mod I=0 Then flag=1
     I=I+1
   Wend
   Print  IIf(flag=1, a+"不是素数", a+"是素数")
End Sub
```

📖练一练

① 下列程序的执行结果为_____。

```
Dim t, k As Single
While k>=-1
```

```
    t=t*k
    k=k-1
Wend
Print t
```

② 以下程序的输出结果是_____。

```
num=0
While num<=2
  Num=num+1
  Print num
Wend
```

6.6　Do 循环控制

Do 循环有两种基本格式，其格式如下：

格式 1：

```
Do [While|Until 条件]
   [语句块]
[Exit Do]
Loop
```

功能：按照条件是否成立执行循环。操作如下所述。

① 测试条件。

② 在 While 条件结果为真，或在 Until 条件结果为假时，执行语句块。否则执行 Loop 语句的下一句。

执行完语句体，遇到 Loop，转回 Do 语句，重复第一步操作。

注意：在语句体中遇到 Exit Do，转去执行 Loop 语句的下一句。

格式 2：

```
Do
   [语句块]
[Exit Do]
Loop [While|Until 条件]
```

功能：按照条件是否成立执行循环。操作如下所述。

① 执行语句块。

② 在 While 条件结果为真，或在 Until 条件结果为假时，转回 Do 语句。否则执行 Loop 语句的下一句。

注意：在语句体中遇到 Exit Do，转去执行 Loop 语句的下一句。

【例 6.16】现地球人口约为 60 亿，增长率如果是 0.4%，设计一个程序可计算人口数目在几年后超过 100 亿。

```
Private Sub Command1_Click()
   rk=60
   i=0
   Do Until rk>100
      rk=rk*(1+0.014)
      i=i+1
```

```
    Loop
    Label1.Caption="在" & Str(i) & "年后人口超过100亿"
End Sub
```

【例6.17】在窗体上画一名称为 Text1 的文本框（要求有垂直滚动条），在文本框中输出小于100 的素数。

```
Private Sub Command1_Click()
    n=1
    Do While n < 100
     flag=0
     For i=2 To Sqr(n)
        If n Mod i=0 Then
          flag=1
          Exit For
        End If
     Next i
     If flag=0 Then
       Text1.text=Text1.text & n & "  "
     End If
        n=n+1
    Loop
End Sub
```

本 章 小 结

在这一章中，介绍了结构化程序设计的三种结构：顺序结构、选择结构和循环结构。顺序结构很简单，是和语句顺序保持一致的执行方式，对于简单问题完全可以解决，但对于稍微复杂一些的问题就不能满足了，故而出现了流程的控制，即选择和循环结构。这三种结构是编程的基础，必须熟练掌握。

习 题 六

一、选择题

1. 以下程序段的执行结果是（　　　　）。

```
x=2
y=1
If x*y<1 Then
    y=y-1
Else
    y=-1
End If
Print y-x>0
```

A. True　　　　　　　　B. False　　　　　　　C. -1　　　　　　　D. 0

2. 下列程序段的执行结果为（　　　　）。

```
a="abcd"
b="bcde"
```

```
E=Right(a,3)
F=Mid(b,2,3)
If E<F Then
    Print E+F
Else
    Print F+E
End If
```

A. cdebcd   B. cdd   C. cdcd   D. bcdcde

3. 下列程序的输入值为 5 时，其运行结果是（   ）。

```
Dim a As Integer
a=Inputbox("请输入 a 的值")
If a>10 Then
If a>=15 Then Print "a" Else Print "b"
Else
If a>=5 Then Print "c" Else Print "d"
End If
```

A. a   B. b   C. c   D. d

4. 执行下面的程序段后，x 的值为（   ）。

```
x=5
For I=1 To 20 Step 2
   x=x+I \ 5
   Next I
```

A. 21   B. 22   C. 23   D. 24

5. 假定有以下循环结构：

```
Do until 条件
    循环体
Loop
```

则下列说法正确的是（   ）。

A. 如果 "条件" 是一个为 1 的常数，则一次循环体也不执行

B. 如果 "条件" 是一个为 1 的常数，则至少执行一次循环体

C. 如果 "条件" 是一个不为-1 的常数，则至少执行一次循环体

D. 不论 "条件" 是否为 "真"，至少要执行一次循环体

6. 在窗体上画一个命令按钮（其 Name 属性为 Command1），然后编写如下代码：

```
Private Sub Command1_Click()
Dim Arr1(10) As Integer, arr2(10) As Integer
n=3
For i=1 To 5
  Arr1(I)=i
  arr2(n)=2*n+i
Next i
Print arr2(n); Arr1(n)
End Sub
```

程序运行后，单击命令按钮，输出结果是（   ）。

A. 11 3   B. 3 11   C. 13 3   D. 3 13

7. 在窗体上画一个名称为 Textl 的文本框和一个名称为 Commandl 的命令按钮，然后编写如下事件过程：

```
Private Sub Commandl_Click()
Dim i As Integer,n As Integer
For i=0 To 50
   i=i+3
   n=n+1
   If i>10 Then Exit For
Next
Text1.Text=Str(n)
End Sub
```

程序运行后，单击命令按钮，在文本框中显示的值是（　　　）。

A. 2　　　　　　　B. 3　　　　　　　C. 4　　　　　　　D. 5

8. 设 a=6，则执行

```
x=IIF(a>5, -1,0)
```

后，x 的值为（　　　）。

A. 5　　　　　　　B. 6　　　　　　　C. 0　　　　　　　D. –1

9. 在窗体上画一个文本框（其 Name 属性为 Text1），然后编写如下事件过程：

```
Private Sub Form_Load()
Text1.Text=" "
Text1.SetFocus
For i=l To 10
   Sum=Sum+i
Next i
Text1.Text=Sum
End Sub
```

上述程序的运行结果是（　　　）。

A. 在文本框 Text1 中输出 55　　　　　　B. 在文本框 Text1 中输出 0

C. 出错　　　　　　　　　　　　　　　　D. 在文本框 Text1 中输出不定值

10. 执行下列语句后整型变量 a 的值是（　　　）。

```
If(3-2)>2 Then
   a=10
ElseIf(10/2)=6 Then
   a=20
Else
   a=30
End If
```

A. 10　　　　　　　B. 20　　　　　　　C. 30　　　　　　　D. 不确定

11. 在窗体上画一个名称为 Command1 的命令按钮，然后编写如下事件过程：

```
Private Sub Command1_Click()
Static x As Integer
Cls
For i=l TO 2
   y=y+x
   x=x+2
Next
```

```
Print x,y
End Sub
```

程序运行后，连续三次单击 Command1 按钮后，窗体上显示的是（   ）。

A. 4 2   B. 12 18   C. 12 30   D. 4 6

12. 在窗体上画一个命令按钮，然后编写如下事件过程：

```
Private Sub Command1_Click()
x=0
Do Until x=-l
  a=InputBox(" 请输入 A 的值 ")
  a=Val(A)
  b=InputBox(" 请输入 B 的值 ")
  b=Val(B)
  x=InputBox(" 请输入 x 的值 ")
  x=Val(x)
  a=a+b+x
Loop
Print a
End Sub
```

程序运行后，单击命令按钮，依次在输入对话框中输入 5、4、3、2、1、–1，则输出结果为（   ）。

A. 2   B. 3   C. 14   D. 15

13. 在窗体上画一个命令按钮（其 Name 属性为 Command1），然后编写如下代码：

```
Option Base l
Private Sub Command1_click()
Dim a(4,4)
For i=l To 4
  For j=1 To 4
    a(i,j)=(i-1,*3+j)
  Next j
Next i
For i=3 To 4
  For j=3 To 4
   Print a(j,i);
  Next j
Next i
End Sub
```

程序运行后，单击命令按钮，其输出结果为（   ）。

A. 6 9 7 10   B. 7 10 8 11

C. 8 11 9 12   D. 9 12 10 13

14. 下列程序段的执行结果为（   ）。

```
K=0
For I=1 To 3
  A=I^I^K
  Print A;
Next I
```

A. 1 1 1   B. 1 4 9   C. 0 0 0   D. 1 2 3

15. 下列程序段的执行结果为（　　　）。
```
X=2
Y=1
If X*Y<1 Then Y=Y-1 Else Y=-1
Print Y-X>0
```
　　A．True　　　　　　　　B．False　　　　　　　C．-1　　　　　　　D．1

16. 下列程序段的执行结果为（　　　）。
```
Dim A(10),B(5)
For i=1 To 10
  A(i)=i
Next i
For j=1 To 5
  B(j)=j*20
Next j
A(5)=B(2)
Print" A(5)=" ;A(5)
```
　　A．A(5)=5　　　　　B．A(5)=10　　　　　　C．A(5)=20　　　　　D．A(5)=40

17. 下列程序段的执行结果为（　　　）。
```
I=0
For G=10 To 19 Step 3
  I=I+1
Next G
Print I
```
　　A．4　　　　　　　B．5　　　　　　　　　C．3　　　　　　　　　D．6

18. 下列程序段的执行结果为（　　　）。
```
Dim m(3,3)As Integer
Dim i As Integer
Dim j As Integer
Dim x As Integer
For i=1 To 3
  m(i,i)=i
Next
For i=0 To 3
  For j=0 To 3
    x=x+m(i,j)
  Next
Next
Print x
```
　　A．3　　　　　　　B．4　　　　　　　　　C．5　　　　　　　　　D．6

19. 以下程序段的执行结果是（　　　）。
```
Dim a(-1 To 5)As Boolean
Dim flag As Boolean
flag=False
Dim i As Integer
Dim j As Integer
Do Until flag=True
  For i=-1 To 5
```

```
  j=j+1
  If a(I)=False Then
    a(I)=True
    Exit For
  End If
  If i=5 Then
      flag=True
  End If
 Next
Loop
Print j
```

  A. 20   B. 7   C. 35   D. 8

20. 在窗体上画一个名称为 Command1 的命令按钮，然后编写如下事件过程：

```
Private Sub Command1_Click()
Dim a As Integer,s As Integer
a=8
s=1
Do
  s=s+a
  a=a-1
Loop While a<=0
Print s;a
End Sub
```

  程序运行后，单击命令按钮，则窗体上显示的内容是（   ）。

  A. 7 9   B. 340   C. 9 7   D. 死循环

21. 在窗体上画一个名称为 Command1 的命令按钮，然后编写如下代码：

```
Option Base 1
Private Sub Command1_Click()
d=0
c=10
x=Array(10,12,21,32,24)
For i=1 To 5
  If x(i)>c Then
    d=d+x(i)
    c=x(i)
  Else
    d=d-c
  End If
Next i
Print d
End Sub
```

  程序运行后，如果单击命令按钮，则在窗体上输出的内容为（   ）。

  A. 89   B. 99   C. 23   D. 77

22. 在窗体上画一个名称为 Command1 的命令按钮，然后编写如下事件过程：

```
Private Sub Command1_Click()
For n=1 To 20
  If n Mod 3<>0 Then m=m+n\3
Next n
```

```
    Print n
End Sub
```

程序运行后，如果单击命令按钮，则窗体上显示的内容是（　　　）。

A. 15　　　　　　　　B. 18　　　　　　　　C. 21　　　　　　　　D. 24

23. 在窗体上画一个命令按钮，其名称为 Command1，然后编写如下事件过程：

```
Private Sub Commandl_click()
For i=1 To 4
   If i=1 Then x=i
   If i<=4 Then x=x+1
   Print x
Next i
End Sub
```

程序运行后，单击命令按钮，其输出结果为（　　　）。

A. 1 2 3 4

B. 2 3 4 5

C. 2 3 4 4

D. 3 4 5 6

24. 下面程序用来求 20 个整数（整数从键盘输入）中的最大值：

```
Private Sub Command1_Click()
    Dim a(20) As Integer,m As Integer
    For t=1 To 20
      a(t)=InputBox("请输入一个整数")
    Next t
    m=0
    For t=1 To 20
      If a(t)>m Then
        m=a(t)
      End If
    Next t
    Print m
End Sub
```

运行程序时发现，当输入 20 个正数时，可以得到正确结果，但输入 20 个负数时结果是错误的，程序需要修改。下面的修改中可以得到正确运行结果的是（　　　）。

A. If a(t)>m Then 改为 If a(t)<m Then

B. 把 m=a(t)改为 a(t)=m

C. 把第 2 个循环语句 For t=1 To 20 改为 For t=2 To 20

D. 把 m=0 改为 m=a(20)

二、填空题

1. 下列程序在执行时，分别在输入框中输入 12，6，25，则运行结果是_____。

```
Private Sub Command1_Click ()
 Dim a As Single
 Dim b As Single
 Dim c As Single
 a=Val(InputBox("请输入第 1 个数: ", "输入框"), 0)
 b=Val(InputBox("请输入第 2 个数: ", "输入框"), 0)
 c=Val(InputBox("请输入第 3 个数: ", "输入框"), 0)
 Print a, b, c
```

```
        p=p & "三个数中最大的数是: "
        If a>b And a>c Then p=p & a
        If b>a And b>c Then p=p & b
        If c>a And c>b Then p=p & c
        Label1. Caption=p
    End Sub
```

2. 下列程序的执行结果是_____。

```
    a=100
    b=50
    If a>b Then a=a-b Else b=b-a
    Print a,b
```

3. 下列程序执行时，在输入框中输入 15，则运行的结果是_____。

```
    Dim number As Single
    number=Val(InputBox("请输入一个数字"))
    Select Case number
        Case 1 To 5
            Form1.Print "你使用了 To 关键字"
        Case 6, 7, 8, 9, 10
            Form1.Print "你使用了列表的形式"
        Case Is > 10
            Form1.Print "你使用了 is 关键字"
        Case Else
            Form1.Print "其他数值显示"
    End Select
```

4. 下列程序段的执行结果是_____。

```
    a=1:b=0
    Select Case a
        Case 1
          Select Case b
            Case 0
                Print "**0**"
            Case 1
                Print "**1**"
          End Select
    Case 2
    Print "**2**"
    End Select
```

5. 下列程序运行后，变量 c 的结果是_____。

```
    a=24
    b=328
    Select case b\10
      Case 0
          c=a*10+b
      Case 1 to 9
          c=a*100+b
      Case 10 to 99
          c=a*1000+b
    End Select
```

6. 下列程序运行后，输出的结果是＿＿＿＿。

```
Dim sum As Integer
Dim i As Integer
Sum=0
  For i=0 To 50 Step 10
    Sum=sum+i
  Next i
Print sum
```

7. 设执行以下程序段时依次输入 1、3、5，执行结果是＿＿＿＿。

```
Dim a(4) As Integer
Dim b(4) As Integer
For k=0 To 2
  a(k+1)=Val(InputBox("请输入数据"))
  b(3-k)=a(k+1)
Next k
Print b(k)
```

8. 下列程序用来计算 1+2+3+…+10 的程序段，请补充完该程序。

```
Dim i, s, k As Integer
s=0: k=0
For i=_____To -1
  k=k + 1
  s=s + k
Next i
```

9. 下列程序段的执行结果是＿＿＿＿。

```
n=10
For k=n To 1 Step -1
  x=Sqr(k)
  x=x-2
Next k
Print x-2
```

10. 执行完下列的程序段后，循环将执行＿＿＿＿次。

```
For i=1.7 To 5.9 Step 0.9
  a=a+1
  Print a
Next i
```

11. 以下程序的执行结果是＿＿＿＿。

```
Dim x As Integer
For i=1 To 10
  If i Mod 3=0 Then
    x=x+i
  End If
Next i
Print x
```

12. 执行以下的程序段后，x 的值为＿＿＿＿。

```
x=5
For i=1 To 10 step 3
  x=x+i/5
Next i
```

13. 下列程序运行的结果为＿＿＿＿，执行完该程序后，共循环了＿＿＿＿次。

```
Dim sum As Integer
```

```
Dim i As Integer
Dim j As Integer
For i=1 To 17 Step 2
  For j=1 To 3 Step 2
    sum=sum+j
  Next j
Next i
Print sum
```

14. 下列命令按钮事件过程执行后，输出的结果是_____。

```
For m=1 To 10 Step 2
    a=10
    For n=1 To 10 Step 2
    a=a+2
    Next n
Next m
Print a
```

15. 下列程序段的执行结果是_____。

```
For i=1 To 4
  x=3
  For j=1 To 2
    For k=1 To 2
      x=x+3
    Next k
  Next j
Next i
```

16. 下列程序段执行后，x 的值是_____。

```
x=0
For i=1 To 10
  For j=1 To 10
    x=x+1
  Next j
Next i
```

17. 下列程序段执行后，A 的值是_____。

```
K=1
For i=1 To 3
  A=i^i^K
  Next i
Print A
```

18. 有如下程序段，该程序执行后，变量 a 的值为_____。

```
For i=1 To 2
  For j=1 To 2
    For k=1 To 2
      a=a+2
    Next k
  Next j
Next i
```

19. 有如下程序段，该程序段执行完毕后，共循环了_____次。

```
For i=1 To 2
  For j=1 To i
    For k=1 To j
      Print "a"
    Next k
```

```
    Next j
  Next i
```

20. 有如下程序段，该程序段进行完毕后，共循环了_____次。

```
For i=1 To 2
  For j=1 To i
    For k=j To 2
      Print "a"
    Next k
  Next j
Next i
```

21. 以下程序段的执行结果为_____。

```
Dim i As Integer
Dim j As Integer
Dim k As Integer
k=0
For i=0 To 10 Step 3
  For j=1 To 10
  If j>5 Then
    k=k+4
    Exit For
  End If
  Next j
  If i>8 Then
  Exit For
  End If
Next i
Print k
```

22. 下列程序的执行结果是_____。

```
a=100
b=50
  if a>b then a=a-b else b=b-a
print a,b
```

23. 下列程序段的执行结果为_____。

```
Dim a(5, 5)
For i=1 To 3
  For j=1 To 4
    a(i, j)=i*j
  Next j
Next i
For n=1 To 2
  For m=1 To 3
    Print a(m, n);
  Next m
  Print
Next n
```

24. 下列程序段的执行结果为_____。

```
Dim a(5)
For i=1 To 5
  a(i)=i*5
Next i
Print a(i-1)
```

25. 下列程序段的执行结果为_____。
```
Dim m(10)
For i=0 To 10
    m(i)=2*i
Next i
print m(m(3))
```

26. 阅读以下程序：
```
Private Sub Form_click()
Dim k,n,m As integer
n=10
m=1
k=1
Do While k<=n
  m=m+2
  k=k+1
Loop
Print m
End Sub
```
单击窗体程序的执行结果是_____。

27. 程序执行结果 s 的值是_____。
```
Private Sub Command1_Click()
i=0
Do
  i=i+1
  s=i+s
Loop Until i>=4
Print s
End Sub
```

三、编程题

1. 编写程序，计算 1+3+5+…+99 的值。

2. 某国现有人口 6 亿，设年增长率为 1%，编写程序，计算多少年后增加到 10 亿。

3. 假设有以下每周工作安排：

   星期一、三：讲程序设计课

   星期二、四：讲计算机基础课

   星期五：进修英语

   星期六、日：休息

   编写一个程序，对上述内容进行检索。程序运行后，输入一周里的某一天，程序将输出工作安排。用 0～6 分别代表星期日到星期六，如果输入 0～6 之外的数，程序结束。

4. 从键盘上输入一个学生的学号和考试成绩，然后在屏幕上输出该学生的学号和考试成绩，并根据成绩按下面的规定输出对该学生的评语：

成绩	90～100	60～89	50～59	40～49	0～39
评语	Very Good	Good	Fair	Poor	Fail

5. 编写程序，打印如下的乘法表：

*	3	6	9	12
12	36	72	108	144

```
13     39      78      117     156
14     ……
15     ……
```

6. 编写程序，打印如下所示的"数字金字塔"。

```
                1
              1 2 1
            1 2 3 2 1
              …
      1 2 3 4 5 6 7 8 7 6 5 4 3 2 1
    1 2 3 4 5 6 7 8 9 8 7 6 5 4 3 2 1
```

7. 一个 2 位的正整数，如果将它的个位数字与十位数字对调，则产生另一个正整数，我们把后者叫做前者的对调数。现给定一个 2 位的正数，请找到另一个 2 位的正整数使得这两个正整数之和等于它们各自的对调数之和。例如：56+21=12+65。编写程序，把具有这种特征的一对 2 位正整数都找出来，下面是其中的一种结果：

56+（10）=（1）+65　　　　　　　56+（65）=（56）+65

56+（21）=（12）+65　　　　　　　56+（76）=（67）+65

56+（32）=（23）+65　　　　　　　56+（87）=（78）+65

56+（43）=（34）+65　　　　　　　56+（98）=（89）+65

56+（54）=（45）+65

8. 编写程序，输出 1 000 内的完数。"完数"是指一个数恰好等于它的因子之和，如 6 的因子为 1，2，3，而 6=1+2+3，因而 6 就是完数。

9. 求一元二次方程 $ax^2+bx+c=0$ 的根。

10. 从键盘上输入 3 个不同的数，将它们从大到小排序。

11. 设计程序，求出 $S=1+(1+2)+(1+2+3)+\cdots+(1+2+3+\cdots+N)$的值。

12. 某数组有 20 个元素，元素的值由键盘输入，要求将前 10 个元素与后 10 个元素对换，即第 1 个元素与第 20 个元素互换，第 2 个元素与第 19 个元素互换，……，第 10 个元素与第 11 个元素互换。输出数组原来各元素的值和对换后各元素的值。

13. 编写程序，建立并输出一个 10×10 的矩阵，该矩阵对角线元素为 1，其余元素均为 0。

14. 将下列字符存放到数组中，并以倒序打印出来。

```
a b q r s t w x y e m n
```

15. 有一个 n×m 的矩阵，编写程序，找出其中最大的那个元素所在的行和列，并输出其值及行号和列号。

16. 设有一个 5×5 的方阵，其中元素是由计算机随机生成的小于 100 的正整数。编程求出：

① 分别输出两条对角线上的元素；

② 求出各行的和；

③ 把第 1 列和第 3 列互相交换，然后输出矩阵；

④ 求出方阵中最大的元素。

17. 设有如下两组数据：

A：25，36，14，78，54，66，32，2

B：16，28，74，92，35，15，23，48

编写一个程序，把上面的两组数据分别读入两个数组中，然后把两个数组中对应下标的元素相加，即25+16，36+28，…，2+48，并把相应的结果放入第三个数组中，最后输出第三个数组中的值。

18. 设计一个程序，在窗体上输出 0～1 000 中的水仙花数（当一个数的值等于该数中各位数的立方和时，此数称为水仙花数。如：$153=1^3+5^3+3^3$）。

第7章

过 程

知识点

- 事件过程和通用过程的区别
- Sub 子程序过程的建立和调用
- Function 函数过程的建立和调用
- 引用和传值的区别
- 可变参数和可选参数的使用
- 对象参数的使用
- Shell 函数的使用

重点

- 过程的建立和调用
- 参数的传递

本章知识结构图

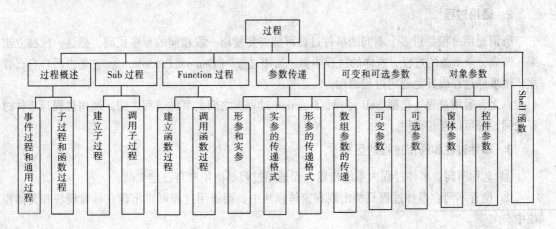

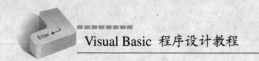

Visual Basic 应用程序由一个个过程组成的。在用 Visual Basic 设计应用程序时，除了定义常量和变量外，全部工作就是编写过程。因此本章将详细解读过程。

7.1 过 程 概 述

所谓过程就是功能模块，为完成特定的功能而集合在一起的语句序列。从本质上来说，使用过程是在扩充 VB 的功能以适应某种需要。

在 VB 中使用的过程主要是事件过程，除此以外，用户还可以自定义过程，称为通用过程。通用过程具体又分为 Sub 过程（子程序过程）和 Function 过程（函数过程）。过程分类如图 7-1 所示。

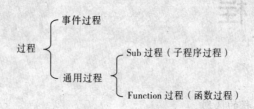

图 7-1 过程分类图

7.1.1 事件过程和通用过程

1. 事件过程

所谓事件过程就是当发生某个事件（如 Click、Load、Change）时，对该事件做出响应的程序段，这种事件过程构成了 VB 应用程序的主体。

事件过程是 Sub 过程，它是一种特殊的 Sub 过程，它是对象（窗体和控件）的一部分。也就是说，事件过程不能由用户任意定义，而是由系统指定。

通常事件过程由用户或系统触发执行，但实际上，由于事件过程也是过程（Sub 过程），因此也可以被其他过程调用（包括事件过程和通用过程）。

2. 通用过程

所谓通用过程是指多个不同的事件过程可能需要使用一段相同的程序代码，把这一段独立出来，形成一个单独的过程，这样的过程叫做"通用过程"（General Procedure）。它是由用户自己建立，供事件过程或其他通用过程调用。

总之，通用过程（包括 Sub 过程、Function 过程）之间、事件过程之间，通用过程与事件过程之间，都可以互相调用。

3. 事件过程和通用过程的区别

① 名称不同：事件过程由系统指定，而通用过程是由用户自己定义的；

② 位置不同：事件过程只能出现在窗体模块中，而通用过程可以出现在标准模块和窗体模块中。

7.1.2　子过程和函数过程

在 VB 中，通用过程分为两类，即子程序过程和函数过程，前都叫做 Sub 过程，后者叫做 Function 过程。所谓 Sub 过程是指以 Sub 开头，End Sub 结尾的过程，它不能直接返回值，只能通过参数送回给原变量。所谓 Function 过程是指以 Function 开头，End Function 结尾的过程，它可以直接返回值，它的使用就如同使用函数一样。

有关事件过程，我们在前几章已经作了详尽的介绍，本章将介绍如何在 VB 应用程序中使用通用过程。

想一想

① Visual Basic 的过程有三种，它们是（　　　）。

    A. 通用过程、子程序过程和函数过程　　　　B. 事件过程、函数过程和子程序过程

    C. 事件过程、通用过程和函数过程　　　　　D. 属性过程、通用过程和函数过程

② 下列过程中，不能脱离控件或窗体而存在的是（　　　）。

    A. Sub 过程　　　　　B. 函数过程　　　　　C. 事件过程　　　　　D. 通用过程

③ 下列有关通用过程与事件过程的说法中不正确的为（　　　）。

    A. 在事件过程中可以调用通用过程

    B. 事件过程与通用过程除名字的命名上有不同外，基本没有什么区别

    C. 不同模块中相同名字的过程之间不能相互调用

    D. 事件过程只能定义在窗体模块中

7.2　Sub 过程

Sub 过程不直接返回值，它是通过参数进行数值传递的。对于 Sub 过程主要从以下几个方面进行介绍。

7.2.1　建立 Sub 过程

1. Sub 过程的格式

通用 Sub 过程的结构与前面多次见到的事件过程的结构类似。一般格式如下：

```
[Static][Private][Public]Sub 过程名（ [参数表列] ）
    语句块
    [Exit Sub]
    [语句块]
End Sub
```

说明：

① Sub 过程以 Sub 开头，以 End Sub 结束，在 Sub 和 End Sub 之间是描述过程操作的语句块，称为"过程体"或"子程序体"。格式中各参量的含义如下：

a. Static：指定过程中的局部变量的存储方式为静态存储方式，即过程内所有局部变量自动保留其值。

b. Private：表示 Sub 过程是私有过程，只能被本模块中的其他过程访问，不能被其他模块中的过程访问。

c. Public：表示 Sub 过程是公有过程，可以在程序的任何地方调用它。一般在标准模块中用 Public 定义；也可在窗体模块中定义，通常在本窗体模块中使用，如果在其他窗体模块中使用，则应加上本窗体名作为前缀。

d. 过程名：是一个长度不超过 255 个字符的变量名，在同一个模块中，同一变量名不能既作为 Sub 过程名又用作 Function 过程名。

e. 参数表列：含有在调用时传送给该过程的简单变量名或数组名，各名字之间用逗号隔开。"参数表列"指明了调用时传送给过程的参数的类型和个数，每个参数的格式为：

`[ByVal|ByRef]变量名[()][As 数据类型]`

变量名：是一个合法的 Visual Basic 变量名或数组名，如果是数组，则要在数组名后加上一对括号。

数据类型：指的是变量的类型。

ByVal|ByRef：是可选的，如果加上 ByVal，则表明该参数是以"传值"的方式传送的，没有加任何关键字或者加 ByRef 的参数是以"传地址"的方式传送的。有关参数的传送问题将在 7.4 节介绍。

② End Sub 标志着 Sub 过程的结束。为了能正确运行，每个 Sub 过程必须有一个 End Sub 子句。当程序执行到 End Sub 时，将退出该过程，并立即返回到调用语句下面的语句，此外，在过程体内可以用一个或多个 Exit Sub 语句从过程中退出。

③ Sub 过程不能嵌套定义。也就是说，在 Sub 过程内，不能定义 Sub 过程或 Function 过程；也不能用 Goto 语句进入或转出一个 Sub 过程；只能通过调用执行 Sub 过程，而且可以嵌套调用。

2．Sub 过程的建立

（1）使用菜单命令法

具体步骤如下：

① 打开模块（窗体模块或标准模块）代码窗口。

② 执行"工具"菜单下的"添加过程"命令，打开"添加过程"对话框，如图 7-2 所示。

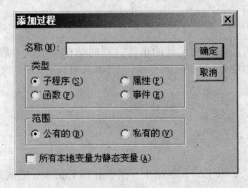

图 7-2 "添加过程"对话框

③ 根据要求设置对话框。注意"类型"项选择"子程序"。

④ 设置完成后，单击"确定"按钮。则会在代码窗口中看到建立的 Sub 过程。

注意：此过程是个空过程，没有实际的功能，调用它没有任何意义。只有在 Sub 和 End Sub 之间输入程序代码，才能成为真正的过程。

【例 7.1】在窗体模块中建立一个名为 Rec 求矩形的面积的过程。并将其保存在 "E:\VB\第七章" 文件夹下，窗体文件名为 Rec.frm，工程文件名为 Rec.vbp。

分析：

① 假定矩形的面积为 S，长为 a，宽为 b，则矩形面积为 S=ab。

② 要想求出矩形的面积，必须已知长和宽，所以说明这个过程至少有两个形参，用来传递长和宽的值。

③ 程序代码如下：

```
Private Sub Rec(a As Single, b As Single)
    Dim s As Single
    s=a*b
    Print "矩形的面积是: "; s
End Sub
```

练一练

在窗体模块中建立一个名为 Square 求正方形的面积的过程。并将其保存在 "E:\VB\第七章" 文件夹下，窗体文件名为 Square.frm，工程文件名为 Square.vbp。

（2）直接输入法

具体步骤如下：

① 打开模块（窗体模块或标准模块）代码窗口。

② 直接按照过程的格式输入即可。

练一练

在窗体模块中建立一个名为 Cir 的求圆的面积。并将其保存在 "E:\VB\第七章" 文件夹下，窗体文件名为 Cir.frm，工程文件名为 Cir.vbp。

7.2.2　调用 Sub 过程

通用过程的使用主要是通过调用来完成的。也就是说，要执行一个过程，必须调用该过程。

Sub 过程的调用有两种方法：一种是把过程的名字放在一个 Call 语句中，一种是把过程名称作为一个语句来使用。

1. 用 Call 语句调用 Sub 过程

格式：`Call 过程名[(实际参数)]`

调用过程时，如果被调用的过程本身没有参数，则 "实际参数" 可以省略（包括括号）；否则，必须给出同样类型和个数的参数。

【例 7.2】打开 Rec.vbp 工程文件，当单击窗体时调用其中的 Rec 过程。并将其按原文件名保存。

程序代码如下：

```
Private Sub Form_Click()
    Dim x As Single, y As Single
    x=InputBox("请输入矩形的长")
    y=InputBox("请输入矩形的宽")
    Call Rec(x, y)
End Sub
```

练一练

打开 Square.vbp 工程文件，当单击窗体时调用 Square 过程，并将其按原文件名保存。

2．把过程名作为一个语句来使用

在调用 Sub 过程时，可直接用过程的名字来进行调用。它与第一种方法有两点不同：

① 去掉关键字 Call。

② 去掉"实际参数"的括号。

练一练

打开 Cir.vbp 工程文件，当单击窗体时调用 Cir 过程，并将其按原文件名保存。

注意：当过程名唯一时，可以直接通过过程名调用；如果两个或两个以上的标准模块中含有相同的过程名，则在调用时必须用模块名限定，其一般格式为：

模块名.过程名（参数表）

3．过程的执行顺序

具体步骤如下：

① 首先从主过程开始执行。

② 当执行到调用过程的语句时，转到该子过程（被调用过程）中执行。

③ 按照执行顺序执行子过程的所有语句。

④ 当执行到 End Sub 时，跳回到主过程中调用过程语句的下一条语句继续执行。

⑤ 直到主过程结束。

例如：

```
Private Sub Form_Click()
    Dim x As Single, y As Single
    x=InputBox("请输入矩形的长")
    y=InputBox("请输入矩形的宽")
    Call Rec(x, y)
    MsgBox "请在窗体上查看最后结果。"
End Sub
Private Sub square(a As Single, b As Single)
    Dim s As Single
    s=a*b
    Print "矩形的面积是: "; s
End Sub
```

该程序执行顺序如下：

① 当单击窗体时，首先进入主过程 Form_Click 过程，执行主过程中的语句。

② 当执行 Call Rec(x,y)语句时，跳转到子过程中执行。

③ 执行子过程内部的所有语句。

④ 当执行到子过程的 End Sub 时，跳回到主过程中 Call Rec(x,y)语句的下一条语句。

⑤ 继续向下执行，直到主过程结束。

📖 练一练

① 如果在定义 Sub 过程时没有使用 Private 、Public 和 Static 关键字，则所定义的过程是（　　　）。

　　A. 公有的　　　　　B. 私有的　　　　C. 静态的　　D. 可能是公有的，也可能是私有的

② 下列可以作为过程名的是（　　　）。

　　A. Sub　　　　　　B. _Sub　　　　　C. 3Sub　　　D. Sub1

③ 以下关于 Sub 过程的说法正确的是（　　　）。

　　A. 一个 Sub 过程必须有一个 End Sub 语句

　　B. 一个 Sub 过程必须有一个 Exit Sub 语句

　　C. 可以用 Goto 语句退出 Sub 过程

　　D. 在一个 Sub 过程中可以再定义一个 Sub 过程

④ 下列叙述错误的是（　　　）。

　　A. Sub 过程中不能嵌套定义 Sub 过程

　　B. 事件过程不可以像通用过程一样由用户定义过程名

　　C. Sub 过程中可以嵌套调用 Sub 过程

　　D. 若在定义过程时加上 Static 关键字，则该过程中的局部变量都是 Static 类型

⑤ 通用过程可以通过执行"工具"菜单中的（　　　）命令来建立。

　　A. 添加过程　　　　B. 通用过程　　　C. 添加窗体　　　D. 添加模块

⑥ 假定已经定义了一个过程 Sub Add(a as integer，b as single)，则正确的调用语句是（　　　）

　　A. Add (12,12)　　　　　　　　　B. Call Add(2*x,sin(1.57))

　　C. Call add x,y　　　　　　　　　D. Call add(12,12,x)

⑦ 已知语句 Call T2(s1,7,5)可以正常执行，下列表达式中与之等价的为（　　　）。

　　A. T2(s1,7,5)　　　B. Call T2 s1,7,5　　C. T2 s1,7,5　　　D. 以上都不是

⑧ 首先在通用过程中定义 a，在窗体中添加一个命令按钮，编写如下程序代码：

```
Sub test(x,y,z)
    s=x+y+z
    Print s
End Sub
Private Sub Command1_Click()
    a=2:b=3:c=4
    Call test(a,b,c)
End Sub
```

程序运行后，窗体中显示（　　　）。

　　A. 0　　　　　　　B. 9　　　　　　C. 2　　　　　　D. 4

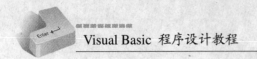

7.3 Function 过程

Sub 过程不能直接返回值，可以作为独立的基本语句调用。而 Function 过程要返回一个值，通常出现在表达式中，这一节将介绍 Function 过程的定义和调用。

7.3.1 建立 Function 过程

1. Function 过程的格式

Function 过程定义的格式如下：

```
[Static][Private][Public]Function 过程名（[参数表列] ) [As 数据类型]
    语句块
    [过程名 = 表达式]
    [Exit Function]
    [语句块]
End Function
```

说明：

① Function 过程以 Function 开头，以 End Function 结束，在两者之间是描述过程操作的语句块，即"过程体"或"函数体"。

格式中的"过程名"、"参数表列"、Static、Private、Public、Exit Function 的含义与 Sub 过程中相同。

Function 过程可以直接返回值，"As 类型"是设置 Function 过程返回值的数据类型，可以是 Integer、Long、Single、Double、Currency 或 String，如果省略，则为 Variant。

② Function 返回值是通过语句"过程名 = 表达式"来实现的，最终把"表达式"的值返回给主过程。如果在 Function 过程中省略"过程名 = 表达式"，则该过程返回一个默认值——数值函数过程返 0 值；字符串函数过程返回空字符串。因此，为了能使一个 Function 过程完成所指定的操作，通常要在过程体中为"过程名"赋值。

③ 过程不能嵌套，只能被调用。

2. Function 过程的建立

建立 Function 过程与建立 Sub 过程的方法基本相同。只是当用第一种方法建立时，在对话框的"类型"栏内应选择"函数"，第二种方法在输入时不是输入 Sub 而应换成 Function。

【例 7.3】在窗体模块中建立一个名为 Gcd 的求最大公约数的函数过程。并将其保存在"E:\VB\第七章"文件夹下，窗体文件名为 Gcd.frm，工程文件名为 Gcd.vbp。

分析：

① 要求两个数的最大公约数，所以有两个形参，其类型为整数。最大公约数也为整数，所以其返回值的类型为整数。

② 程序代码：

```
Private Function Gcd (m As Integer, n As Integer) As Integer
    Dim r As Integer, t As Integer
    If m>n Then t=m: m=n: n=t
    Do While m<>0
     r=n Mod m
```

```
      n=m
      m=r
   Loop
   Gcd=n
End Function
```

![练一练]

在窗体模块中建立一个名为 Isprime 的判断 a 是否为素数的函数过程，如果是素数，则返回 True，否则返回 False。最后将其保存在 "E:\VB\第七章" 文件夹下，窗体文件名为 Isprime.frm，工程文件名为 Isprime.vbp。

7.3.2　调用 Function 过程

Function 过程的调用比较简单，直接将它放在表达式中就可以了。就像使用 VB 内部函数一样来调用 Function 过程。

【例 7.4】打开名为 Gcd.vbp 的工程文件，当单击窗体时，调用 Gcd 函数过程，求出 x 和 y 两个数的最大公约数，并在窗体上显示出来。最后将其按原文件名保存。

程序代码如下：
```
Private Sub Form_Click()
   Dim x As Integer, y As Integer, z As Integer
   x=InputBox("请输入矩形的长")
   y=InputBox("请输入矩形的宽")
   z=Gcd(x, y)
   Print z
   MsgBox "请在窗体上查看最后结果。"
End Sub
```

![练一练]

打开名为 Isprime.vbp 工程文件，当单击窗体时，调用 Isprime 函数过程，判断 n 是否为素数，并在窗体上显示出来。最后将其按原文件名保存。

![想一想]

① 实现立即从一个 Function 过程中退出的语句是（　　　）。

A. Exit Sub 　　　　　　　B. Exit Function 　　　　C. End 　　　D. End Function

② 下列关于函数的说法正确的是（　　　）。

A. 函数名在过程中只能被赋值一次

B. 如果在函数体内没有给函数名赋值，则该函数无返回值

C. 如果在定义函数时没有说明函数的类型，则该函数是无类型的

D. 利用 Exit Function 语句可以强制退出函数

③ 下列关于 Function 过程与 Sub 过程比较的说法中正确的为（　　　）。

A. Function 过程与 Sub 过程除调用方法的不同，无其他区别

B. Sub 过程不能返回值

C. Function 过程只能返回一个值而 Sub 过程却可以返回多个值

D. 在完成某项功能时，Function 过程与 Sub 过程可以互换

④ 下面的过程语句合法的是（　　　）。

A. Funtion Fun%(Fun%)　　　　　B. Sub Fun(m%) As Integer

C. Sub Fun(ByVal m%())　　　　　D. Function Fun(ByVal m%)

⑤ 在窗体上画一个命令按钮和一个文本框，其名称分别为 command1 和 text1，然后编写如下程序：

```
Function fun(x As Integer, y As Integer) As Integer
    Dim s As Integer
    If x<y Then
        s=x
    Else
        s=y
    End If
    fun=s
End Function
Private Sub Command1_Click()
    Dim a As Integer, b As Integer
    a=5
    b=10
    Text1.Text=Str(fun(a, b))
End Sub
```

程序运行后，按【Enter】键，文本框中显示的内容为（　　　）。

A. 10　　　　　B. 20　　　　　C. 5　　　　　D. 15

⑥ 有函数过程如下：

```
Function a(i)
    s=0
    For k=1 To i
        s=s+(k+1)*k
    Next k
    a=s
End Function
Private Sub Command1_Click()
    b=5
    x=a(b)
    Print x
End Sub
```

则该程序运行结果是（　　　）。

A. 10　　　　　B. 30　　　　　C. 50　　　　　D. 70

⑦ 有如下函数过程：

```
Function full(x As Integer) As Boolean
    If x Mod 5=0 And x Mod 7=0 Then
        full=True
    Else
        full=False
```

```
      End If
   End Function
Private Sub Command1_Click()
   Dim n As Integer
   For n=1 To 50
      If full(n) Then
         Print n
      End If
   Next n
End Sub
```

程序运行结果是（　　　）。

A. 5　　　　　　　　B. 7　　　　　　　C. 35　　　　　　　D. 100

⑧ 执行以下 Command1 的 Click 事件过程，在窗体上显示（　　　）。

```
Private Sub Command1_Click()
   Dim FirstStr As String
   FirstStr="abcdef"
   Print PickMid(FirstStr)
End Sub
Private Function PickMid(xStr As String) As String
   Dim tempStr As String, strLen As Integer
   tempStr=""
   strLen=Len(xStr)
   I=1
   Do While I<=Len(xStr)-3
      tempStr=tempStr + Mid(xStr, I, 1)+Mid(xStr, strLen-I+1, 1)
      I=I+1
   Loop
   PickMid=tempStr
End Function
```

A. abcdef　　　　　B. afbecd　　　　C. fedcba　　　　D. Defabc

7.4　参　数　传　送

　　调用一个过程时，实际上就是将实际参数传送给过程，完成形式参数与实际参数的结合，然后用实际参数执行调用的过程。

　　在 VB 中，通常把形式参数叫做"形参"，而把实际参数叫做"实参"。

7.4.1　形参和实参

　　所谓形参是在建立 Sub、Function 过程时，出现在参数表列中的变量名。

　　所谓实参则是在调用 Sub 和 Function 过程时传送给 Sub 或 Function 过程的常数、变量、表达式或数组，一般出现在调用语句中。

　　形式参数表中各个变量之间用逗号隔开，表中的变量可以是：

　　① 除定长字符串之外的合法变量名，即不能用形如 X As String*8 的定长字符串作为形参；

　　② 后面跟有左右括号的数组名。

实际参数表中的各项用逗号隔开，实参可以是：

① 常数；

② 表达式；

③ 合法的变量名；

④ 后面跟有左右括号的数组名。

7.4.2　实参的传递格式

在 VB 中，实参可以通过两种方式传送参数，即按位置传送和指名传送。

1. 按位置传送

按位置传送就是实际参数的次序必须和形式参数的次序相匹配，也就是说，它们的位置次序必须一致。

这种传送方式要求，形参和实参的名字可以不同，但是它们所包含的参数类型和个数必须相同。

【例 7.5】假定有下面一个过程：

```
Private Sub Test(a As String, b As Integer, c As String)

End Sub
```

调用该过程的语句是：

```
Call Test("Vaisul",20, "Basci")
```

按位置传送时，其关系如图 7-3 所示。

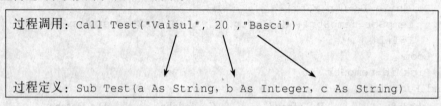

图 7-3　按位置传送

2. 指名传送

所谓指名参数传送，就是指出与形参结合的实参，把形参与实参用":="连接起来，即：

形参:=实参

指名传送方式不受位置次序的限制。

【例 7.6】用指名传送，调用上面的 Test 过程。

其调用该过程的语句是：

```
Call Test(a:="Vaisul",b:=20,c:= "Basci")
Call Test(b:=20,a:= "Vaisul", c:= "Basci")
Call Test(b:=20,c:= "Basci" , a:= "Vaisul").
```

这三条语句是等价的，所以指名传送可以改变变量的先后顺序。

注意：指名传送适用于参数较多时。

想一想

① 在过程调用中，参数的传递可以分为（　　　　）和（　　　　）两种形式。

A．按值传递　　　　B．按地址传递增　　　C．按参数传递　　　　D．按位置传递

② 定义一个如下的过程：

```
Sub Sum(x As Integer, y As Integer, z As Integer)
    Print x+y+z
End Sub
```

下列调用方式与 Call Sum(3,4,5)语句不等价的是（　　　　）。

A．Sum 3,4,5

B．Sum x:=3,y:=4,z:=5

C．Sum y:=4,x:=3,z:=5

D．Sum y:=3,x:=4,z:=5

7.4.3　形参的传递格式

在 VB 中，形参通过两种方式传送，即传地址和传值。在定义通用过程时，形参前面有关键字 ByRef（通常省略），则该参数通过传地址方式传送。如果在定义通用过程时，形参前面有关键字 ByVal，则该参数通过传值方式传送。

想一想

① 在参数传递过程中，使用关键字（　　　　）来修饰参数，可以使之按地址传递。

A．ByVal　　　　　　B．ByRef　　　　　　C．Value　　　　　　D．Reference

② 在参数传递过程中，使用关键字（　　　　）来修饰参数，可以使之按值传递。

A．ByVal　　　　　　B．ByRef　　　　　　C．Value　　　　　　D．Reference

1．传地址

在默认情况下，变量（简单变量、数组或数组元素及记录）都是通过"传地址"传送给 Sub 或 Function 过程。当通过传地址来传送实参时，当改变了形参的值时，实参的值也会随着发生相应的变化。

为什么会出现这种现象呢？这是因为，变量（即实参）的值存放在内存的某个地址中，当通过引用来调用一个过程时，向该过程传送变量，实际是把变量的地址传送给该过程，因此，变量的地址和被调用过程中相应参数的地址是相同的。这样，如果通用过程中的操作修改了参数的值，则它同时也修改了传送给过程的变量的值。

【例 7.7】假定有如下过程，当单击窗体时调用该过程。

```
Private Sub S1(a As Integer, b As Integer)
    ⑤a=a+20
    ⑥b=b+50
End Sub
Private Sub Form_Click()
    ①Dim x As Integer, y As Integer
    ②x=InputBox("请输入矩形的长")
    ③y=InputBox("请输入矩形的宽")
    ④Call S1(x, y)
    ⑦Print x, y
End Sub
```

程序运行后，当单击窗体时，在输入对话框中依次输入 10 和 20，经过过程调用后，在窗体上显示的不是 10 和 20，而是 30 和 70。

为什么会出现这种情况呢？

假定下面的图形为内存空间，则整个程序的执行过程如下：

当执行①时，计算机为变量 x 和 y 分配存储空间，使得 x 和 y 分别指向不同的内存空间，如图 7-4 所示。

当执行②、③时，将 x 和 y 的值分别放入 x 和 y 指向的存储空间，如图 7-5 所示。

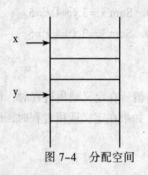

图 7-4　分配空间　　　　　　　　图 7-5　存储变量值

当执行④时，调用子过程 S1，形参和实参结合，把实参 x 和 y 的地址送给形参 a 和 b，使得 a 和 x、b 和 y 都指向同一个内存单元，如图 7-6 所示。

当执行⑤、⑥时，修改 a 和 b 的值，因为 a 和 x、b 和 y 都指向同一个内存单元，所以 x 和 y 的值也被同时改变，如图 7-7 所示。

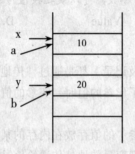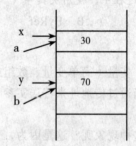

图 7-6　传送地址　　　　　　　　图 7-7　修改实参

当执行⑦时，提取 x 和 y 的值，提取到的是修改后的值，即 30 和 70。

通过实例可以看出，传地址会改变实参的值。

想一想

① 在过程的参数列表中可以在参数的前面加上 ByRef 关键字，其含义为（　　　）。

　A. 表示后面的变量是一个参数

　B. 表示后面的变量相应的实参的值可以在过程中被改变

　C. 表示后面的参数是一个数组

　D. 表示后面的变量相应的实参的值在过程中不能被改变

② 假定有如下的 Sub 过程：

```
Sub S(x As Single,y As single)
    t=x
    x=t/y
```

```
    y=t Mod y
End Sub
```

在窗体上画一个命令按钮，然后编写如下事件过程：

```
Private Sub Command1_Click()
    Dim a As Single
    Dim b As single
    A=5: B=4
    Call S(a,b)
    Print a,b
End Sub
```

程序运行后，单击命令按钮，输出结果为（　　）。

A. 5　　4　　　　　　B. 1　　1　　　　　　C. 1.25　4　　　　　D. 1.25　1

③ 单击命令按钮时，下列程序代码的执行结果为（　　）。

```
Private Sub command1_click()
    Dim firststr As String
    a=2: b=4: c=6
    Call procl(a, b)
    Print a; b;c
    Call proc2(a, b)
    Print a; b;c
End Sub
Private Sub procl(x As Integer, y As Integer)
    Dim c As Integer
    x=2*x: y=y+2: c=x+y
End Sub
Public Sub proc2(x As Integer, ByVal y As Integer)
    Dim c As Integer
    x=2*x: y=y+2: c=x+y
End Sub
```

A. 2　4　6　　　　B. 4　6　10　　　　C. 4　6　6　　　　D. 4　6　14

　　4　6　10　　　　　8　8　16　　　　　8　6　6　　　　　8　8　6

④ 单击窗体时，下列程序代码的执行结果为（　　）。

```
Private Sub form_click()
    Test 2
End Sub
Private Sub Test(x As Integer)
    x=x*2+1
    If x<6 Then
        Call test(x)
    End If
    x=x*2+1
    Print x;
End Sub
```

A. 23　47　　　　B. 5　11　　　　C. 10　22　　　　D. 23　23

2. 传值

　　传值就是通过值传送实际参数，即传送实参的值而不是传送它的地址。通过传值来传送实参时，当改变了形参的值时，实参的值不变。这是因为，在这种情况下，系统把需要传送的变量复

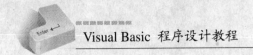

制到一个临时的单元中，然后把该临时单元的地址传送给被调用的通用过程。由于通用过程没有访问变量（实参）的原始地址，因而不会改变原来变量的值，所有的变化都是在变量的副本上进行的。

【例7.8】假定有如下过程，当单击窗体时调用该过程。

```
Private Sub S1(ByVal a As Integer, ByVal b As Integer)
    ⑤a=a+20
    ⑥b=b+50
End Sub
Private Sub Form_Click()
    ①Dim x As Integer, y As Integer
    ②x=InputBox("请输入矩形的长")
    ③y=InputBox("请输入矩形的宽")
    ④Call S1(x, y)
    ⑦Print x, y
End Sub
```

程序运行后，当单击窗体时，在输入对话框中依次输入 10 和 20，经过过程调用后，在窗体上显示的依然是 10 和 20，而不会随着形参的变化而变化。

为什么会出现这种情况呢？

假定下面的图形为内存空间，则整个程序的执行过程如图 7-8～图 7-11 所示。

当执行①时，计算机为变量 x 和 y 分配存储空间，使得 x 和 y 分别指向不同的内存空间，如图 7-8 所示。

当执行②、③时，将 x 和 y 的值分别放入 x 和 y 指向的存储空间，如图 7-9 所示。

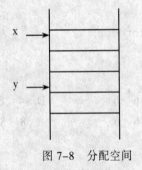

图 7-8　分配空间　　　　　　　　图 7-9　存储变量值

当执行④时，调用子过程 S1，形参和实参结合，把 x 和 y 的值复制到新的内存单元，并将其地址送给 a 和 b，使得 a 和 x、b 和 y 分别指向不同的内存单元，如图 7-10 所示。

当执行⑤、⑥时，修改 a 和 b 的值，因为 a 和 x、b 和 y 指向不同的内存单元，所以 x 和 y 的值不会被同时改变，如图 7-11 所示。

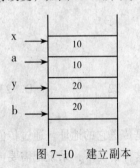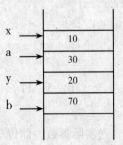

图 7-10　建立副本　　　　　　　　图 7-11　修改副本

当执行⑦时，提取 x 和 y 的值，因为 x 和 y 的值没有被改变，所以提取到的还是原值，即 10 和 20。

从实例可以看出，传值时，形参变实参不变。传地址比传值更能节省内存和提高效率。

想一想

① 在过程的参数列表中可以在参数的前面加上 ByVal 关键字，其含义为（　　　）。

  A. 表示后面的变量是一个参数

  B. 表示后面的变量相应实参的值可以在过程中被改变

  C. 表示后面的参数是一个数组

  D. 表示后面的变量相应实参的值在过程中不能被改变

② 对于下列程序：

```
Option Explicit
Private Sub Form_Click()
   Dim S1 As Integer, S2 As Integer
   S1=7:S2=17
   Call T2(S1,S2)
   Print "Out sub:S1=" & S1 & ";S2=" & S2
End Sub
Private Sub T2(ByVal S1 As Integer,S2 As integer)
   S1=S1+1
   S2=S2+1
   Print "In Sub:S1=" & S1 ";S2=" & S2
End Sub
```

当用户单击窗体时，其输出结果为（　　　）。

A. In sub:S1=8;S2=18   B. In sub:S1=7;S2=18

   Out sub:S1=7;S2=18   Out sub:S1=7;S2=18

C. In sub:S1=8;S2=17   D. In sub:S1=8;S2=18

   Out sub:S1=7;S2=18   Out sub:S1=7;S2=17

③ 单击窗体时，下列程序代码的执行结果是（　　　）。

```
Private Sub form_click()
   Dim x As Integer, y As Integer, z As Integer
   x=1: y=2: z=3
   Call procl(x, y, z)
   Call procl(x, y, z)
End Sub
Private Sub procl(x As Integer, y As Integer, z As Integer)
   x=3*x
   y=2*y
   z=x+y
   Print x; y; z
End Sub
```

如果在 Procl 过程的第二形参 y 前加 ByVal 关键字，那么单击窗体时，程序代码的执行结果为（　　　）。

A. 6 6 12   B. 9 6 15   C. 9 6 15   D. 3 4 7

    6 10 10   6 10 10   6 4 10   9 8 17

④ 有如下函数：

```vb
Private Function pd(ByVal i As Long) As Boolean
    If i Mod 2=0 Then
        pd=True
    Else
        pd=False
    End If
End Function
Private Sub Command1_Click()
    Dim x As Long
    x=Val(InputBox("请输入一个数据"))
    If pd(x) Then
        x=x-1
    Else
        x=x+1
    End If
    pd(x)
    Print x
End Sub
```

程序执行时，输入数据 10，则程序运行的结果是（   ）。

A. 10   B. 11   C. 9   D. 8

究竟什么时候用传值方式，什么时候用传地址方式，没硬性的规定，下面几条规则可供参考：

① 如果希望过程修改实参的值，则用传地址方式；如果不希望过程修改实参的值，则应加上关键字 ByVal（值传送）。而为了提高效率，字符串一般用传地址方式。

② 数组、用户定义的类型（记录）和控件只能通过地址传送。

③ 如果没有把握，最好用传值方式，在编写完程序并能正确运行后，再把部分参数改为传地址，以加快运行速度。这样即使出错也很容易查出在什么地方。

④ 用 Function 过程只能返回一个值；Sub 过程不能通过过程名返回值，但可以通过参数返回值，并可以返回多个值。当需要用 Sub 过程返回值时，其相应的参数要用传地址方式。

【例 7.9】例如求矩形面积的过程 Rec，如果要将面积返回给主过程，则可以进行如下修改。

```vb
Private Sub Form_Click()
    Dim x As Single, y As Single, z As Single
    x=InputBox("请输入矩形的长")
    y=InputBox("请输入矩形的宽")
    Call Rec(x, y, z)
    Print "矩形的面积是: "; z
End Sub
Private Sub Rec(a As Single, b As Single, s As Single)
    s=a*b
End Sub
```

想一想

① 以下（   ）变量类型不能出现在过程的参数列表中。

A. 双精度类型   B. 变长字符串类型

  C. 定长字符串类型   D. 单精度数组

② 在作为参数传递时，以下数据类型或对象只能使用传址方式的为（   ）。

  A. 记录类型   B. 双精度类型   C. 字符串类型   D. 可变类型

③ 在作为参数传递时，下列数据类型或对象都只能使用传址方式，除了（   ）。

  A. 记录类型   B. 整个数组（非数组元素）C. 控件   D. 货币类型

④ 要想从子过程调用后返回两个结果，下面子过程语句说明合法的是（   ）。

  A. Sub Fun(ByVal m%,ByVal n%)   B. Sub Fun(m%,ByVal n%)

  C. Sub Fun(ByVal m%,n%)   D. Sub Fun(m%,n%)

7.4.4 数组参数的传递

Visual Basic 允许把数组作为实参传送到过程中。用数组作为过程的参数时，必须在数组名的后面加上一对括号，数组一般通过传地址方式传送。

1. 把整个数组的全部元素传送给一个过程

这时，实参表和形参表都必须是数组，可略去数组的上下界，但括号不能省略。如果传送参数时没有传递数组的上、下界，那么在过程内可通过 LBound 和 UBound 函数来确定传送给过程的数组的大小。

【例 7.10】在窗体上画一个文本框名称为 Text1，无初始内容；再画一个命令按钮，名称为 C1，标题为"计算"，如图 7-12 所示。然后在窗体模块中建立一个名为 S 的函数过程，其功能是求出数组中所有元素的和。程序运行后，单击命令按钮 C1 时，产生 20 个 0～1 000 的随机整数，并放入一个数组中，然后调用 Sum 过程，求出所有数组元素的和，并将结果在文本框中显示出来。

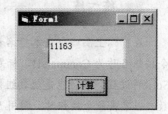

图 7-12 计算数组和

注意：存盘时必须放在"E:\VB\第七章"文件夹下，窗体文件名为 Sum.frm，工程文件名为 Sum.vbp。

程序代码如下：

（1）建立过程时给出了数组的上、下界

```
Option Base 1
Private Sub C1_Click()
  Dim arr(20) As Integer, n As Integer
  For i=1 To 20
    arr(i)=Int(Rnd * 1000)
  Next i
  n=s(arr(), 1, 20)
  Text1.Text=n
End Sub
Private Function s(a() As Integer, start As Integer, finish As Integer)
  Dim sum As Integer
  Sum=0
  For i=start To finish
    sum=sum+a(i)
  Next i
```

```
    s=sum
End Function
```

（2）建立过程时没有给出数组的上、下界

```
Option Base 1
Private Sub C1_Click()
    Dim arr(20) As Integer, n As Integer
    For i=1 To 20
        arr(i)=Int(Rnd * 1000)
    Next i
    n=s(arr())
    Text1.Text=n
End Sub
Private Function s(a() As Integer)
    Dim sum As Integer, start As Integer, finish As Integer
    start=LBound(a)
    finish=UBound(a)
    sum=0
    For i=start To finish
        sum=sum+a(i)
    Next i
    s=sum
End Function
```

练一练

在窗体上画四个文本框名称分别为 Text1、Text2、Text3 和 Text4，无初始内容；再画一个命令按钮名称为 Command1，标题为"按升序排序"，如图 7-13 所示。在窗体模块中建立一个名为 Sort 的过程，其功能是使数组内的数据按升序排序。程序运行后，在四个文本框内各输入一个整数。当单击命令按钮时，调用 Sort 过程使得数组按升序排序，并在文本框中显示出来，如图 7-14 所示。这个程序不完整，请把它补充完整，并能正确运行。

要求：去掉程序中的注释符，把程序中的？改为正确的内容，使其实现上述功能，但不能修改程序中的其他部分。

图 7-13 排序前

图 7-14 排序后

注意：最后将其保存在 "E:\VB\第七章" 文件夹下，窗体文件名为 Sort.frm，工程文件名为 Sort.vbp。

部分程序代码如下：

```
Option Base 1
Private Sub Sort(a() As Integer)
    Dim Start As Integer, Finish As Integer
    Dim i As Integer, j As Integer, t As Integer
```

```
       'Start=?(a)
       'Finish=?(a)
       'For i=? To 2 Step -1
          'For j=1 To ?
             'If a(j) ? a(j+1) Then
                   t=a(j+1)
                   a(j+1)=a(j)
                   a(j)=t
             End If
          Next j
       Next i
End Sub
Private Sub Command1_Click()
    Dim arr1
    Dim arr2(4) As Integer
arr1=Array(Val(Text1),Val(Text2),Val(Text3),Val(Text4))
    For i=1 To 4
        arr2(i)=CInt(arr1(i))
    Next i
    Sort arr2()
    Text1.Text=arr2(1)
    Text2.Text=arr2(2)
    Text3.Text=arr2(3)
    Text4.Text=arr2(4)
End Sub
```

2. 指定单个数组元素的传送

它和普通变量的传送是相同的，只是在写实参时必须加上数组名后面的括号和指定元素的下标。

【例 7.11】产生 4 个 20～50 的随机数，并放入一个数组中。当单击窗体时，调用函数过程 Even，判断数组元素是否为奇数，并将结果显示在窗体上。

程序代码如下：

```
Option Base 1
'判断一个数是否为奇数的过程
Private Function Even(n As Integer) As Boolean
    Dim flag As Boolean
    If n Mod 2=0 Then
       flag=False
    Else
       flag=True
    End If
    Even=flag
End Function
Private Sub Form_Click()
    Dim a(4) As Integer, f As Boolean
    For i=1 To 4
       a(i)=Int(Rnd * 30) + 20
    Next i
    f=Even(a(1))
    If f=True Then Print a(1); "是奇数" Else Print a(1); "不是奇数"
    f=Even(a(2))
    If f=True Then Print a(2); "是奇数" Else Print a(2); "不是奇数"
```

```
      f=Even(a(3))
      If f=True Then Print a(3); "是奇数" Else Print a(3); "不是奇数"
      f=Even(a(4))
      If f=True Then Print a(4); "是奇数" Else Print a(4); "不是奇数"
End Sub
```

另外一种调用方法：

```
Private Sub Form_Click()
   Dim a(4) As Integer, f As Boolean
   For i=1 To 4
      a(i)=Int(Rnd * 30) + 20
   Next i
   For i=1 To 4
      f=Even(a(i))
      If f=True Then
         Print a(i); "是奇数"
      Else
         Print a(i); "不是奇数"
      End If
   Next i
End Sub
```

💻 想一想

① 阅读程序：

```
Sub subP(b() As Integer)
   For I=1 to 4
      b(I)=2*I
   Next I
End Sub
Private Sub Command1_Click()
   Dim a(1 to 4) As Integer
   a(1)=5
   a(2)=6
   a(3)-7
   a(4)=8
   Call subP(a())
   For I=1 to 4
      Print a(I)
   Next I
End Sub
```

运行上面的程序，单击命令按钮，输出结果为（   ）。

A. 2   B. 5   C. 10   D. 出错
   4   6   12
   6   7   14
   8   8   16

② 单击一次命令按钮后，下列程序代码的执行结果为（   ）。

```
Private Sub proc(a() As Integer)
   Static i As Integer
   Do
      a(i)=a(i) + a(i + 1)
      i=i + 1
```

```
        Loop While i<2
    End Sub
    Private Sub command1_click()
        Dim m As Integer, i As Integer, x(10) As Integer
        For i=0 To 4
            x(i)=i+1
        Next i
        For i=1 To 2
            Call proc(x)
        Next i
        For i=0 To 4
            Print x(i)
        Next i
    End Sub
```

A. 3 4 7 5 6   B. 3 5 7 4 5   C. 1 2 3 4 5   D. 1 2 3 5 7

③ 以下程序的运行结果是（　　　）。

```
Sub MySub(arr() As Integer)
    For i=1 To 3
        arr(i)=i * 2
    Next i
End Sub
Private Sub Command1_Click()
    Dim a(1 To 3) As Integer
    For i=1 To 3
        a(i)=i*3+1
    Next i
    MySub a
    For i=1 To 3
        Print a(i)
    Next i
End Sub
```

A. 1   2   3   B. 2   4   6   C. 4   7   10   D. 3   6   9

7.5　可选参数和可变参数

在前面调用过程时，要求形参和实参的名字可以不同，但是类型和个数必须相同。但是在实际的编程过程中，我们可能希望调用过程更加灵活一些。因此 VB 6.0 提供了十分灵活和安全的参数传送方式，允许使用可选参数和可变参数。在调用一个过程时，可以向过程传送可选的参数或者任意数量的参数。

7.5.1　可选参数

定义带可选参数的过程时，必须在参数表中使用 Optional 关键字，并在过程中通过 IsMissing 函数测试调用时是否传送可选参数。但应注意以下项：

① 可选参数必须放在参数表的最后，以 Optional 开头，而且必须是 Variant 类型。

② IsMissing 函数的作用是测试是否向可选参数传送实参值。IsMissing 函数有一个参数，它就是由 Optional 指定的形参的名字，其返回值为 Boolean 类型。在调用过程时，如果没有向可选参数传送实参，则 IsMissing 函数的返回值为 True，否则返回值为 False。

③ 可选参数可以有多个，每一个都需要在过程内利用 IsMissing 函数测试。

【例 7.12】建立一个名为 Multi 的过程，其功能是既可以求两个数的和，也可以求三个数的和。

```
Private Sub Multi(x As Integer, y As Integer, Optional z)
    Dim sum As Integer
    sum=x + y
    If Not IsMissing(z) Then
        sum=sum + z
    End If
    Print sum
End Sub
Private Sub Form_Click()
    Dim a As Single, b As Single, c As Single
    a=InputBox("请输入 a 的值")
    b=InputBox("请输入 a 的值")
    Call Multi(a, b)
    c=InputBox("请输入 a 的值")
    Call Multi(a, b, c)
End Sub
```

这时候，当调用 Multi 过程时，我们给出两个参数或三个参数都是正确的。

思考：如果想求两个、三个、四个或五个数的和的时候，如何进行？

7.5.2 可变参数

所谓可变参数，对于一个过程来说，可以传送任意多个变量。可变参数过程通过关键字 ParamArray 命令和数组来定义，其一般格式为：

Sub 过程名(ParamArray 数组名)

这里的"数组名"是一个形式参数，只有名字和括号，没有上下界。由于省略了变量类型，"数组"的类型默认为 Variant。

【例 7.13】建立一个名为 FinMax 的函数过程，其功能是在多个数据中找出最大的一个。

```
Private Function FindMax(ParamArray a())
    Dim start As Integer, finish As Integer, i As Integer
    start=LBound(a)
    finish=UBound(a)
    max=a(start)
    For i=start To finish
        If max < a(i) Then
            max=a(i)
        End If
    Next i
    FindMax=max
End Function
Private Sub Form_Click()
    n=FindMax(64, 25)
    m=FindMax(58, 79, 14, 35)
    l= FindMax(10, 20, 48, 59, 84, 15)
    Print n; m; l
End Sub
```

当参数是可变参数时，那么调用该过程时，参数的个数可以是任意多个。

想一想

① 如果希望参数列表中某个参数为可选参数，应在其前加上以下（　　　）关键字。

　　A. ByRef　　　　　　B. ByVal　　　　　　C. ParamArray　　　　D. Optional

② 参数列表中的可选参数应为以下（　　　）类型。

　　A. Integer　　　　　B. Double　　　　　　C. Variant　　　　　　D. 以上都可以

③ 如果过程的参数列表中有可选参数，在过程体内应使用下列（　　　）函数来判断可选参数是否被赋值。

　　A. IsNumeric()　　　B. IsMissing()　　　　C. IsMark()　　　　　D. Is()

④ 下列过程定义语句中，形参个数为不确定数量的过程是（　　　）。

　　A. Sub P(x As Double,y As Integer)　　　　B. Sub P(Arr(3),Optional y)

　　C. Sub P(ByRef x As Integer,a())　　　　　D. Sub P(ParamArray A())

⑤ 有如下程序：

```
Sub MySub(ParamArray a())
    s=1
    For Each x In a
        s=s+x
    Next x
    Print s
End Sub
Private Sub Command1_Click()
    MySub 2, 5, 6, 20
End Sub
```

程序运行后，单击命令按钮，则输出的结果是（　　　）。

A. 10　　　　　　　　B. 24　　　　　　　　C. 34　　　　　　　　D. 38

7.6　对 象 参 数

前面所讲的通用过程一般用变量作为形式参数。但是事实上，Visual Basic 还允许用对象，即窗体或控件作为通用过程的参数。在有些情况下，这可以简化程序设计，提高效率，这一节将介绍用窗体和控件作为通用过程参数的操作。

注意：对象只能通过传地址的方式传送，其类型只能是 Form 或 Control。

7.6.1　窗体参数

当用窗体作为参数时，参数的类型是窗体类型，即 Form。

【例 7.14】假定要设计一个含有 4 个窗体的程序，在窗体 Form1 的装入时，使每个窗体的高度、宽度均相同，高度为 3 000，宽度为 5 000。

按照以前所学的方法，需要编写如下程序：

```
Private Sub Form_Load()
    Form1.Height=3000
    Form1.Width=5000
```

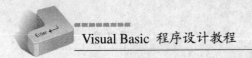

```
    Form2.Height=3000
    Form2.Width=5000

    Form3.Height=3000
    Form3.Width=5000

    Form4.Height=3000
    Form4.Width=5000
End Sub
```

但是在本章我们学到，当事件过程中出现相同的代码时，可以将它独立出来形成一个独立的过程，只是该过程是以窗体作为参数的。

```
Private Sub FormSet(FormNum As Form)
    FormNum.Height=3000
    FormNum.Width=5000
End Sub
Private Sub Form_Click()
    FormSet Form1
    FormSet Form2
    FormSet Form3
    FormSet Form4
End Sub
```

注意：窗体作为参数时，形参的类型为 Form，实参必须是窗体名。

7.6.2 控件参数

当用控件作为参数时，参数的类型则是 Control。

【**例 7.15**】建立一个通用过程名为 Fontset 的子过程，用来设置控件的字体属性。在窗体上画一个文本框，名称为 Text1，初始内容为 Visual Basic。程序运行后，调用该过程设置文本框中文字的属性。

注意：存盘时必须放在 "E:\VB\第七章" 文件夹下，窗体文件名为 FontSet.frm，工程文件名为 FontSet.vbp。

通用过程如下：
```
Private Sub FontSet(Ctrlbox As Control)
    Ctrlbox.FontName="Times New Roman"
    Ctrlbox.FontSize=20
    Ctrlbox.FontBold=True
    Ctrlbox.FontUnderline=True
    Ctrlbox.FontItalic=True
    Ctrlbox.ForeColor=vbRed
End Sub
```
调用该过程：
```
Private Sub Form_Click()
    FontSet Text1
End Sub
```

但是，当以命令按钮作为参数调用 Fontset 过程时，则会出错。这就说明在用控件作为参数时，必须考虑到作为实参的控件是否具有过程中所列的控件的属性。为此 Visual Basic 提供了 TypeOf 语句来测试控件的类型，其格式为：

[If | ElseIf] TypeOf 控件名称 Is 控件类型

其中：

控件名称即是控件参数（形参）的名字。

控件类型是代表各种不同控件的关键字，这些关键字是：

Label（标签）	TextBox（文本框）
PictureBox（图片框）	Image（图像框）
Line（直线）	Shape（形状）
CommandButton（命令按钮）	OptionButton（单选按钮）
CheckBox（复选框）	ListBox（列表框）
ComboBox（组合框）	Frame（框架）
HscrollBar（水平滚动条）	VScrollBar（垂直滚动条）
Timer（计时器）	Menu（菜单）

注意：TypeOf 语句一般出现在通用过程中。

例如，对上面的 FontSet 过程作如下修改后，则用命令按钮 Command1 作为参数调用时就不会再出错了。

通用过程如下：

```
Private Sub FontSet(Ctrlbox As Control)
    Ctrlbox.FontName="Times New Roman"
    Ctrlbox.FontSize=20
    Ctrlbox.FontBold=True
    Ctrlbox.FontUnderline=True
    Ctrlbox.FontItalic=True
    If TypeOf Ctrlbox is CommandButton Then
        Exit Sub
    Else
        Ctrlbox.ForeColor=vbRed
    End if
End Sub
```

调用该过程：

```
Private Sub Form_Click()
    FontSet Text1
    FontSet Command1
End Sub
```

想一想

① 下列关于对象参数的说法不正确的是（　　　）。

A. Visual Basic 允许使用窗体或控件作为通用过程的参数

B. 使用对象参数可以简化程序设计，提高效率

C. 可以在对象参数前加 ByVal 关键字

D. 调用含有对象参数的过程与普通过程的方式一致

② 在控件作为参数的过程中，可以使用下列（　　　）语法现象来判断控件的类型。

A. Loop 语句　　　　B. Type 语句　　　　C. IsMissing()函数　　　　D. TypeOf 语句

③ 关键字 ListBox 代表的控件类型是（　　　）。

    A. 文本框　　　　　B. 组合框　　　　　C. 列表框　　　　　D. 文件列表框

7.7　Shell 函数

在 VB 中不但可以调用过程，而且可以调用各种应用程序。也就是说，凡是能在 Windows 下运行的应用程序，基本上都可以在 VB 中调用。这一功能通过 Shell 函数来实现。

Shell 函数的格式如下：

```
Shell(命令字符串[,窗口类型])
```

说明：

① 命令字符串：是要执行的应用程序的文件名（包括路径），它必须是可执行文件，其扩展名为.COM、.EXE、.BAT 或.PIT，其他文件不能用 Shell 函数执行。

② 窗口类型：是执行应用程序时的窗口的大小，有六种选择，如表 7-1 所示。

表 7-1　窗口类型

常　　量	值	窗　口　类　型
vbHide	0	窗口被隐藏，焦点移到隐式窗口
vbNormalFocus	1	窗口具有焦点，并还原到原来的大小和位置
vbMinimizedFocus	2	窗口会以一个具有焦点的图标来显示
vbMaximmizedFocus	3	窗口是一个具有焦点的最大化窗口
vbNormalNoFocus	4	窗口被还原到最近使用的大小和位置，而当前活动的窗口仍然保持活动
vbMinimizedNoFocus	6	窗口以一个图标来显示，而当前活动的窗口仍然保持活动

Shell 函数调用某个程序并成功地执行后，返回一个任务标识（Task ID），它是执行程序的唯一标识。

【例 7.16】建立一个调用常用应用程序的系统，如图 7-15 所示。当双击列表框中的任意一项时，可以调用相应的应用程序。

程序代码如下：

图 7-15　常用程序列表

```
Private Sub List1_DblClick()
    Select Case List1.ListIndex
        Case 0
            x=Shell("c:\windows\explorer.exe")
        Case 2
            x=Shell("D:\Microsoft Office\OFFICE11\WINWORD.EXE")
        Case 3
            x=Shell("D:\Microsoft Office\OFFICE11\EXCEL.EXE")
        Case 4
            x=Shell("D:\Microsoft Office\OFFICE11\POWERPNT.EXE")
    End Select
End Sub
```

注意：①在具体输入程序时，ID 不能省略。②Shell 函数是以异步方式来执行其他程序的。也就是说，用 Shell 启动的程序可能还没有执行完，就已经执行 Shell 函数之后的语句了。

想一想

① VB 中启动其他应用程序，是通过下列（　　　）函数实现的。

　　A. Shell 函数　　　　　　　B. Do 语句　　　　　　C. Run 函数　　　　D. ! 语句

② 使用 Shell 函数启动一个新的应用程序时，如果希望打开的应用程序最小化并且得到焦点，则需要设置其第二个参数为下列（　　　）值。

　　A. 0　　　　　　　　　　B. 1　　　　　　　　C. 2　　　　　　　　D. 3

本 章 小 结

本章主要介绍了通用过程的建立、调用，参数的传递以及特殊参数的使用。通过对本章的学习，要求大家了解通用过程存在的意义，能够熟练地建立调用过程，从而优化过程。下一章将介绍键盘和鼠标事件。

习 题 七

一、选择题

1. 在窗体上画一个名称为 Command1 的命令按钮和一个名称为 Text1 的文本框,然后编写如下程序:

```
Private Sub Command1_Click()
    Dim x,y,z As Integer
    x=5: y=7:z=0
    Text1.text=""
    Call P1(x,y,z)
    Text1.Text=Str(z)
End Sub
Sub P1(ByVal a As Integer,ByVal b As Integer,c As Integer)
    c=a+b
End Sub
```

程序运行后，如果单击命令按钮，则在文本框中显示的内容是（　　　）。

A. 0　　　　　　　B. 12　　　　　　　　C. Str(z)　　　　　D. 没有显示

2. 在窗体上画一个名称为 Command1 的命令按钮，再画两个名称分别为 Label1、Label2 的标签，然后编写如下程序代码:

```
Private x As Integer
Private Sub Command1_Click()
x = 5: y = 3
Call proc(x,y)
Label1.Caption = x
Label2.Caption = y
End Sub
Private Sub proc(ByVal a As Integer, ByVal b As Integer)
x = a* a
y=b+b
End Sub
```

程序运行后，单击命令按钮，则两个标签中显示的内容分别是（　　　）。

A. 5 和 3　　　　　　B. 25 和 3　　　　　　C. 25 和 6　　　　　D. 5 和 6

3. 在窗体上画一个名称为 Command1 的命令按钮，并编写如下程序：

```
Private Sub Command1_Click()
Dim x As Integer
Static y As Integer
x=10:y=5
Call f1(x,y)
Print x,y
End Sub
Private Sub f1(ByRef x1 As Integer, y1 As Integer)
x1=x1+2
y1=y1+2
End Sub
```

程序运行后，单击命令按钮，在窗体上显示的内容是（　　　）。

A. 10 5　　　　　　　B. 12 5　　　　　　　C. 10 7　　　　　　　D. 12 7

4. 设有如下程序：

```
Option Base 1
  Private Sub Command1_Click()
Dim a(10) As Integer
Dim n As Integer
n=InputBox("输入数据")
If n<10 Then
  Call GetArray(a(),n)
End If
  End Sub
Private Sub GetArray(b() As Integer,n As Integer)
Dim c(10) As Integer
j=0
For i=1 To n
  b(i)=CInt(Rnd()*100)
  If b(i)/2=b(i)\2 Then
    j=j+1
    c(j)=b(i)
  End If
Next
  Print j
End Sub
```

以下叙述中错误的是（　　　）。

A. 数组 b 中的偶数被保存在数组 c 中

B. 程序运行结束后，在窗体上显示的是 c 数组中元素的个数

C. GetArray 过程的参数 n 是按值传送的

D. 如果输入的数据大于 10，则窗体上不显示任何数据

5. 设有如下通用过程：

```
Public Sub Fun(a(),ByVal x As Integer)
    For i=1 To 5
      x=x+a(i)
    Next
End Sub
```

在窗体上画一个名称为 Text1 的文本框的事件过程：框和一个名称为 Command1 的命令按钮，然后编写如下代码。

```
Private Sub Command1_Click()
  Dim arr(5) As Variant
  For i=1 To 5
    arr(i)=i
  Next
  n=10
  Call Fun(arr(), n)
  Text1.Text=n
End Sub
```

程序运行后，单击命令按钮，则在文本框中显示的内容是（　　　）。

A. 10　　　　　　　　　B. 15　　　　　　　　　C. 25　　　　　　　　　D. 24

6. 以下关于函数过程的叙述中，正确的是（　　　）。

A. 函数过程形参的类型与函数返回值的类型没有关系

B. 在函数过程中，过程的返回值可以有多个

C. 当数组作为函数过程的参数时，既能以传值方式传递，也能以传址方式传递

D. 如果不指明函数过程参数的类型，则该参数没有数据类型

7. 在窗体上画一个命令按钮，名称为 Command1。程序运行后，如果单击命令按钮，则显示一个输入对话框，在该对话框中输入一个整数，并用这个整数作为实参调用函数过程 F1。在 F1 中判断所输入的整数是否是奇数，如果是奇数，过程 F1 返回 1，否则返回 0。能够正确实现上述功能的代码是（　　　）。

A. Private Sub Command1_Click()
　　x=InputBox("请输入整数")
　　a=F1(Val(x))
　　Print a
　End Sub
　Function F1(ByRef b As Integer)
　　If b Mod 2=0 Then
　　　Return 0
　　Else
　　　Return 1
　　End If
　End Function

B. Private Sub Command1_Click()
　　x=InputBox("请输入整数")
　　a=F1(Val(x))
　　Print a
　End Sub
　Function F1(ByRef b As Integer)
　　If b Mod 2=0 Then
　　　F1=0
　　Else
　　　F1=1
　　End If
　End Function

C. Private Sub Command1_Click()
　　x=InputBox("请输入整数")
　　F1(Val(x))
　　Print a
　End Sub
　Function F1(ByRef b As Integer)

D. Private Sub Command1_Click()
　　x=InputBox("请输入整数")
　　F1(Val(x))
　　Print a
　End Sub
　Function F1(ByRef b As Integer)

```
        If b Mod 2=0 Then              If b Mod 2=0 Then
            F1=1                           Return 0
        Else                           Else
            F1=0                           Return 1
        End If                         End If
    End Function                   End Function
```

8. 假定有以下函数过程：

```
Function Fun(S As String) As String
Dim s1 As String
For i=1 To Len(S)
    s1 = UCase(Mid(S, i, 1))+s1
Next i
Fun = s1
End Function
```

在窗体上画一个命令按钮，然后编写如下事件过程：

```
Private Sub Commmldl_Click()
Dim Str1 As String, Str2 As String
Strl = inputbox("请输入一个字符串")
Str2=Fun(Strl)
Print Str2
End Sub
```

程序运行后，单击命令按钮，如果在输入对话框中输入字符串"abcdefg"，则单击"确定"按钮后在窗体上的输出结果为（　　　）。

A. abcdefg B. ABCDEFG C. gfedcba D. GFEDCBA

9. 设有如下通用过程：

```
Public Function f(x As Integer)
    Dim y As Integer
    x=20
    y=2
    f=x * y
End Function
```

在窗体上画一个名称为 Command1 的命令按钮，然后编写如下事件过程：

```
Private Sub Command1_Click()
    Static x As Integer
    x=10
    y=5
    y=f(x)
    Print x; y
End Sub
```

程序运行后，如果单击命令按钮，则在窗体上显示的内容是（　　　）。

A. 10 5 B. 20 5 C. 20 40 D. 10 40

10. 以下关于过程及过程参数的描述中，错误的是（　　　）。

A. 过程的参数可以是控件名称

B. 用数组作为过程的参数时，使用的是"传地址"方式

C. 只有函数过程能够将过程中处理的信息传回到调用的程序中

D. 窗体可以作为过程的参数

11. 一个工程中包含两个名称分别为 Forml、Form2 的窗体，一个名称为 mdlFunc 的标准模块。假定在 Forml、Form2 和 mdlFunc 中分别建立了自定义过程，其定义格式为：

Forml 中定义的过程：

```
PriVate Sub frmfunctionl()

End Sub
```

Form2 中定义的过程：

```
Public Sub frmffunction2()

End Sub
```

mdlFunc 中定义的过程：

```
PubliC Sub mdlFunction()

End Sub
```

在调用上述过程的程序中，如果不指明窗体或模块的名称，则以下叙述中正确的是（　　　）。

A. 上述三个过程都可以在工程中的任何窗体或模块中被调用

B. frmfunction2 和 mdlfunction 过程能够在工程中各个窗体或模块中被调用

C. 上述三个过程都只能在各自被定义的模块中调用

D. 只有 mdlFunction 过程能够被工程中各个窗体或模块调用

12. 假定一个工程由一个窗体文件 Form1 和两个标准模块文件 Model1 及 Model2 组成。

Model1 代码如下：

```
Public x As Integer
Public y As Integer
Sub S1()
   x=1
   S2
End Sub
Sub S2()
   y=10
   Form1.Show
End Show
```

Model2 的代码如下：

```
Sub Main()
  S1
End Sub
```

其中 Sub Main 被设置为启动过程。程序运行后，各模块的执行顺序是（　　　）。

A. Form1→Model1→Model2 　　　　B. Model1→Model2→Form1

C. Model2→Model1→Form1 　　　　D. Model2→Form1→Model1

13. 设一个工程由两个窗体组成，其名称分别为 Form1 和 Form2，在 Form1 上有一个名称为 Command1 的命令按钮。窗体 Form1 的程序代码如下：

```
Private Sub Command1_Click()
  Dim a As Integer
```

```
    a=10
    Call g(Form2,a)
  End Sub
  Private Sub g(f As Form,x As Integer)
    y=IIf(x>10,100,-100)
    f.Show
    f.Caption=y
  End Sub
```

运行以上程序，正确的结果是（   ）。

A. Form1 的 Caption 属性值为 100
B. Form2 的 Caption 属性值为–100
C. Form1 的 Caption 属性值为–100
D. Form2 的 Caption 属性值为 100

14. 以下叙述中错误的是（   ）。

A. 如果过程被定义为 Static 类型，则该过程中的局部变量都是 Static 类型
B. Sub 过程中不能嵌套定义 Sub 过程
C. Sub 过程中可以嵌套调用 Sub 过程
D. 事件过程可以像通用过程一样由用户定义过程名

15. 以下叙述中错误的是（   ）。

A. 用 Shell 函数可以调用能够在 Windows 下运行的应用程序
B. 用 Shell 函数可以调用可执行文件，也可以调用 VB 的内部函数
C. 调用 Shell 函数的格式应为：<变量名> = Shell(…)
D. 用 Shell 函数不能执行 DOS 命令

二、填空题

1. 设有如下程序：

```
Private Sub Form_Click()
Dim a AS Integer, b As integer
a = 20: b=50
p1  a,b
p2  a,b
p3  a,b
Print"a = "; a,"b = "; b
End Sub
Sub p1(x As Integer, ByVal y As Integer)
  x=x+10
  y = y+20
End Sub
Sub p2(byVal x As Integer, y As Integer)
  x = x+10
  y = y+20
End Sub
Sub p3(ByValx As Integer, ByVal y As Integer)
  x = x+10
  y=y+20
End Sub
```

该程序运行后，单击窗体，则在窗体上显示的内容是：a = _____和 b=_____。

2. 在窗体上画一个名称为 Command1 的命令按钮，然后编写如下程序：

```
Option Base 1
Private Sub Command1_Click()
    Dim a(10) As Integer
    For i=1 To 10
        a(i)=i
    Next
    Call swap (_____)
    For i=1 To 10
      Print a(i);
    Next
End Sub
Sub swap(b() As Integer)
    n=_____
    For i=1 To n/2
      t=b(i)
      b(i)=b(n)
      b(n)=t
      _____
    Next
End Sub
```

上述程序的功能是，通过调用过程 swap，调换数组中数值的存放位置，即 a(1)与 a(10)的值互换，a(2)与 a(9)的值互换，……，a(5)与 a(6)的值互换。请将程序补充完整。

3. 设有如下程序：

```
Private sub search(a()As variant, ByVal key As Variant, index%)
Dim I%
For I = LBound(a) To UBound(a)
    If key = a(I) Then
      index = I
    Exit Sub
    End If
Next I
Index = -1
End Sub
Private Sub Form_Load()
Show
Dim b() As Variant
Dim n As Integer
b = Array(1, 3, 5, 7, 9, 11, 13, 15)
Call search(b, 11, n)
Print n
End Sub
```

程序运行后，输出结果是_____。

4. 在窗体上画一个命令按钮，其名称为 Command1，然后编写如下程序：

```
Function M(x As Integer,y As Integer)As Integer
    M=IIf(x>y,x,y)
End Function
Private Sub command1_Click()
```

```
Dim a As Integer,b As Integer
a=100
b=200
Print M(a,b)
End Sub
```

程序运行后，单击命令按钮，输出结果为_____。

5. 在窗体上画两个组合框，其名称分别为 Combo1、Combo2，然后画两个标签，名称分别为 Label1、Label2，程序运行后，如果在某个组合框中选择一个项目，则把所选中的项目在其下面的标签中显示出来。请将下面程序补充完整。

```
Private Sub Combo1_Click()
    Call ShowItem(Combo1, Label1)
End Sub
Private Sub Combo2_Click()
    Call ShowItem(Combo2, Label2)
End Sub
Public Sub ShowItem(tmpCombo As ComboBox, tmpLabel As Label)
    _____.Caption=_____.Text
End Sub
```

三、编程题

1. 在名为 Form1 的窗体上画一个命令按钮，名称为 C1，标题为"计算"；再画一个文本框，名称为 T1，初始内容为空，如图 7-16 所示。在窗体模块中建立一个名为 Fun 的函数过程，其功能是计算 0 ~ 100 之间所有偶数的和。程序运行后，单击命令按钮，调用 Fun 函数就可求出 0 ~ 100 之间所有偶数的和，并将结果在文本框中显示出来。

注意：存盘是必须存放在"E:\VB\第七章"文件夹下，窗体文件名为 Sjt1.frm，工程文件名为 Sjt1.vbp。

2. 在窗体上画一个名称为 Text1 的文本框；画一个名称为 C1，标题为"计算"的命令按钮；再画两个单选按钮，名称分别为 Op1、Op2，标题分别为"求 500 到 600 之间能被 7 整除的数之和"、"求 500 到 600 之间能被 3 整除的数之和"，如图 7-17 所示。在窗体模块中建立一个名为 Fun 的函数过程，其功能是求出 500 到 600 之间能被 n 整除的数的和。程序运行时，选中一个单选按钮，再单击命令按钮 C1，调用 Fun 过程，就可以按照单选按钮后的文字要求计算，并把计算结果放入文本框中。

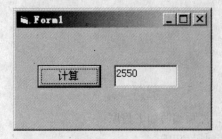

图 7-16 偶数和

图 7-17 整除之和

注意：存盘是必须存放在"E:\VB\第七章"文件夹下，窗体文件名为 Sjt2.frm，工程文件名为 Sjt2.vbp。

3. 在窗体 Form1 上建立一个名为 Op1 的单选按钮数组，含有三个单选按钮，其标题分别为"10!"、"11!"、"12!"，Index 属性值分别为 0、1、2；再画一个名称为 C1 的命令按钮，标题为"计算"；画一个名称为 Text1 的文本框，如图 7-18 所示。在窗体模块中建立一个名为 Multi 的求 n!（n 的阶乘）的函数过程。程序运行后，当单击命令按钮 C1 时，根据所选择单选按钮的不同，求出相应的阶乘，并在文本框中显示出来。

注意：存盘是必须存放在"E:\VB\第七章"文件夹下，窗体文件名为 Sjt3.frm，工程文件名为 Sjt3.vbp。

4. 在窗体上画四个文本框，名称分别为 Text1、Text2、Text3 和 Text4，无初始内容；再画一个命令按钮，名称为 Command1，标题为"求最小值"，如图 7-19 所示。在窗体模块中建立一个名为 FindMin 的过程，其功能是找出数组内最小的数组元素。程序运行后，在四个文本框内各输入一个整数。当单击命令按钮时，调用 FindMin 过程找出数组中最小的数组元素，并在窗体上显示出来。

注意：存盘必须存放在"E:\VB\第七章"文件夹下，窗体文件名为 Sjt4.frm，工程文件名为 Sjt4.vbp。

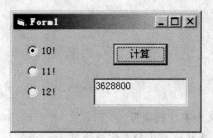

图 7-18　阶乘

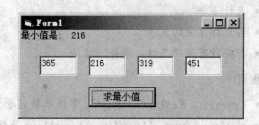

图 7-19　最小值

第8章

○ 键盘与鼠标事件过程

知识点

- 键盘事件
- 鼠标事件
- 与光标有关的属性
- 与拖放有关的属性、事件、方法

重点

- KeyPress、KeyDown、KeyUp 事件参数的含义和事件的使用
- 对 MouseDown、MouseUp、MouseMove 事件参数的含义和事件的使用
- 与光标有关的属性
- 与拖放有关的属性、事件、方法

本章知识结构图

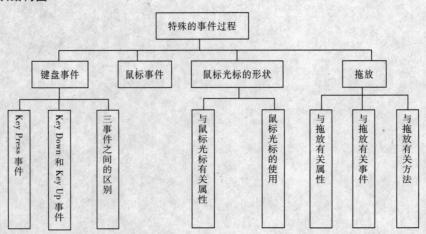

VB 除了可以编辑通用过程和控件的事件过程外，还可以捕捉到计算机设备的动作，本章将介绍与键盘和鼠标有关的事件过程。使用键盘事件过程，可以处理当按下或释放键盘上某个键时所执行的操作，而鼠标事件过程可用来处理与鼠标的移动和位置有关的操作。

8.1　键　盘　事　件

VB 提供的键盘事件主要有 KeyPress 事件、KeyDown 事件和 KeyUp 事件。它们触发的先后顺序是 KeyDown 事件、KeyPress 事件和 KeyUp 事件。

8.1.1　KeyPress 事件

触发：当压下键盘上某个键时，将触发 KeyPress 事件。

条件：只有当该对象获得焦点时，才可以触发该对象的 KeyPress 事件。

格式：

① 单个控件

```
Private Sub 对象名_KeyPress(KeyAscii As Integer)

End Sub
```

② 控件数组

```
Private Sub 对象名_KeyPress(Index As Integer, KeyAscii As Integer)

End Sub
```

本节主要讲述单个控件的 KeyPress 事件。

说明：

① 对象名：可得到焦点的对象

② KeyAscii 参数：它是一个预定义的变量，返回的是字母的 ASCII 码。

例如：按下 "A" 返回的值为 "65"，按下 "a" 返回的值为 "97"，虽然按的键相同，但返回值不同；按下主键盘上的 "1" 和按下数字键盘上的 "1" 返回的值都是 "49"，虽然按的键不同，但返回值相同。

【例 8.1】测试 KeyPress 事件和 KeyAscii 参数。当按下某个键时，在窗体上输出按下键的 ASCII 值和相应的字符。

存盘时必须保存在 "E:\VB\第八章" 文件夹下，窗体文件名为 "KeyAscii.frm"，工程文件名为 "KeyAscii.vbp"。

程序代码如下：

```
Private Sub Form_KeyPress(KeyAscii As Integer)
    Print KeyAscii;Chr(KeyAscii)
End Sub
```

思考：KeyPress 事件能否识别键盘上所有按键，哪些不能识别？

注意：当触发文本框的 KeyPress 事件时，要注意文本框特有的可编辑性。

【例 8.2】在窗体上画一个文本框，名称为 Text1，无初始内容。当触发文本框的 KeyPress 事件时，则在文本框中显示按下的字母。

存盘时必须保存在"E:\VB\第八章"文件夹下，窗体文件名为"KeyPress_Text.frm"，工程文件名为"KeyPress_Text.vbp"。

程序代码如下：

```
Private Sub Text1_KeyPress(KeyAscii As Integer)
    Text1.Text=Chr(KeyAscii)
End Sub
```

但是实际上，当程序运行后，并不只是输出单个的字符，而是显示两个相同的字母。

【例 8.3】在窗体上画一个文本框，名称为 Text1，无初始内容。限定文本框中只能显示数字。

存盘时必须保存在"E:\VB\第八章"文件夹下，窗体文件名为"KeyPress_number.frm"，工程文件名为"KeyPress_number.vbp"。

程序代码如下：

```
Private Sub Text1_KeyPress(KeyAscii As Integer)
    If KeyAscii < 48 Or KeyAscii > 57 Then
        KeyAscii=0
    End If
End Sub
```

注意：其中 KeyAscii=0 的作用是使该字符不回显。

练一练

① 在窗体上画一个文本框，名称为 Text1，无初始内容，如图 8-1 所示。程序运行后，如果按下键盘上大写字母键，则在文本框中显示小写字母，如果按下键盘上的小写字母键，则在文本框中显示大写字母。例如，依次按下键盘上的"aassAASS"，则在文本框中显示如图 8-1 所示。

注意：存盘时必须保存在"E:\VB\第八章"文件夹下，窗体文件名为"Convert.frm"，工程文件名为"Convert.vbp"。

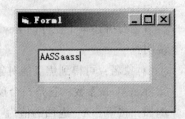

图 8-1　大小写转换

② 在窗体上画一个文本框，名称为 Text1，无初始内容，如图 8-2 所示。程序运行后，如果按下键盘上大写字母"A"，则在文本框中显示大写字母"D"，如果按下键盘上大写字母"B"，则在文本框中显示大写字母"E"，依此类推。如果按下键盘上大写字母"X"，则在文本框中显示大写字母"A"，如果按下键盘上大写字母"Y"，则在文本框中显示大写字母"B"，如果按下键盘上大写字母"Z"，则在文本框中显示大写字母"C"。例如，依次按下键盘上的"ABCXYZ"，则在文本框中的显示如图 8-2 所示。

图 8-2　加密

注意：存盘时必须保存在"E:\VB\第八章"文件夹下，窗体文件名为"Convert.frm"，工程文件名为"Convert.vbp"。

在默认情况下，控件的键盘事件优先于窗体的键盘事件。因此只有当窗体上没有活动的或可见的控件时，输入焦点才位于窗体上。如果希望窗体的键盘事件优先于控件的键盘事件，则必须把窗体的 KeyPreview 属性设置为 True（默认 False），否则不能激活窗体的键盘事件。

【例 8.4】在窗体上画一个文本框，名称为 Text1，无初始内容。编辑文本框的 KeyPress 事件和窗体的 KeyPress 事件。

程序代码如下：

```
Private Sub Form_KeyPress(KeyAscii As Integer)
    Print KeyAscii
End Sub
Private Sub Text1_KeyPress(KeyAscii As Integer)
    Text1.Text=Chr(KeyAscii)
End Sub
```

程序运行后，只能执行文本框中的 KeyPress 事件，窗体事件不能被执行。若想执行窗体的 KeyPress 事件，则必须将窗体的 KeyPreview 属性设置为 True。这时候其执行顺序为首先执行 Form_KeyPress 事件，然后再执行 Text1_KeyPress 事件。

想一想

在窗体上有一个文本框，名称为 Text1，无初始内容，窗体的 KeyPreview 属性为 True。有如下程序代码：

```
Private Sub Form_KeyPress(KeyAscii As Integer)
    KeyAscii=KeyAscii+1
    Print Chr(keyAscii)
End Sub

Private Sub Text1_KeyPress(KeyAscii As Integer)
    KeyAscii=KeyAscii+1
    Text1.Text=Chr(KeyAscii)
End Sub
```

程序运行后，如果按下 "A" 键，在窗体和文本框中显示的内容是（　　　）。

A. B　　B　　　　B. B　　BB　　　　　C. B　　C　　　　D. B　　CC

8.1.2　KeyDown 和 KeyUp 事件

触发：KeyDown 事件是当键盘上的键被按下时；KeyUp 事件是当键盘上的键弹起时。

格式：

① 单个控件

```
Private Sub 对象名_KeyDown(KeyCode As Integer, Shift As Integer)

End Sub
Private Sub 对象名_KeyUp(KeyCode As Integer, Shift As Integer)

End Sub
```

② 控件数组

```
Private Sub 对象名_ KeyDown(KeyCode As Integer, Shift As Integer, _
Index As Integer)
```

```
End Sub
Private Sub 对象名_ KeyUp(KeyCode As Integer, Shift As Integer, _
Index As Integer)

End Sub
```

本节主要讲述单个控件的 KeyDown 事件和 KeyUp 事件

说明：

（1）KeyCode 参数

它是一个预定义的变量，返回的是键值。

例如：按下"A"或者按下"a"返回的值为"65"，因为按的键相同，所以返回值相同，返回的是大写字母的 ASCII 码；按下主键盘上的"1"返回的是"49"，而按下数字键盘上的"1"返回的值都是"97"，按的键不同，返回值也不相同。

【例 8.5】测试 KeyCode 参数，当按下键盘上的键时触发 KeyDown 事件，并在窗体上输出其 KeyCode 值。

存盘时必须保存在"E:\VB\第八章"文件夹下，窗体文件名为"KeyCode.frm"，工程文件名为"KeyCode.vbp"。

程序代码如下：

```
Private Sub Form_KeyDown(KeyCode As Integer, Shift As Integer)
    Print KeyCode
End Sub
```

思考：KeyDown、KeyUp 事件是否能识别键盘上所有的键？

【例 8.6】在窗体上画一个图片框，并装入一幅图片，如图 8-3 所示。程序运行后，如果按下键盘上向上的光标移动键，则图片向上移动 10twip，如果按下键盘上向下的光标移动键，则图片向下移动 10twip，如果按下键盘上向左的光标移动键，则图片向左移动 10twip，如果按下键盘上向右的光标移动键，则图片向右移动 10twip。（其中键值，依次是向左 37，向上 38，向右 39，向下 40）。

图 8-3　图片移动

存盘时必须保存在"E:\VB\第八章"文件夹下，窗体文件名为"KeyDown_Move.frm"，工程文件名为"KeyDown_Move.vbp"。

程序代码如下：

```
Private Sub Picture1_KeyDown(KeyCode As Integer, Shift As Integer)
    If KeyCode=37 Then
        Picture1.Left=Picture1.Left - 10
    ElseIf KeyCode=38 Then
        Picture1.Top=Picture1.Top - 10
    ElseIf KeyCode=39 Then
        Picture1.Left=Picture1.Left + 10
    ElseIf KeyCode=40 Then
        Picture1.Top=Picture1.Top + 10
    End If
End Sub
```

（2）Shift 参数

Shift 参数也称为转换参数，它指的是三个转换键的状态，包括【Shift】、【Ctrl】和【Alt】。它的值是一个整数（16 位），用二进制的低 3 位表示它们的状态。当相应键按下时则其值为 1，否则为 0。三个转换键的值与状态对照如表 8-1 所示。

表 8-1　Shift 参数的值

十进制数	二进制数	作　　用
0	000	没有按下转换键
1	001	按下了【Shift】键
2	010	按下了【Ctrl】键
3	011	按下了【Ctrl+Shift】组合键
4	100	按下了【Alt】键
5	101	按下了【Alt+Shift】组合键
6	110	按下了【Alt + Ctrl】组合键
7	111	按下了【Alt+Ctrl+Shift】组合键

【例 8.7】测试转换键的按下状态，如图 8-4 所示。

图 8-4　转换键状态测试

存盘时必须保存在"E:\VB\第八章"文件夹下，窗体文件名为"KeyDown_Shift.frm"，工程文件名为"KeyDown_shift.vbp"。

程序代码如下：

```
Private Sub Form_KeyDown(KeyCode As Integer, Shift As Integer)
    Select Case Shift
        Case 0
            Print "没有按下转换键"
        Case 1
            Print "按下了 Shift 键"
        Case 2
            Print "按下了 Alt 键"
        Case 3
            Print "按下了 Shift+Alt 键"
        Case 4
            Print "按下了 Ctrl 键"
```

```
    Case 5
        Print "按下了 Ctrl+Shift 键"
    Case 6
        Print "按下了 Ctrl+Alt 键"
    Case 7
        Print "按下了 Ctrl+Alt+Shift 键"
    End Select
End Sub
```

思考： 为什么同时按下【Ctrl+Alt】键时，会先输出"按下了 Ctrl 键"或"按下了 Alt 键"，然后才会输出"按下了 Ctrl+Alt 键"？如何避免这种情况的发生？

【例 8.8】 当在窗体上同时按下【Alt + A】组合键时，则在窗体上显示"同时按下了 Alt + A"；当同时按下了【Alt+Ctrl+B】组合键时，则在窗体上显示"同时按下了 Alt+Ctrl+B"。当同时按下了【Alt+Q】组合键时，则结束整个程序。

存盘时必须保存在"E:\VB\第八章"文件夹下，窗体文件名为"KeyPress_Text.frm"，工程文件名为"KeyPress_Text.vbp"。

程序代码如下：

```
Private Sub Form_KeyDown(KeyCode As Integer, Shift As Integer)
    If KeyCode=65 And Shift=4 Then
        Print "同时按下了 Alt+A"
    ElseIf KeyCode=66 And Shift=6 Then
        Print "同时按下了 Alt+Ctrl+B"
    ElseIf KeyCode=81 And Shift=4 Then
        End
    End If
End Sub
```

练一练

在窗体上建立两个文本框，名称分别为 T1 和 T2，都显示垂直滚动条，可显示多行文本，T1 的初始内容为"春晓 春眠不觉晓，处处闻啼鸟。夜来风雨声，花落知多少。"如图 8-5 所示。程序运行后，如果按下【Ctrl+A】组合键，则可选中文本框 T1 中的所有内容；如果按下【Ctrl+C】组合键，则可将 T1 中选中的文本复制到文本框 T2 中；当按下【Ctrl+D】组合键时，则可将 T1 中选中的文本删除掉。

图 8-5 快捷键复制删除

注意：存盘时必须保存在"E:\VB\第八章"文件夹下，窗体文件名为"KeyDown_Copy.frm"，工程文件名为"KeyDown_Copy.vbp"。

8.1.3 KeyPress 事件和 KeyDown、KeyUp 事件的区别

KeyDown 和 KeyUp 所接收到的信息与 KeyPress 接收到的不完全相同。

① KeyDown 和 KeyUp 能检测到 KeyPress 所不能检测到的功能键、编辑键和箭头键等按键。

② KeyPress 接收到的是用户通过键盘输入的 ASCII 码字符。KeyDown 和 KeyUp 接收到的是用户在键盘所按键的键盘扫描码。总之，如果需要检测用户在键盘输入的是什么字符，则应选用 KeyPress 事件；如果需要检测用户所按的物理键时，则选用 KeyDown 和 KeyUp 事件。

想一想

① 当用户按下并且释放一个键后，触发 KeyPress、KeyUp、KeyDown 事件，这三个事件发生的顺序是（　　　）。

A. KeyPress、KeyUp、KeyDown　　　　B. KeyUp、KeyPress、KeyDown

C. KeyDown 、KeyPress、KeyUp　　　　D. KeyPress、KeyDown、KeyUp

② 下面对象不具备 KeyPress 事件是（　　　）。

A. 标签　　　　　B. 命令按钮　　　　C. 文本框　　　　D. 窗体

③ 当用户按下键盘上的某个键时，将触发下列（　　　）事件。

A. KeyPress　　　　B. MouseDown　　　　C. KeyUp　　　　D. MouseOver

④ 在文本框中，当用户输入一个字符时，能同时引发的事件是（　　　）。

A. KeyPress 和 Click　　　　B. KeyPress 和 LostFocus

C. KeyPress 和 Chang　　　　D. Change 和 LostFocus

⑤ 以下（　　　）参数不可能成为 KeyDown 和 KeyUp 事件的参数。

A. Index as Integer　　　　B. Keycode As Integer

C. Ctrl As Boolean　　　　D. Shift As Integer

⑥ 在 KeyDown 事件中，如果检测到 Shift 参数为 5，则说明用户按下了以下（　　　）组合键。

A. 没有按下转换键　　B. Ctrl+Shift　　C. Alt+Shift　　D. Ctrl+Alt

⑦ 下面的说法错误的是（　　　）。

A. Keypress 事件中不能识别键盘上某个键的按下与释放

B. Keypress 事件中可以识别键盘上某个键的按下与释放

C. KeyUp 事件中，将键盘上两个数字键区域相同的数字按键视为不同的键

D. KeyDown 事件中，对字符的小写和大写同样对待

⑧ 下面的程序运行时，在键盘上输出 BASIC6.0，则文本框中显示的内容是（　　　）。

```
Private Sub Text_keyPress(KeyAscii As Integer)
  If KeyAscii>=65 and KeyAscii< 122 then
    KeyAscii =42
  End If
End Sub
```

A. BASIC6.0　　　B. BASIC***　　　C. *****6.0　　　D. ********

⑨ 对窗体编写如下代码:

```
Option Base 1
Private Sub Form_KeyPress(keyAscii As Integer)
  a=Array(237,126,87,48,498)
  m1=a(1)
  m2=1
  If KeyAscii=13 Then
    For i=2 to 5
      If a(i)>m1 Then
        m1=a(i)
        m2=i
      End If
    Next i
  End If
  Print m1
  Print m2
End Sub
```

程序运行后,按【Enter】键,输出结果为( )。

A. 48
4

B. 237
1

C. 498
5

D. 498
4

⑩ 在一个窗体激活时,用户按下键盘上的某个键,将首先触发以下( )事件。

A. 窗体的 KeyPress 事件

B. 控件的 KeyPress 事件

C. 窗体上的默认控件 KeyPress 事件,无默认控件时,则触发窗体的 KeyPress 事件

D. 要视窗体的 KeyPreview 是否设为 True 而定

8.2 鼠标事件

有关鼠标的操作,除了前面所学过的单击(Click)和双击(DblClick)事件之外,在 VB 中,还可以识别鼠标按下或松开某个鼠标键的动作。即可触发 MouseDown 事件、MouseUp 事件和 MouseMove 事件。

MouseDown 事件: 当按下鼠标键时触发该事件。其格式如下:

```
Private Sub 对象名_MouseDown(Button As Integer, Shift As Integer, X As Single,
Y As Single)

End Sub
```

MouseUp 事件: 当释放鼠标键时触发该事件。其格式如下:

```
Private Sub 对象名_MouseUp (Button As Integer, Shift As Integer, X As Single,
Y As Single)

End Sub
```

MouseMove 事件: 当移动鼠标时触发该事件。其格式如下:

```
Private Sub 对象名_MouseMove (Button As Integer, Shift As Integer, X As Single,
Y As Single)

End Sub
```

参数说明：

（1）X、Y 参数

确定鼠标的位置。这里的 X、Y 不需要给出具体的数值，它随鼠标光标在对象上的移动而变化。（X,Y）通常指接收鼠标事件的窗体或控件上的坐标。

【例 8.9】测试三个鼠标事件过程和 X、Y 参数。在窗体上画一个图片框，名称为 Picture1，并装入一幅图片，如图 8-6 所示。然后编写如下程序。

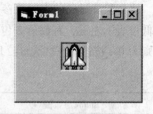

存盘时必须保存在 "E:\VB\第八章" 文件夹下，窗体文件名为 "MouseEvent.frm"，工程文件名为 "MouseEvent.vbp"。

程序代码如下：

图 8-6　参数测试

测试 MouseDown 事件：

```
Private Sub Form_MouseDown(Button As Integer, Shift As Integer, _
X As Single, Y As Single)
    Picture1.Move X, Y
End Sub
```

测试 MouseUp 事件：

```
Private Sub Form_MouseUp(Button As Integer, Shift As Integer, X As Single, _
Y As Single)
    Picture1.Move X, Y
End Sub
```

测试 MouseMove 事件：

```
Private Sub Form_MouseMove(Button As Integer, Shift As Integer, _
X As Single,Y As Single)
    Picture1.Move X, Y
End Sub
```

【例 8.10】在窗体上按下鼠标键时，在两次按键的位置绘制直线。程序运行后，在窗体上按下鼠标键。运行结果如图 8-7 所示。

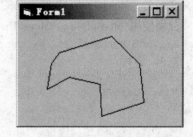

存盘时必须保存在 "E:\VB\第八章" 文件夹下，窗体文件名为 "MouseDown_Line.frm"，工程文件名为 "MouseDown_Line.vbp"。

图 8-7　绘制直线

程序代码如下：

```
Private Sub Form_MouseDown(Button As Integer, Shift As Integer, _
X As Single, Y As Single)
    Static x1 As Integer, y1 As Integer, Color
    If x1=0 And y1=0 Then
        x1=X
        y1=Y
    Else
        Line(x1, y1)-(X, Y)
        x1=X
        y1=Y
    End If
End Sub
```

注意：画直线的方法为 Line，其格式如下所述。

```
Line(x1,y1)-(x2,y2) [,Color]
```

其中（x1,y1）是起始坐标，（x2,y2）是终止坐标。Color 是颜色，可省略，是一个整数值。

（2）Button 参数

决定鼠标键的状态，该参数是一个整数。在设置按钮状态时，实际上只使用了低 3 位，其中最低位表示左键，右数第 2 位表示右键，右数第 3 位表示中间键。当按下相应的键时其值为 1，否则为 0。按键状态如表 8-2 所示。

表 8-2　按键状态表

Button 参数值		作　　　　　用
十 六 进 制	十 进 制	
000	0	未按任何键
001	1	左键被按下（默认）
010	2	右键被按下
011	3	左、右键同时被按下
100	4	中间键被按下
101	5	同时按下中间键和左键
110	6	同时按下中间键和右键
111	7	三个键同时被按下

【例 8.11】测试 Button 参数。

存盘时必须保存在 "E:\VB\第八章" 文件夹下，窗体文件名为 "MouseEvent_Button.frm"，工程文件名为 "MouseEvent_Button.vbp"。

分别使用 MouseDown、MouseUp 和 MouseMove 事件进行测试。程序代码如下：

```
Private Sub Form_MouseDown(Button As Integer, Shift As Integer, X As Single,
Y As Single)
    Select Case Button
        Case 1
            Print "left"
        Case 2
            Print "right"
        Case 3
            Print "left and right"
        Case 4
            Print "mid"
        Case 5
            Print "mid and left"
        Case 6
            Print "mid and right"
        Case 7
            Print "mid right and left"
    End Select
End Sub
```

测试结果如下：

① 对于 MouseDown 和 MouseUp 事件来说，只能用鼠标的按键参数判断是否按下或松开某个键，不能检查两个键被同时按下或松开，因此 Button 参数的取值只有三种，即 1、2 和 4。

② 对于 MouseMove 事件来说，可以通过 Button 参数判断按下一个或同时按下两个、三个键。

③ 在判断是否按下多个键时，要注意避免二义性。

④ 为了提高可读性，可以把三个键定义为符号常量。

```
Const Left_Button=1
Const Right_Button=2
Const Middle_Button=4
```

【例 8.12】当按下鼠标左键时，则在窗体上画半径为 500 的圆，当按下左键移动鼠标时，则改变圆的大小，当按下鼠标右键时，则随机改变圆的颜色。

存盘时必须保存在"E:\VB\第八章"文件夹下，窗体文件名为"MouseEvent_Circle.frm"，工程文件名为"MouseEvent_Circle.vbp"。

程序代码如下：

```
Dim m As Integer, n As Integer, r As Integer
Private Sub Form_MouseDown(Button As Integer, Shift As Integer, X As Single,
Y As Single)
    Dim a As Integer, b As Integer, c As Integer
    Randomize
    a=Int(Rnd * 255)
    b=Int(Rnd * 255)
    c=Int(Rnd * 255)
    m=X
    n=Y
    If Button=1 Then
        Circle(m, n), 500
    ElseIf Button=2 Then
        Form1.ForeColor=RGB(a, b, c)
    End If
End Sub
Private Sub Form_MouseMove(Button As Integer, Shift As Integer, X As Single,
Y As Single)
    If Button=1 Then
        Cls
        r=Abs(X - m)
        Circle(m, n), r
    End If
End Sub
```

注意：画圆的方法为 Circle，其格式如下所述。

```
Circle (x,y),R
```

其中（x,y）是坐标原点，R 为半径。

（3）Shift 参数

Shift 参数的取值同 KeyDown 事件和 KeyUp 事件中的 Shift 参数相同。详见 8.1 节中 Shift 参数的介绍。

【例8.13】在窗体上画两条直线，其名称分别为 Line1 和 Line2，其坐标如下：

Line1: X1:200   Y1:1000   X2:4500   Y2:1000
Line2: X1:200   Y1:0   X2:200   Y2:2200

程序运行后，当按下【Ctrl】键和鼠标右键时，则在窗体上画出正弦曲线，如图8-8所示。

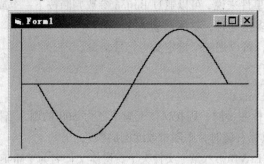

图 8-8 正弦曲线

注意：存盘时必须保存在"E:\VB\第八章"文件夹下，窗体文件名为"MouseEvent_PSet.frm"，工程文件名为"MouseEvent_PSet.vbp"。

程序代码如下：

```
Private Sub Form_MouseDown(Button As Integer, Shift As Integer, X As Single,
Y As Single)
  If Button=2 and Shift=2 Then
    For i=0 To 3600
      x=500 + i
      y=1000 + 1000*Sin(3.14*i/1800)
      PSet(x, y)
    Next i
  End If
End Sub
```

注意：画点的方法为 Pset，其格式如下所述。

Pset(x,y)

其中(x,y)为点的坐标。

想一想

① 下列事件中不属于与鼠标有关的事件为（   ）。

  A. Click 事件   B. DblClick 事件   C. MouseMove 事件   D. KeyPress 事件

② 要动态显示鼠标当前的位置，最好利用鼠标的（   ）事件过程。

  A. Click   B. MouseMove   C. MouseUp   D. MouseDown

③ 当 Button 值的后3位为"101"表示（   ）。

  A. 按下了鼠标左键和右键   B. 按下了鼠标左键和中间键

  C. 按下了鼠标右键和中间键   D. 只按下了鼠标中间键

④ 当用户的鼠标中间键失效时，以下（   ）值不可能是 Button 的值（以二进制表示）。

  A. 011   B. 101   C. 001   D. 010

⑤ 下列函数中，可以实现在窗体上画点的为（　　　）。

A. Point() 　　　　B. Paint() 　　　　C. Pset() 　　　　D. PaintPoint()

⑥ 窗体上绘制有命令按钮 Command1，则关于如下事件过程的叙述正确的是（　　　）。

```
Private Sub From_MouseDown (Button As Integer ,Shift As Integer ,x As
Single ,Y As Single )
    If Button=1 Then Command1.Move X, Y
End Sub
```

A. 在命令按钮 Command1 上按下鼠标左键，命令按钮 Command1 将跟随鼠标移动

B. 在窗体上按下鼠标左键，命令按钮 Command1 将跟随鼠标移动

C. 任何地方按下鼠标左键时，命令按钮 Command1 将跟随鼠标移动

D. 任何地方按下鼠标右键，命令按钮 Command1 将跟随鼠标移动

⑦ 下面的程序运行时，为了在窗体上输出 VB6.0，应在窗体上执行的操作是（　　　）。

```
Private Sub Form_MouseDown(Button As Integer,Shift As Integer,X As Single,Y
As Single)
    If Button And 3=3 Then
       Print "VB6.0"
    End If
End Sub
```

A. 只能按下右键 　　　　　　　　　　B. 只能按下左键

C. 应同时按下左、右键 　　　　　　　D. 按下左、右键之一

⑧ 阅读下面的程序：

```
Private Sub From_MouseDown (Button As Integer ,Shift As Integer ,x As Single ,Y
As Single )
    If (Button -2 )>0 Then
        Print "按下了鼠标中键"
    End If
End Sub
```

程序运行后为了在窗体上显示"按下了鼠标中键"，则应该按下的鼠标键是（　　　）。

A. 左键 　　　　　　B. 右键 　　　　　　C. 中键 　　　　D.同时按下任意两个键

⑨ 下面程序运行时，为了在窗体上输出 ABC，正确的操作是（　　　）。

```
Private Sub From_MouseDown (Button As Integer ,Shift As Integer ,x As Single ,Y
As Single )
    If (Shift=6 And button=4 )Then
        Print "ABC"
    End If
End Sub
```

A. 按下【Shift】、【Ctrl】和鼠标左键 　　　　B. 按下【Shift】、【Alt】和鼠标中键

C. 按下【Shift】、【Ctrl】、【Alt】和鼠标左键 　　D. 按下【Ctrl】、【Alt】和鼠标中键

⑩ 阅读下面几个事件过程：

```
Dim Flag As Boolen
Private Sub Form_Load()
DrawWidth=20
End Sub
Private Sub Form_MouseDown(Button As Integer,Shift As Integer,X As Single ,Y
As Single)
```

```
        Flag=True
    End Sub
    Private Sub Form_MouseMove(Button As Integer,Shift As Integer,X As Single ,Y
    As Single)
        If Button=1 Then
            ForeColor=vbRed
        Else
            ForeColor=vbGreen
        End If
        If flag Then
          Pset (X,  Y)
        End If
    End Sub
    Private Sub Form_MouseUp(Button As Integer,Shift As Integer,X As Single ,Y
    As Single)
        Flag=False
    End Sub
```

程序运行时，则下面说法错误的是（　　　）。

A. 按下鼠标左键并拖动，则可以绘制红色的图形

B. 按下鼠标右键并拖动，则可以绘制绿色的图形

C. 直接移动鼠标就可以绘制图形

D. 按下鼠标任何键并拖动，则可以绘制图形

8.3　鼠标光标的形状

在使用 Windows 及其应用程序时，读者可能已经注意到，当鼠标光标位于不同的窗口内时，其形状是不一样的。有时候是箭头状，有时候是十字形，有时候是竖线，等等。在 Visual Basic 中，要通过属性设置来改变鼠标光标的形状。

8.3.1　与鼠标光标有关的属性

1. MousePointer 属性

作用：改变鼠标光标的形状

取值：是一个整数，具体属性值如表 8-3 所示。

表 8-3　MousePointer 属性值

常　　量	值	形　　　　状
vbDefault	0	（默认值）形状由对象决定
vbArrow	1	箭头
vbCrosshair	2	十字线（Crosshair 指针）
vbIbeam	3	I 型
vbIconPointer	4	图标（嵌套方框）
vbSizePointer	5	尺寸线（指向上、下、左、右 4 个方向的箭头）
vbSizeNESW	6	右上-左下尺寸线（指向右上和左下方向的双箭头）

续表

常　　量	值	形　　状
vbSizeNS	7	垂直尺寸线（指向上下两个方向的双箭头）
vbSizeNWSE	8	左上–右下尺寸线（指向左上和右下方向的双箭头）
vbSizeWE	9	水平尺寸线（指向左右两个方向的双箭头）
vbUpArrow	10	向上的箭头
vbHourglass	11	沙漏（表示等待状态）
vbNoDrop	12	没有入口：一个圆形记号，表示控件移动受限
vbArrowHourglass	13	箭头和沙漏
vbArrowQuestion	14	箭头和问号
vbSizeAll	15	四向尺寸线
vbCustom	99	通过 MouseIcon 属性所指定的自定义图标

格式：对象名.MousePointer=属性值

例如：Form1.MousePointer=12

2．MouseIcon 属性

作用：设置鼠标的自定义图标样式。

取值：.ico 或.cur 类型的图形。

格式：对象名.MouseIcon=LoadPicture("文件名")

例如：Form1.MouseIcon=LoadPicture("p1.ico")

【例 8.14】在窗体上画一个单选按钮数组，名称为 Op1，其索引值依次为 0～16，其标题依次为"对象决定"、"箭头"、"十字线"、"I 型"、"图标"、"尺寸线"、"右上–左下尺寸线"、"垂直尺寸线"、"左上–右下尺寸线"、"水平尺寸线"、"向上的箭头"、"沙漏"、"一个圆形记号"、"箭头和沙漏"、"箭头和问号"、"四向尺寸线"、"自定义图标"；并设置窗体的标题为"测试鼠标样式"，并设置它的 MouseIcon 属性为一个图标，如图 8-9 所示。程序运行后，当单击单选按钮时，则显示相应的图标样式。

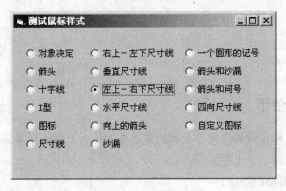

图 8-9　测试鼠标样式

注意：存盘时必须保存在"E:\VB\第八章"文件夹下，窗体文件名为"MousePointer.frm"，工程文件名为"MousePointer.vbp"。

程序代码如下：

```
Private Sub Op1_Click(Index As Integer)
   Select Case Index
       Case 0
         Form1.MousePointer=0
       Case 1
         Form1.MousePointer=1
       Case 2
         Form1.MousePointer=2
       Case 3
         Form1.MousePointer=3
       Case 4
         Form1.MousePointer=4
       Case 5
         Form1.MousePointer=5
       Case 6
         Form1.MousePointer=6
       Case 7
         Form1.MousePointer=7
       Case 8
         Form1.MousePointer=8
       Case 9
         Form1.MousePointer=9
       Case 10
         Form1.MousePointer=10
       Case 11
         Form1.MousePointer=11
       Case 12
         Form1.MousePointer=12
       Case 13
         Form1.MousePointer=13
       Case 14
         Form1.MousePointer=14
       Case 15
         Form1.MousePointer=15
       Case 16
         Form1.MousePointer=99
   End Select
End Sub
```

8.3.2 鼠标光标的使用

在 Windows 中，鼠标光标的应用有一些约定俗成的规则。为了与 Windows 环境相适应，在应用程序中应遵守这些规则，主要有：

① 表示用户当前可用的功能；

② 表示程序状态的用户可视；

③ 当坐标值为 0 时，改变鼠标光标的形状。

注意： 与屏幕对象一起使用时，鼠标光标的形状在屏幕的任何位置都不会改变，不论鼠标光标移到窗体上还是控件内鼠标光标形状都不会改变，当超出程序窗口后，鼠标光标的形状将变为默认箭头。如果设置 Screen.MousePoint = 0，则可激活窗体或控件的属性所设定的局部鼠标形状。

想一想

① 下面不具有 MousePointer 属性的对象是（　　　）。

    A. 窗体　　　　　　　B. 框架　　　　　　　C. 图片框　　　　　　　D. 直线

② 当改变控件的下列（　　　）属性时，可以改变这些控件上的鼠标类型。

    A. MousePointer　　B. MouseMove　　C. MouseIcon　　　D. Icon

③ 要想实现当鼠标移动到某一控件之上时，鼠标光标变为一个沙漏形状，需要将这些控件的 MousePointer 属性设为（　　　）。

    A. vbDefault　　　　B. vbSizeNS　　　　C. vbHouglass　　　D. vbCrosshair

④ 要想实现当鼠标移动到某一控件之上时，鼠标光标变为一个十字线，需要将这些控件的 MousePointer 属性设为（　　　）。

    A. vbDefault　　　　B. vbSizeNS　　　　C. vbHouglass　　　D. vbCrosshair

⑤ 当将 MousePointer 属性设为 vbCustom 时，鼠标光标的形状将由下列（　　　）属性决定。

    A. MousePointer　　B. MouseIcon　　　C. Picture　　　　D. Icon

⑥ 要想使用自己的 ICON 图标作为鼠标的图标，则要将 MousePointer 属性设为以下（　　　）值。

    A. 0　　　　　　　　B. 15　　　　　　　C. 3　　　　　　　D. 99

⑦ 当与屏幕对象（Screen）一起使用时，只有当其 MousePointer 属性设为下列（　　　）值时，才可激活窗体或控件的属性所设定的局部鼠标形状。

    A. 0　　　　　　　　B. 15　　　　　　　C. 3　　　　　　　D. 99

8.4　拖　放

所谓拖放，就是用鼠标从屏幕上把一个对象从一个地方拖拉到另一个地方再放下。简单来说就是选择对象，按下鼠标左键或右键不放拖动鼠标到合适的地方然后松开鼠标左键或右键的动作就称为拖放。

通常称原来的对象叫做源对象，拖动后放下的位置的对象叫做目标对象，在拖动的过程中被拖动的对象变为灰色。

在拖动一个对象的过程中，并不是对象本身在移动，而是移动代表对象的图标。可通过相关属性进行设置。

除了菜单、计时器和通用对话框外，其他控件均可在程序运行期间被拖放。

8.4.1　与拖放有关的属性

1. DragMode 属性

作用：该属性用来设置自动或人工（手动）拖放模式。

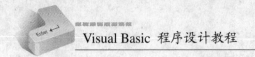

取值：0——人工方式，默认值；1——自动方式，能对一个控件执行自动拖放操作。

格式：`对象名.DragMode=属性值`

例如：`Picture1.DragMode=1`

注意：①DragMode 的属性是一个标志，不是逻辑值，不能把它设置为 True 或 False。②如果把一个对象的 DragMode 属性设置为 1，则该对象不再接收 Click 事件和 MouseDown 事件。

2．与拖放有关的 DragIcon 属性

作用：设置移动时代表对象的图标式。

取值：.ico 或.cur 类型的图形。

格式：`对象名.DragIcon=LoadPicture("文件名")`

例如：`Form1.DragIcon=LoadPicture("p1.ico")`

8.4.2 与拖放有关的事件

与拖放有关的事件是 DragDrop 和 DragOver 事件。

1．DragDrop 事件

触发：当把控件（图标）拖到目标之后，如果松开鼠标键，则产生一个 DragDrop 事件。

格式：

```
Private Sub 对象名_DragDrop(Source As Control, X As Single, Y As Single)

End Sub
```

说明：

① 对象名：拖动到的对象的名称。

② X、Y：松开鼠标键放下对象时鼠标光标的位置。

【例 8.15】在窗体上画一个命令按钮，名称为 C1，标题为"移动"，设置命令按钮的 DragMode 属性为 1，DragIcon 属性为一个图像。当在窗体上移动鼠标光标时，则 C1 随着鼠标移动到鼠标光标所在的位置，如图 8-10 所示。

图 8-10　移动

存盘时必须保存在"E:\VB\第八章"文件夹下，窗体文件名为"DragDrop_xy.frm"，工程文件名为"DragDrop_xy.vbp"。

程序代码如下：

```
Private Sub Form_DragDrop(Source As Control, X As Single, Y As Single)
    C1.Move X, Y
End Sub
```

③ Source：是一个对象变量，其类型为 Control，该参数含有被拖动对象的属性。

【例 8.16】在窗体上画一个图片框，名称为 P1，然后在图片框 P1 中建立一名为 Pic 的包含 6 个图片框的控件数组，再画一个名为 P2 的图片框，装入一个图片，并可实现自动拖放，如图 8-11 所示。程序运行后，Pic 控件数组不可见，当拖动 P2 放入 P1 中，则 Pic 控件数组可见，并显示 P2 的图片。（拖动一次显示一个）如图 8-12 所示。

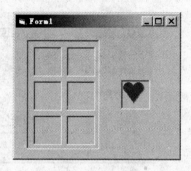

图 8-11　运行前

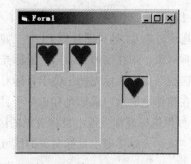

图 8-12　运行后

注意：存盘时必须保存在"E:\VB\第八章"文件夹下，窗体文件名为"DragDrop_Cource.frm"，工程文件名为"DragDrop_Source.vbp"。

程序代码如下：

```
Private Sub Form_Load()
    For i=0 To 5
        Pic(i).Visible=False
    Next i
End Sub
Private Sub P1_DragDrop(Source As Control, X As Single, Y As Single)
    For i=0 To 5
        If Pic(i).Visible=False Then
            Pic(i).Picture=P2.Picture
            Pic(i).Visible=True
            Exit For
        End If
    Next i
End Sub
```

2. DragOver 事件

触发：用于图标的移动。当拖动对象越过一个控件时，产生 DragOver 事件。

格式：

```
Private Sub Form_DragOver(Source As Control, X As Single, Y As Single, _
State As Integer)

End Sub
```

说明：

① Source 参数的含义同前面。

② X、Y 是拖动时鼠标光标的坐标位置。

③ State 参数是一个整数值，可以取以下 3 个值：

0——鼠标光标正进入目标对象的区域；

1——鼠标光标正退出目标对象的区域；

2——鼠标光标正位于目标对象的区域之内。

【例 8.17】测试 State 参数。在窗体上画一个命令按钮，名称为 C1，标题为"源对象"，DragMode

属性为 1；再画一个图片框，名称为 P1，如图 8-13 所示。当拖动对象 C1 越过图片框 P1 时，如果鼠标光标正进入目标对象，则在窗体上输出"鼠标光标正进入目标对象的区域"；如果鼠标光标正位于目标对象区域之内移动，则在窗体上输出"鼠标光标正位于目标对象的区域之内"；如果鼠标光标正退出目标对象的区域，则在窗体上输出"鼠标光标正退出目标对象的区域"。

注意：存盘时必须保存在"E:\VB\第八章"文件夹下，窗体文件名为"DragOver_State.frm"，工程文件名为"DragOver_State.vbp"。

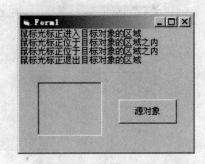

图 8-13　测试 State 参数

程序代码如下：

```
Private Sub P1_DragOver(Source As Control, X As Single, Y As Single, _
State As Integer)
    Select Case State
      Case 0
        Print "鼠标光标正进入目标对象的区域"
      Case 1
        Print "鼠标光标正退出目标对象的区域"
      Case 2
        Print "鼠标光标正位于目标对象的区域之内"
    End Select
End Sub
```

8.4.3　与拖放有关的方法

与拖放有关的方法有 Move 和 Drag。Move 方法前面已经讲过，这里将不再重复。下面介绍 Drag 方法。

Drag 方法的格式如下：

控件.Drag　整数

说明：不管控件的 DragMode 属性如何设置，都可以用 Drag 方法来人工地启动或停止一个拖放过程。"整数"的取值为 0、1、2，其含义分别为：

0——取消指定控件的拖放；

1——当 Drag 方法出现在控件的事件过程中时，允许拖放指定的控件；

2——结束控件的拖放，并发出一个 DragDrop 事件。

注意：实现手动拖放时，必须利用 Drag 方法结合 MouseDown 事件和 MouseUp 事件来完成。

【例 8.18】模仿回收站效果（见图 8-14 和图 8-15）。

图 8-14　运行前

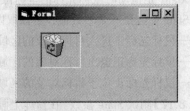

图 8-15　运行后

　　注意： 存盘时必须保存在 "E:\VB\第八章" 文件夹下，窗体文件名为 "DragOver_Rec.frm"，工程文件名为 "DragOver_Rec.vbp"。

程序代码如下：

```
Private Sub Picture1_DragDrop(Source As Control, X As Single, Y As Single)
    Source.Visible=False
    Picture1.Picture=LoadPicture("RECYFULL.ICO")
End Sub
Private Sub Picture1_DragOver(Source As Control, X As Single, _
Y As Single, State As Integer)
    If State=2 Then
        Picture1.Picture=LoadPicture("RECYFULL.ICO")
    Else
        Picture1.Picture=LoadPicture("Waste.ICO")
    End If
End Sub
Private Sub Picture2_MouseDown(Button As Integer, Shift As Integer, _
X As Single, Y As Single)
    Picture2.Drag 1
End Sub
Private Sub Picture2_MouseUp(Button As Integer, Shift As Integer, _
X As Single, Y As Single)
    Picture2.Drag 0
End Sub
```

想一想

① 下面说法不正确的是（　　　）。

　　A. 所谓拖放，就是用鼠标将对象从屏幕上的一个地方 "拖" 到另一个地方再放下

　　B. 在拖放过程中，移动的是对象本身

　　C. 拖放有关的属性有 DragIcon

　　D. 将对象拖到目标后释放鼠标，将触发 DragDrop 事件

② 将一个控件的 DragMode 属性设为 1（自动方式）时，该对象不再响应下列（　　　）事件。

　　A. MosueDown　　　B. Activate　　　　　C. GetFocus　　　　　D. LoseFocus

③ 要改变在拖放控件时控件的显示状况，则要设置以下（　　　）属性。

　　A. MouseIcon　　　B. Picture　　　　　C. DragIcon　　　　　D. DragMode

④ 要在属性窗口设置对象的 DragIcon 属性，设置方式是（　　　）。

　　A. 在属性窗口中直接输入新的属性值　　　B. 利用对话框设置

　　C. 使用函数 LoadPicture 设置　　　　　D. 通过下拉列表选择输入

⑤ 下面属性与拖放无关的是（　　　）。

　　A. DragMode　　　B. DragDrop　　　　　C. Style　　　　　　D. MouseMove

⑥ 以下属性和事件中，与控件的拖放无关的为（　　　）。

　　A. DragMode 属性　　　　　　　　　　　B. DragDrop 事件

　　C. Style 属性　　　　　　　　　　　　　D. MouseMove 事件

⑦ 在 DragDrop 与 DragOver 事件的参数中，Source 参数的数据类型为（　　　）。

　　A. 字符串（String）B. 窗体（Form）　　　C. 控件（Control）　　D. 整型（Integer）

⑧ 假如判断 DragOver 事件的参数 State 为 1，表明（　　）。

 A. 鼠标光标正在进入目标对象的区域 B. 鼠标光标已经离开目标对象的区域

 C. 鼠标在目标对象的区域中   D. 鼠标正在退出目标对象的区域

⑨ 对于以下语句：

```
Command1.Drag 2
```

其作用为（　　）。

 A. 取消控件的拖放   B. 允许拖放指定控件

 C. 结束拖放，并发出 DragDrop 事件 D. 拖放失败

本 章 小 结

  本章主要介绍了有关键盘和鼠标的相关属性和事件。要求大家掌握键盘和鼠标事件的参数，在实际应用中能正确使用它们的属性和事件。下一章我们将介绍有关文件的基本操作。

习 题 八

一、选择题

1. 以下叙述中错误的是（　　）。

 A. 在 KeyUp 和 KeyDown 事件过程中，从键盘上输入 A 或 a 被视作相同的字母（即具有相同的 KeyCode）

 B. 在 KeyUp 和 KeyDown 事件过程中，将键盘上的 "1" 和右侧小键盘上的 "1" 视作不同的数字（具有不同的 KeyCode）

 C. KeyPress 事件中不能识别键盘上某个键的按下与释放

 D. KeyPress 事件中可以识别键盘上某个键的按下与释放

2. 在窗体上画一个名称为 TxtA 的文本框，然后编写如下的事件过程：

```
Private Sub Txta_KeyPress(keyascii as integer)

End Sub
```

若焦点位于文本框中，则能够触发 KeyPress 事件的操作是（　　）。

 A. 单击鼠标   B. 双击文本框

 C. 鼠标滑过文本框   D. 按下键盘上的某个键

3. 窗体的 MouseDown 事件过程

```
Private Sub Form_MouseDown (Button As Integer, Shift As Integer, X As Single,
Y As Single)
End Sub
```

有 4 个参数，关于这些参数，描述正确的是（　　）。

 A. 通过 Button 参数判定当前按下的是哪一个鼠标键

 B. Shift 参数只能用来确定是否按下【Shift】键

 C. Shift 参数只能用来确定是否按下【Alt】和【Ctrl】键

 D. 参数 x、y 用来设置鼠标当前位置的坐标

4. 在窗体上画一个名称为 Text1 的文本框，并编写如下程序：

```
Private Sub Form_Load()
    Show
    Text1.Text=""
    Text1.SetFocus
End Sub
Private Sub Form_MouseUp(Button As Integer, Shift As Integer, X As Single, Y
As Single)
    Print "程序设计"
End Sub
Private Sub Text1_KeyDown(KeyCode As Integer, Shift As Integer)
    Print "Visual Basic";
End Sub
```

程序运行后，如果按【A】键，然后单击窗体，则在窗体上显示的内容是（　　　）。

A．Visual Basic 　　　B．程序设计 　　　C．A 程序设计 　　　D．Visual Basic 程序设计

二、填空题

1. 为了让对象获得键盘事件，该对象必须首先获得_____。

2. 在 KeyPress 事件过程的声明中，如果包含 Index as Integer ，则声明该事件用于_____。

3. 在执行 KeyPress 事件过程中，KeyAscii 表示所按键的_____值，而 KeyCode 表示_____。

4. 在 KeyDown 事件过程中，当参数 Shift 为 7 时，表示按下了_____键。

5. 以下代码实现了对一个文本框的输入只允许输入大写字母（假定 txtTest1 是一个文本框的名字），请将空白处的语句补充完整。

```
Private Sub Text1_keypress(keyAscii As Integer)
    If keyAscii < 65 Or keyAscii > 65 +_____Then
        _____
    End If
End Sub
```

6. 在窗体上加一个文本框 Text1，编写如下代码：

```
Private Sub Text1_KeyDown(KeyCode As Integer, Shift As Integer)
    Print Chr (KeyCode + 5) & KeyCode
End Sub
```

程序运行时，在文本框中输入 abc，则在窗体上输出为_____。

7. 下面程序的功能是：当文本框 Text1 获得焦点时，如果按下功能键【F4】（在 VB 中，【F4】键的常量是 vbKeyF4），程序将结束，请将程序补充完整。

```
Private Sub Text1_KeyDown (KeyCode As Integer, Shift As Integer)
    If _____Then
        End
    End If
End Sub
```

8. 把窗体的 KeyPreview 属性设置为 True，然后编写如下两个事件过程：

```
Private Sub Form_KeyDown(KeyCode As Integer, Shift As Integer)
    Print Chr(KeyCode)
End Sub
Private Sub Form_KeyPress(KeyAscii As Integer)w
    Print Chr(KeyAscii)
End Sub
```

程序运行后，如果直接按键盘上的【A】键（即不按住【Shift】键），则在窗体上输出的字符分别是_____和_____。

9. 在对象的 MouseDown 和 MouseUp 事件过程中，当参数 Button 的值为 1、2、4 时，分别代表按下鼠标的_____、_____和_____按钮。

10. 窗体上没有任何其他控件，下面的程序运行时，按【Shift】键和【2】（其上档键为@），则窗体上最后一行的输出为_____。
```
Private Sub Form_MouseDown(KeyCode As Integer, Shift As Integer)
    Print KeyCode , Chr(keyCode)
End Sub
```

11. 在窗体上绘制一个文本框 Text1 和一个命令按钮 Command1，且文本框中为空，编写如下事件的过程：
```
Private Sub Command1_Click()
    Text1=Text1+"Command1"
End Sub
Private Sub Command1_MouseUp(Button As Integer,Shift As Integer,X As Single,Y As Single)
    Text1.Text=Text1+ "ok"
End Sub
```
程序运行时单击按钮 Command1，则输出为_____。

12. 为自定义鼠标光标，需要将_____属性设置为_____，然后将属性设置为图标文件。

13. 为了将 C 盘下的图标文件 "abc" 设置为鼠标移动到命令按钮 Command1 上时鼠标所具有的形状，如果在设计时没有进行设置，则在程序代码中应该体现，阅读以下程序并补充完整。
```
Private Sub_____MouseMove(Button As Integer,Shift As Integer,X As Single,Y As Single)
    Command1._____=LoadPicture("_____")
    Command1._____=
End Sub
```

14. 在 Windows 的拖放过程中，通常将原来的位置的对象称为_____，而拖动之后放下的位置称为_____。

15. 为了执行自动拖放，必须把 DragMode 属性设置为_____；为了执行手动拖放，必须把 DragMode 属性设置为_____。

16. 控件被拖动时，显示的图标是由控件的_____属性决定的。

17. 当源对象被拖放到目标对象上方，在目标对象上将引发_____事件，释放时又会引发_____事件。

18. 在窗体上绘制三个名为 Picture1、Picture2 和 Picture3 的图片框，将 Picture1 的 Dragmode 属性设置为 1，DragIco 属性设置为 c:\abc.ico，在程序代码中将 Picture1 的 DragIco 属性设置的图标装入图片框 Picture3 中，拖放 Picture1，当它进入 Picture2 时，拖放图标显示为 c:\abc.ico，当离开 Picture2 时，拖放图标恢复原状。阅读程序并补充完整。
```
Private Sub Form_load()
    Picture3.Picture=_____
End Sub
Private Sub Picture2_DragOver(Source As Control, X As Single,Y As Single,State As Integer)
  If State=0 Then
    Source.DragIcon=_____
```

```
    End If
    If State=1 Then
        Source.DragIcon=_____
    End If
End Sub
```

三、编程题

1. 在窗体上画一个文本框，名称为 T1，无初始内容；再画一个列表框，名称为 L1，如图 8-16 所示。程序运行后，在文本框中输入一个字符串，当按下【Enter】键时，则将文本框中的内容添加到列表框中，同时清除文本框中的内容，焦点位于文本框上。

注意：存盘时必须保存在 "E:\VB\第八章" 文件夹下，窗体文件名为 Sjt1.frm，工程文件名为 Sjt1.vbp。

2. 在窗体上画一个列表框（名称为 List1）和一个文本框（名称为 Text1），如图 8-17 所示。编写窗体的 MouseDown 事件过程。程序运行后，如果用鼠标左键单击窗体，则从键盘上输入要添加到列表框中的项目（内容任意，不少于三个）；如果用鼠标右键单击窗体，则从键盘上输入要删除的项目，将其从列表框中删除。下面已给出部分程序，请把它补充完整。

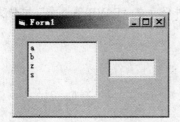
图 8-16　键盘事件练习

图 8-17　鼠标事件练习

要求：去掉程序中的注释符，把程序中的？改为适当的内容，使其正确运行，但不能修改程序中的其他部分。最后把修改后的文件保存在 "E:\VB\第八章" 文件夹下，窗体文件名为 Sjt2.frm，工程文件名为 Sjt2.vbp。

部分程序代码如下：

```
Private Sub Form_MouseDown(Button As Integer, _
    Shift As Integer, X As Single, Y As Single)
    If Button=1 Then
        Text1.Text=InputBox("请输入要添加的项目")
        'List1.AddItem ?
    End If
    If Button=2 Then
        Text1.Text=InputBox("请输入要删除的项目")
        'For i=0 To ?
            'If List1.List(i)=? Then
                'List1.RemoveItem ?
            End If
        Next i
    End If
End Sub
```

3. 窗体左边的图片名称为 Picture1，图片框还有六个小图片框，它们是一个数组，名称为 Pic，在窗体右边从上到下有三个显示不同物品的图片框，名称分别为 Picture2、Picture3、Picture4，无边框，不可见；还有一个文本框，名称为 Text1，无初始内容；四个标签，名称为 Label1、Label2、Label3、Label4，标题为"钢笔：25 元/支"、"笔记本：3 元/本"、"铅笔：1 元/支"、"总价:"，如图 8-18 所示。程序运行时，可以用鼠标拖动的方法把右边的物品放到左边的图片框中（右边的物品不动），同时把该物品的价格累加到 Text1 中，最多可放六个物品。

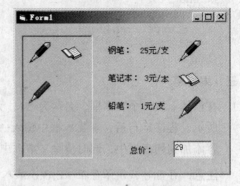

图 8-18　拖放事件练习

实现此功能的方法是：程序刚运行时，Picture1 中的图片框数组不显示，当拖动一次物品时，就显示一个图片框数组元素，并在该图片框数组元素中加载相应的图片，产生物品被放入的效果。

要求： 已给出了部分程序，但程序不完整，请去掉程序中的注释符，把程序中的 ? 改为正确的内容。不得修改已经存在的内容，最后把文件保存在"E:\VB\第八章"文件夹下，窗体文件名为 Sjt3.frm，工程文件名为 Sjt3.vbp。

部分程序代码如下：
```
Dim str As String, a As Integer
Private Sub Picture1_DragDrop(Source As Control, X As Single, Y As Single)
    Dim k As Integer
    str=""
'   Select Case  ? .Name
    Case "Picture2"
        str="t2.ico"
        a=25
    Case "Picture3"
        str="t3.ico"
        a=3
    Case "Picture4"
        str="t4.ico"
        a=1
    End Select
'   For k=0 To ?
'       If Pic(k).Visible=? Then
        Pic(k).Picture=LoadPicture(str)
        Pic(k).BorderStyle=0
'       Pic(k). ?=True
'       Text1=Text1 + ?
        Exit For
    End If
    Next k
End Sub
```

第 9 章
数 据 文 件

知识点

- 顺序文件的读/写操作
- 随机文件的读/写操作
- 文件系统控件的使用

重点

- 文件的打开
- 顺序文件的读/写操作
- 随机文件的读/写操作
- 文件系统控件

本章知识结构图

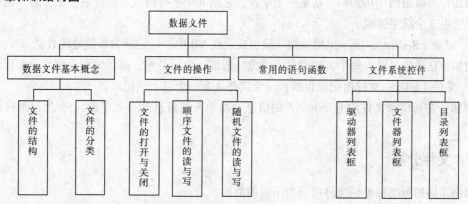

VB 的输入/输出既可以在标准输入/输出设备上进行，也可以在其他外部设备诸如磁盘、磁带等后备存储器上进行。由于后备存储器上的数据是由文件构成的，因此非标准的输入/输出通常称为文件处理。在目前微机系统中，除终端外，使用最广泛的输入/输出设备就是磁盘。本章主要介绍 VB 的文件处理功能及与文件系统有关的控件。

9.1　数据文件概念

各种计算机应用系统通常把一些相关信息组织起来保存在外存储器中（例如磁盘、磁带），称为文件，并用一个名字（称为文件名）加以标识。存储在计算机中的信息都是以文件的形式保存在计算机磁盘上的。这些文件通常分为程序文件和数据文件。数据文件的格式很多，常用的有文本文件、Word 文件、图形文件、动画文件、声音文件、网页文件等。

在程序设计中，文件是输出结果的常用手段。这是因为：

① 文件是使一个程序可以对不同的输入数据进行加工处理、产生相应大小的限制。

② 使用文件可以方便用户，提高上机效率。

③ 使用文件可以不受内存大小的限制，是不可缺少的。因此，文件是十分重要的，在某些情况下，不使用文件将很难解决所遇到的实际问题。

9.1.1　文件结构

为了有效地存取数据，数据必须以某种特定的方式存放，这种特定的方式称为文件结构。VB文件由记录组成，记录由字段组成，字段由字符组成。

① 字符（Character）：是构成文件的最基本单位。

a. 字符可以是数字、字母、特殊符号或单一字节。

b. "字符"一般指西文字符（半角字符），用一个字节存放。如果为汉字字符（全角字符），则通常用两个字节存放。

c. VB 6.0 支持双字节字符，当计算字符串长度时，一个西文字符和一个汉字都作为一个字符计算，但它们所占的内存空间是不一样的。

例如：字符串"VB 程序设计"的长度为 6，而所占的字节数为 10。

② 字段（Field）：也称域。字段由若干个字符组成，用来表示一项数据。

例如：邮政编码"100084"就是一个字段，它由 6 个字符组成。而姓名"王大力"也是一个字段，它由 3 个汉字组成。

③ 记录（Record）：由一组相关的字段组成。在 VB 中，以记录为单位处理数据。

例如：在通信录中，每个人的姓名、单位、地址、电话号码、邮政编码等构成一个记录。

④ 文件（File）：文件由记录组成，一个文件含有一个以上的记录。

例如：在通信录文件中有 50 个人的信息，每个人的信息是一个记录，50 个记录构成一个文件。

9.1.2　文件分类

根据不同的分类标准，文件可分为不同的类型。

（1）根据数据性质，文件可分为程序文件和数据文件。

① 程序文件：这种文件是可以由计算机执行的程序，包括源文件和可执行文件。在 VB 中，扩展名为.exe、.frm、.vbp、.vbg、.bas、.cls 等的文件都是程序文件。

② 数据文件：用来存放普通的数据。这类数据必须通过程序来存取和管理。

（2）根据数据的存取方式和结构，文件可分为顺序文件和随机文件。

① 顺序文件的结构比较简单，文件中的记录一个接一个，按顺序排列。读/写都是按顺序，记录长短不一，以"换行"字符为分隔符号（Chr(13)+Chr(10)）。

说明：

a. 只知道第一个记录的存放位置，其他记录的位置无从知道。

b. 当要查找某个数据时，只能从文件头开始，一个记录一个记录地顺序读取，直到找到要查找的记录为止。

c. 顺序文件的组织比较简单，只要把数据记录一个接一个地写到文件中即可。

d. 维护困难，为了修改文件中的某个记录，必须把整个文件读入内存，修改完成后再重新写入磁盘。顺序文件不能灵活地存取和增减数据，因而适用于有一定规律且不经常修改的数据。

e. 其主要优点是占空间少，容易使用。

② 随机存取文件：又称直接存取文件，简称随机文件或直接文件。由固定长度的记录顺序排列而成，每个记录可由多个数据项组成。记录是最小的读/写单位。由于它定长，所以可直接定位在任意一个记录上进行读/写，便于查询和修改。

说明：

a. 随机文件的每个记录都有一个记录号，可以根据需要直接访问文件中的每个记录。

b. 在读/写数据时，只要指定记录号，就可以对数据直接读取或写入指定位置。

c. 在随机文件中，可以同时进行读/写操作，因而能快速地查找和修改每个记录，不必为修改某个记录而对整个文件进行读/写操作。

d. 随机文件的优点是数据的存取较为灵活、方便，速度较快，容易修改。主要缺点是占空间较大，数据组织较复杂。

（3）根据数据的编码方式，文件可以分为 ASCII 文件和二进制文件。

① ASCII 文件：又称为文本文件，它以 ASCII 方式保存文件。这种文件可以用字处理软件建立和修改。

② 二进制文件：以二进制方式保存的文件，其占空间较小。二进制文件不能用普通的字处理软件编辑。二进制文件被看做是字节的顺序排列，没有任何附加结构和附加描述，以字节为最小定位单位，可以从文件中任何一个字节处开始读/写。如果知道文件中数据的组织结构，则任何文件都可以当作二进制文件来处理使用。

VB 中文件是根据其处理方式进行分类的，分为顺序文件、随机文件、二进制文件。文件是记录的集合，VB 提供了三种访问模式：

a. 顺序访问模式：顺序文件，记录可长可短。

b. 随机访问模式：随机文件，记录的长度相同。

c. 二进制访问模式：二进制文件（可认为记录长度为 1）。

9.2　文件的基本操作

文件的基本操作是指 VB 三种类型文件通用的操作，包括打开、关闭及读/写。

9.2.1 文件的打开与关闭

1. 文件的打开（建立）

打开文件时计算机执行的操作包括：

① 说明文件在什么地方，叫什么名字，并指定文件的处理方式，统称为指定文件的属性；

② 为读/写该文件做一些准备工作，其中最重要的是为每一个文件在内存中建立一个输入/输出缓冲区。

VB 中使用 Open 语句来执行文件打开操作。

格式：Open 文件说明[For 方式][Access 存取类型][锁定]As[#]文件号[Len=记录长度]

功能：为文件的输入/输出分配缓冲区，并确定缓冲区所使用的存取方式。

说明：

① "文件说明"是必须要有的，为字符串表达式。指定文件名，还可包括目录、文件夹及驱动器。

② 方式：指定文件的输入/输出方式，可以是下述操作之一。

Output：指定顺序输出方式；

Input：指定顺序输入方式；

Append：指定顺序输出方式。与 Output 不同的是，当用该方式打开文件时，文件指针被定位在文件末尾。如果对文件执行写操作，则写入的数据附加到原来文件的后面。

Random：指定随机存取方式，也是默认方式。在 Random 方式中，如果没有 Access 子句，则在执行 Open 语句时，VB 试图按下列顺序打开文件。

a. 读/写；b. 只读；c. 只写。

Binary：指定二进制方式文件。在这种方式中，可以用 Get 和 Put 语句对文件中任何字节位置的数据进行读/写。方式是可选的，如果省略，则为随机存取方式。

③ 存取类型：放在关键字 Access 之后，用来指定访问文件的类型，可以是下列类型。

Read：只读文件；

Write：只写文件；

Read Write：读/写文件。这种类型只对随机文件、二进制文件及用 Append 方式打开的文件有效。

"存取类型"指出了在打开的文件中所进行的操作。如果要打开的文件已由其他过程打开，则不允许指定存取类型，否则打开失败，并产生错误信息。

④ 锁定：该子句只在多用户或多进程环境中使用，用来限制其他用户或其他进程对打开的文件进行读/写操作，锁定类型包括以下项。

默认（Lock Read Write）：如果不指定锁定类型，则本进程可以多次打开文件进行读/写；在文件打开期间，其他进程不能对文件执行读/写操作。

Lock Shared：任何计算机上的任何进程都可以对该文件进行读/写操作。

Lock Read：不允许其他进程读该文件。只有在没有其他 Read 存取类型的进程访问该文件时，才允许这种锁定。

Lock Write：不允许其他进程写该文件。

Lock Read Write：不允许其他进程读/写这个文件。

⑤ 文件号：是一个整型表达式，其值在 1～511。在执行 Open 语句时，打开的文件号与一个具体的文件相关联，其他输入/输出语句或函数通过文件号与文件发生关系。

⑥ 记录长度：是一个整型表达式，当选择该参量时，为随机存取文件设置记录长度。"记录长度"的值不能超过 32 767 字节。对于二进制文件，将忽略 Len 子句。

功能说明：

a. 对文件做任何输入/输出操作之前都必须先用 Open 语句打开文件。Open 语句分配一个缓冲区供文件进行输入/输出，并决定缓冲区所使用的访问方式。

b. 如果文件名指定的文件不存在，那么在用 Append、Binary、Output 或 Random 方式打开文件时，会自动建立这一文件。

c. 如果文件已由其他进程打开，而且不允许所指定的访问类型，则 Open 操作失败，产生错误信息。

d. 如果访问方式是 Binary，则 Len 子句会被忽略掉。

注意：在 Binary、Input 和 Random 方式下可以用不同的文件号打开同一文件，而不必先将该文件关闭。在 Append 和 Output 方式下，如果要用不同的文件号打开同一文件，则必须在打开文件之前先关闭该文件。

【例 9.1】例在 C 盘根目录下建立一个新的名为 TEMP.DAT 的顺序文件，用 1 作为文件号。

```
Open " C:\TEMP.DAT " For Output As #1
```

【例 9.2】打开在 C:\VBTMP 目录下的一个名为 TST.TXT 的顺序文件用来读，用 15 作为文件号。

```
Open "C:\VBTMP\TST.TXT"  For Input As #15
```

【例 9.3】打开在 D:\ABC 目录下的一个名为 TEST 的顺序文件，要在文件后添加新内容，用 3 作为文件号。

```
Open "D:\ABC\TEST"  For Append As #3
```

【例 9.4】打开在 C:\GAME 目录下的一个名为 PCHE 的随机文件（记录文件），记录长度为 30Byte，用 12 作为文件号。

```
Open "C:\GAME\PCHE"  As #12  Len=30
```

2．文件的关闭

格式：Close [[#]文件号][,[#]文件号]…

作用：Close 语句用来结束文件的输入/输出操作。

说明：

① Close 语句用来关闭文件，它是在打开文件之后进行的操作。

② Close 语句中的"文件号"是可选的。如果指定了文件号，则把指定的文件关闭；如果不指定文件号，则把所有打开的文件全部关闭。

③ 除了用 Close 语句外，在程序结束时将自动关闭所有打开的数据文件。

④ Close 语句使 VB 结束对文件的使用，它的操作十分简单，但绝不是可有可无的。这是因为，磁盘文件同内存之间的信息交换是通过缓冲区进行的。如果关闭的是为了顺序输出而打开的文件，则缓冲区中最后的内容将被写入文件中。当打开的文件或设备正在输出时，执行该语句后，不会使输出信息的操作中断。如果不使用该语句关闭文件，则可能使某些需要写入的数据不能从内存（缓冲区）送入文件中。

3．文件的基本操作

文件打开以后，自动生成一个（隐形的）文件指针，文件的读或写从文件指针所指的位置开始。图 9-1 所示为文件指针示意图。

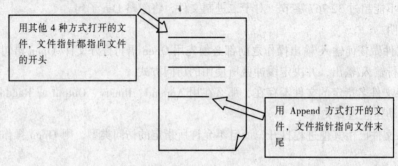

用其他 4 种方式打开的文件，文件指针都指向文件的开头

用 Append 方式打开的文件，文件指针指向文件末尾

图 9-1　文件指针

（1）Seek 函数

格式：Seek(文件号)

类型：长整型。

功能：返回下一个读或写操作的起始位置。

说明：文件号为整数，在 1～255 之间，由 Open 语句分配给文件。

（2）EOF（End Of File）函数

格式：EOF(文件号)

类型：逻辑型。

功能：读文件时，对于顺序文件，当文件指针指着文件尾时返回 True（真），否则返回 False（假）；对于随机文件或二进制文件,当 Get 语句读不到一个完整的记录时返回 True,否则返回 False。

（3）LOF（Length Of File）函数

格式：LOF(文件号)

类型：长整型。

功能：返回一个已打开文件（由文件号标识）的所含字节数。

（4）FreeFile 函数

格式：FreeFile[()]

类型：整型

功能：得到一个在程序中没有使用的文件号。当程序打开的文件较多时，特别是当在通用过程中使用文件时，用这个函数可以避免使用其他 Sub 过程或 Function 过程中正在使用的文件号。利用这个函数可以把未使用的文件号赋给一个变量，用这个变量作文件号，不必知道具体的文件号是多少。

【例 9.5】用 FreeFile 函数获取一个文件号。

```
Private Sub Form_Click()
    FileName$=InputBox("请输入要打开的文件名")
    Filenum=FreeFile
    Open FileName$ For Output As filenum
    Print FileName$; "opened as file#"; filenum
```

```
    Close #filenum
End Sub
```

（5）Loc 函数

格式：Loc(文件号)

功能：返回由"文件号"指定的文件的当前读/写位置，格式中的"文件号"是在 Open 语句中使用的文件号。

说明：在顺序文件和随机文件中，Loc 函数返回的都是数值，但它们的意义是不一样的。对于随机文件，只有知道了记录号，才能确定文件中的读/写位置；而对于顺序文件，只要知道已经读/写的记录个数，就能确定该文件当前的读/写位置。

9.2.2 顺序文件

在顺序文件中，记录的逻辑顺序与存储顺序一致对文件的读/写操作只能一个记录一个记录的顺序进行。

1. 顺序访问模式-写文件

数据文件的写操作分为三步，即打开文件、写入文件和关闭文件。其中打开文件和关闭文件分别由 Open 和 Close 语句来实现，写入文件由 Print #或 Write #语句来完成。图 9-2 所示为顺序写文件过程示意图。

图 9-2　顺序写文件过程

（1）Print #语句

格式：Print #文件号,[[Spc(n)|Tab(n)][表达式表][;|,]]

功能：把数据写入文件中。

【例 9.6】保存文本框 Text1 到文件 TEST.DAT。

方法 1：
```
Open "TEST.DAT" For Output As #1
    Print #1, Text1                  '一次性地写入文件
Close #1
```
方法 2：
```
Open "TEST.DAT" For Output As #1
    For i=1 To len(Text1)
        Print #1,Mid(Text1, i, 1);    '按字符写入文件
    Next i
Close #1
```
说明：

① Print#语句和 Print 方法的功能是类似的。前者所"写"的对象是窗体、打印机或控件。而后者所"写"的对象是文件。

② 格式中的"表达式表"可以省略。在这种情况下，将向文件中写入一个空行。
```
Print #1
```
③ 和 Print 方法相同，Print#语句中的各数据项之间可以用分号隔开，也可以用逗号隔开，分别对应紧凑格式和标准格式。

例如：
```
a="china": b="italy": c="france"
Print #1, a; b; c
```
执行以后，写到磁盘上的信息为：
```
chinaitalyfrance
```
如果希望这些字符中间有标点符号，可以改为：
```
Print #1, a; ","; b; ","; c
```
执行以后，写到磁盘上的信息为：
```
china,italy,france
```
但是如果字符串本身含有符号，如分号和有意义的前后空格及回车或换行符，则须用双引号（ASCII 码 34）作为分隔号，把字符串放在双引号中写入磁盘。可以这样写：
```
Print #1, Chr(34); a; Chr(34); ","; Chr(34); b; Chr(34)
```
执行以后，写到磁盘上的信息为：
```
"China","italy"
```
④ 实际上，Print #语句的任务只是将数据送到缓冲区，数据由缓冲区写到磁盘文件的操作是由文件系统来完成的。对于用户来说，可以理解为由 Print #语句直接将数据写入磁盘文件。但是，执行 Print #语句后，并不是立即把缓冲区中的内容写入磁盘，只有在满足下列条件之一时才写入磁盘：

- 关闭文件；
- 缓冲区已满；
- 缓冲区未满，但执行下一个 Print #语句向文件中写入数据。

【例 9.7】编写程序，用 Print #语句向文件中写入数据。
```
Private Sub Form_Click()
    Open "c:\DAT.dat" For Output As #1
    tpname$=InputBox$("请输入姓名;", "数据输入")
    tpnum$=InputBox$("请输入学号;", "数据输入")
    tpcj$=InputBox("请输入中考成绩;", "数据输入")
    Print #1, tpname$, tpnum$, tpcj$
    Close #1
End Sub
```
（2）Write #语句

格式：Write #文件号, [输出列表]

功能：和 Print #语句一样，Write #语句可以把数据写入顺序文件中。

说明：当使用 Write #语句时，文件必须以 Output 或 Append 方式打开。"输出列表"中的各项以逗号分开。

Write #语句与 Print #语句的主要区别：

① 当用 Write #语句向文件写数据时，数据在磁盘上以紧凑格式存放，能自动地在数据项之间插入逗号，并给字符串加上双引号。一旦最后一项被写入，就插入新的一行。

② 用 Write #语句写入的正数的前面没有空格。

例如：利用 Write #语句把"One","Two",123 数据写入文件 C:\Text.txt。

```
Open "c:\text.txt" For Output As #1
    Write #1, "one", "two", 123
Close
```

执行完该操作以后，写到磁盘上的信息为：

```
"one","two",123
```

【例 9.8】在磁盘上建立一个电话号码文件，存放单位名称和该单位的电话号码。

```
Private Sub Form_Click()
    Open "C:\tel.dat" For Output As #1
    unit$=InputBox$("Enter unit:")
    While UCase(unit$) < > ""
    tel$=InputBox$("Telephone number:")
    Write #1, unit$, tel$
    unit$=InputBox("enter unit")
    Wend
    Close #1
End Sub
```

如果需要向电话号码文件中续加新的电话号码，则须把操作方式由 Output 改为 Append。实际上，由于 Append 方式兼有建立文件的功能，因此最好一开始就使用它。

如果试图用 Write #语句把数据写到一个用 Lock 语句限定的顺序文件中去，则发生错误。

当把一个字符存入变量时，存储字段的变量的类型决定了该字段的开头和结尾。当把字段存入字符串变量时，下列字符标示该字符串的结尾。

- 双引号（"）：当字符串以双引号结尾时；
- 逗号（，）：当字符串不以双引号结尾时；
- 回车–换行：当字段位于记录的结束处时。

如果把字段写入一个数值变量，则下列字符号标示出该字符的结尾：

- 逗号；
- 一个或多个空格；
- 回车–换行。

【例 9.9】从键盘上输入 4 个学生的数据，然后把它们存放在磁盘文件中。学生的数据包括姓名、年龄、学号、性别，用一个记录类型来定义。

步骤如下：

① 在标准模块（工程/添加模块）中定义如下记录类型：

```
Private Type xs
    xsname As String * 10
    xsage As Integer
    xsnum As String * 10
    xsxb As Boolean
End Type
```

② 在窗体层输入如下代码：

```
Option Base 1
```

③ 编写如下的窗体事件过程：

```
Private Sub Form_Click()
    Static stud() As xs
    Open "c:\xsda1.txt" For Output As #1
    n=InputBox("enter number of student")
    ReDim stud(n) As xs
    For i=1 To n
      stud(i).xsname=InputBox("enter name")
      stud(i).xsage=InputBox("enter age")
      stud(i).xsnum=InputBox("enter number")
      stud(i).xsxb=InputBox("true or false")
      Write #1, stud(i).xsname,stud(i).xsage,stud(i).xsnum, stud(i).xsxb
    Next i
    Close #1
End Sub
```

程序运行后，在输入对话框中输入学生人数，即开始输入每个学生的数据，并用 Write #语句写入磁盘文件中，最后关闭文件，退出程序。

执行结果如下：

```
"张三        ",18,"200610    ",#TRUE#
"李四        ",19,"200612    ",#FALSE#
```

可以看出，由于是用 Write #执行写语句，文件中的各项之间用逗号隔开，字符串数据放在双引号中，布尔型的值带有 # 号。

关闭文件语句如下：

```
Close [[#]文件号][, [#]文件号]…
```

例如：

```
Close #1, #2, #3
```

2．顺序访问模式-读文件

读数据的操作由 Input #语句和 Line Input #语句来实现。

（1）Input #语句

格式：`Input #文件号,变量列表`

功能：把读出的每个数据项分别存放到所对应的变量中。

说明：

① "变量列表"由一个或多个变量组成，这些变量可以是数值变量，也可以是字符串变量或数组元素，从数据文件中读出的数据赋给这些变量。

② 在用 Input #语句把读出的数据赋给数值变量时，将忽略前导空格、回车或换行符，把遇到的第一个非空格、非回车和换行符作为数值的开始；遇到空格、回车或换行符则认为数值结束。

③ Input #与 InputBox 函数类似，但后者要求从键盘上输入数据，而前者要求从文件中输入数据，而且执行 Input #语句时不显示对话框。

④ Input #语句也可用于随机文件。

【例 9.10】在 C 盘根目录下有一个名为 DAT.txt 的文本文件，里面有如下一些数据：

```
20  30  72  95   "ASDF"
```

欲将这些数据读出，赋给几个变量，可执行操作如下：

```
Open "c:\dat.txt" For Input As #1
   Input #1, n, m
   Print n, m
Close #1
```

执行以后将在窗体上输出：

```
20             30
```

【例 9.11】在 D 盘根目录下有一个名为 text.txt 的文本文件，里面有如下一些数据：

```
one         two          three
```

执行如下操作：

```
Open "c:\text.txt" For Input As #1
   Input #1, a
   Print a
Close #1
```

在窗体上输出：

```
one         two          three
```

可以看出，读的如果是数值型数据时，一个数据为一个变量，如果读的是字符串数据时，一个变量可以表示整个数据。

【例 9.12】编写程序，对数值数据进行排序。

排序有很多方法，如二分法、冒泡法等。下面是用冒泡法对数据值数据排序，需要排序的数据放在一个数据文件中，名为 data1.txt，内容如下：

```
36
21 36 -25 98 14 78
32 -102 32 963 15 87
-41 63 27 85 -652 20
254 876 10 38 96 24
48 95 82 34 65 82
1 285 752 654 -482 -29
```

文件中一共有 37 个数据，其中第一个表示数据个数，实际参加排序的有 36 个数据，各数据之间用空格隔开，可以用任何字处理软件建立，如果用 Word 建立，则应保存为.txt 文件。程序如下：

在窗体层编写如下的代码：

```
Option Base 1
```

编写如下事件过程：

```
Private Sub Form_click()
  Static sort() As Integer
  Open "c:\data1.txt" For Input As #1
    Input #1, n
    ReDim sort(n)
    FontSize=15
    For i=1 To n
      Input #1, sort(i)
    Next i
      For i=n To 2 Step -1
        For j=1 To i-1
          If sort(j)>sort(j+1) Then
            c=sort(j)
```

```
                sort(j)=sort(j+1)
                sort(j+1)=c
            End If
        Next j
      Next i
  Close #1
  For i=1 To n
    Print sort(i);
    If i Mod 6 = 0 Then Print
  Next i
End Sub
```

该过程先定义了一个动态数组，然后打开数据文件读取第一个数据（36），并用它重新定义数组。此时文件指针位于第二个数据，用循环开始读取数据，分别放入数组中，然后对这 36 个数进行从小到大的排序，并输出排序结果，执行情况如图 9-3 所示。

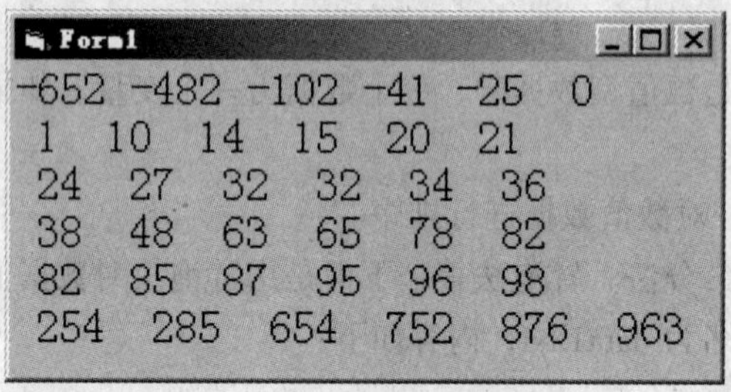

图 9-3　程序执行结果

（2）Line Input #语句

格式：`Line Input #文件号,字符串变量`

功能：读一行到变量中，主要用来读取文本文件。

说明：

① "字符串变量"是一个字符串简单变量名，也可以是一个字符串数组元素名，用来接收从顺序文件中读出的字符行。

② Line Input #语句与 Input #语句功能相类似。只是 Input #语句读取的是文件的数据项，而 Line Input #语句读的是文件中的一行。

③ Line Input #语句也可用于随机文件。

④ Line Input #语句常用来复制文本文件。

【例 9.13】把一个磁盘文件的内容读到内存并在文本框中显示出来。然后将该文本框中的内容存入另一个磁盘文件。

首先用字处理软件建立一个名为 sgtext1.txt 的文件，该文件放在 D 盘根目录下，内容如下：

无题

李商隐

相见时难别亦难，东风无力百花残。

春蚕到死丝方尽，蜡炬成灰泪始干。

晓镜但愁云鬓改，夜吟应觉月光寒。

蓬山此去无多路，青鸟殷勤为探看。

该文件有 6 行，输入时每行均以回车键结束。

在窗体上建立一个文本框，在属性窗口中把该文本框的 Multiline 属性设置为 True，然后编写如下的事件过程：

```
Private Sub Form_Click()
    Open "c:\sgtext1.txt" For Input As #1
    Text1.FontSize=14
    Do While Not EOF(1)
        Line Input #1, temp$
        whole=whole+temp+vbCrLf
    Loop
    Text1=whole
    Close #1
    Open "c:\sgtext2.txt" For Output As #1
        Print #1, Text1.Text
    Close #1
End Sub
```

执行以后的结果如图 9-4 所示。

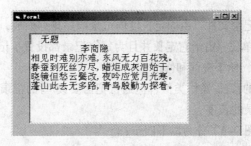

图 9-4　程序执行结果

（3）Input $ 函数

格式：Input$(读取字符数,#文件号)

功能：Input $ 函数返回从指定文件中读出的 n 个字符的字符串。也就是说，它可以从数据文件中读取指定数目的字符。

Input$ 函数执行所谓"二进制输入"，它把一个文件作为非格式的字符流来读取。如：它不把回车–换行序列看做是一次输入操作的结束标志。因此，当需要用程序从文件中读取单个字符时，或者用程序读取一个二进制的或非 ASCII 文件时，使用 Input$ 函数较为适宜。

3. 顺序访问模式-读文本文件

【例 9.14】读文本文件 Myfile.txt 到文本框 Text1。

方法 1：一行一行读。

```
Text1.Text=""
Open " Myfile.txt " For Input As #1
Do While Not EOF(1)
    Line Input #1, InputData
    Text1.Text=Text1.Text+InputData+vbCrLf
Loop
Close #1
```

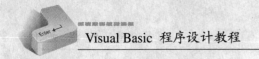

方法 2：一个一个字符读。

```
Dim InputData as String*1
Text1.Text=""
Open "Myfile.txt" For Input As #1
Do While Not EOF(1)
     InputData=Input$(1,#1)
     Text1.Text=Text1.Text+InputData
Loop
Close #1
```

方法 3：一次性读（不能用来读取含有汉字的文本文件）。

```
Text1.Text=""
Open "Myfile.txt" For Input As #1
Text1.Text=Input$( LOF(1), 1)
Close #1
```

9.2.3　随机访问模式

1．随机文件定义

随机存取文件又称为记录文件，由固定长度的记录顺序排列而成，每个记录可由多个数据项组成。记录是最小的读/写单位。由于它定长并且为每个记录都设置了记录号，所以可直接定位在任意一个记录上进行读/写，便于查询和修改。

随机文件和顺序文件的读/写操作类似，但通常把需要读/写的记录中的字段放在一个记录类型中，同时应指定每个记录的长度。

随机文件的操作（见图 9-5）分为以下四步：

① 定义数据类型；

② 打开随机文件；

③ 将内存中的数据写入磁盘；

④ 关闭文件。

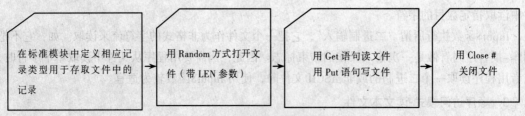

| 在标准模块中定义相应记录类型用于存取文件中的记录 | 用 Random 方式打开文件（带 LEN 参数） | 用 Get 语句读文件　用 Put 语句写文件 | 用 Close # 关闭文件 |

图 9-5　随机文件读/写过程

随机文件由固定长度的记录组成，每个记录含有若干个字段。记录中的每个字段可以放在一个记录类型中，记录类型用 Type…End Type 语句定义。Type…End Type 语句通常在标准模块中使用，如果放在窗体模块中，则应加上关键字 Private。

记录类型定义方法如下：

（1）在标准模块中定义

标准模块单独保存在以 .bas 为类型名的文件中。它是工程的组成文件。

（2）在窗体模块中定义

记录类型在窗体模块定义时，必须是私有的，即要加上关键字 Private。窗体模块定义的记录类型在窗体的通用部分及窗体各控件的事件过程内有效，它们都可以说明该记录类型的变量。记录类型定义的一般形式如下：

```
Type<类型标识符>
    <元素名 1>As<类型>
    <元素名 2>As<类型>
    …
    <元素名 n>As<类型>
End Type
```

2. 随机文件的操作

（1）打开随机文件

格式：`Open "文件名称"For Random As#文件号[Len=记录长度]`

说明："记录长度"等于各字段长度之和，以字符（字节）为单位。如果省略此项，则记录的默认长度为 128 字节。

（2）随机文件的写操作：Put 语句

格式：`Put [#]文件号,[记录号],变量`

功能：将一个记录变量的内容写到指定的记录位置处。忽略记录号，则表示在当前记录后的位置插入一条记录。

说明：

① "变量"是除对象变量和数组变量外的任何变量（包括含有单个数组元素的下标变量），Put 语句把"变量"的内容写入由"文件号"所指定的磁盘文件中。

② 记录号的范围为 $1\sim2^{31}-1$。对于用 Random 方式打开的文件，"记录号"是需要写入的编号。如果省略，则写到下一个记录位置，但是逗号不能省略。

③ 如果所写的数据的长度小于在 Open 语句的 Len 子句中所指定的长度，Put 语句仍然在记录的边界后写入后面的记录，当前记录的结尾和下一个记录开头之间的空间用文件缓冲区现有的内容填充。

④ 如果要写入的变量是一个变长字符串，则除写入变量外，该语句还写入两个字节的一个描述符。

⑤ 如果要写入的变量是一个可变数值类型变量，则除写入变量外，还要写入两个字节用来标记变体变量的 VarType。

⑥ 如果要写入的是字符串变体，则该语句要写入两个字节标记 VarType，两个字节标记字符串的长度。在这种情况下，由 Len 子句指定的记录长度至少应比字符串的实际长度多 4 个字节。

（3）随机文件的读操作：Get 语句

格式：`Get [#]文件号,[记录号],变量名`

功能：读出记录号指定的记录；忽略记录号，则读出当前记录后的那一条记录。

练一练

编写学生信息管理程序。追加记录按钮的功能是将一个学生的信息作为一条记录添加到随机文件末尾，显示记录按钮的功能是在窗体上显示指定的记录。

3. 随机文件中记录的删除和增加

（1）增加记录

在随机文件中增加记录，实际上是在文件的末尾附加记录。其方法是，先找到文件最后一个记录的记录号，然后把要增加的记录写到它的后面。

通用过程 File_Write 具有建立文件和增加记录的两种功能。也就是说，如果打开一个已经存在的文件，则写入的新记录将附加到该文件后面。

（2）删除记录

在随机文件中删除一个记录时，并不是真正删除记录，而是把下一个记录重写到要删除的记录的位置上，其后的所有记录依次前移。

下面通过一个例子说明随机文件的读/写操作和随机文件中记录的删除和增加。

【例 9.15】建立一个随机存放的工资文件，然后进行相应操作。

为了便于说明问题，使用如表 9-1 所示的简单的文件结构。

表 9-1　简单的文件结构

姓　名	单　位	年　龄	工　资
……	……	……	……

按以下步骤操作：

① 定义数据类型。

工资文件的每个记录含有 4 个字段，其长度及数据类型如表 9-2 所示。

表 9-2　字段的长度和数据类型

字　段	长　度	类　型
姓名（EmName）	10	字符串
单位（Unit）	15	字符串
年龄（Age）	2	整型数
工资（Salary）	4	单精度数

根据上面规定的字段长度和数据类型，定义记录类型，执行"工程"菜单中的"添加模块"命令，建立标准模块，在该模块中定义如下的记录类型：

```
Type Recordtype
    Emname As String * 10
    Unit As String * 15
    Age As Integer
    Salary As Single
End Type
```

定义了上述记录类型后，可以在窗体层定义该类型的变量：

```
Dim recordvar() As recordtype
```

② 打开文件，并指定记录长度。

从前面知道，要建立的随机文件的每个记录的长度为 10+15+2+4=31 个字节，由于随机文件的长度是固定的，因此应在打开文件时用 Len 子句指定记录长度（如果不指定，则记录长度默认为 128 个字节）。因此可以用下面的语句打开文件（记录的长度可以通过手工计算得到，也可以通过 Len 函数得到）：

```
记录的长度=Len(记录类型变量)
            =Len(Recordtype)
```

③ 从键盘上输入记录中的各个字段，对文件进行读/写操作。

④ 关闭文件。

以上是建立和读取工资文件的一般操作，在具体编写程序时，应设计好文件的结构。下面给出完整的程序。

在标准模块中定义下面的记录类型：

```
Type  Recordtype
    Emname As String * 10
    Unit As String * 15
    Age As Integer
    Salary As Single
End Type
```

在窗体层定义记录类型变量和其他变量：

```
Dim recordvar As recordtype
Dim positon As Integer
Dim recordnumber As Integer
```

编写如下通用过程，执行输入数据及写盘操作：

```
Sub file_write()
  Do
    recordvar.emname=inputbox("职工姓名: ")
    recordvar.unit=InputBox("所在单位: ")
    recordvar.age=InputBox("职工年龄")
    recordvar.salary=InputBox("职工工资: ")
    recordnumber=recordnumber + 1
    Put #1, , recordvar
    aspect=InputBox("More(Y/N)?")
  Loop Until UCase(aspect)="N"
End Sub
```

随机文件建立后，可以从文件中读取数据。从随机文件中读取数据有两种方法，一种是顺序读取，一种是通过记录号读取。由于顺序读取不能直接访问任意指定的记录，因而速度较慢。

编写如下通用过程，执行顺序读文件操作：

```
Sub file_read1()
    Cls
    FontSize=12
    For i=1 To recordnumber
      Get #1, i, recordvar
      Print recordvar.emname; recordvar.unit; recordvar.age; recordvar.salary,
      Loc(1)
    Next i
End Sub
```

该过程从前面建立的随机文件 Emploee.dat 中顺序地读出全部记录，从头到尾读取，并在窗体上显示出来。

随机文件的主要优点是可以通过记录号直接访问文件中任一记录，从而可以大大提高速度。在用 Put 语句向文件写记录时，就把记录号赋给了该记录。在读取文件时，通过把记录号放在 Get 语句中可能从随机文件取回一个记录。下面是通过记录号读取随机文件中任一记录的通用过程：

```
Sub file_read2()
Getmorerecords=True
Cls
FontSize=12
Do
  recordnum=InputBox("Enter record number for part you want to see(0 to end)")
  If recordnum > 0 And recordnum <= recordnumber Then
    Get #1, recordnum, recordvar
    Print recordvar.emname; "        "; recordvar.unit; "        ";
    Print recordvar.age; "        "; recordvar.salary; "        "; Loc(1)
    MsgBox "单击"确定"按钮继续"
  ElseIf recordnum=0 Then
    Getmorerecords=False
  Else
    MsgBox "input value out range:re-enter it"
  End If
Loop While Getmorerecords
End Sub
```

该过程在 Do…Loop 循环中要求输入要查找的记录号，如果输入的记录号在指定的范围内，则在窗体上输出相应记录的数据。当输入的记录号为 0 时结束程序，如果输入的记录号不在指定的范围内，则显示相应的信息，并要求重新输入。

删除记录的通用过程如下：

```
Sub Deleterec(position As Integer)
repeat:
  Get #1, positon + 1, recordvar
  If Loc(1) > recordnumber Then GoTo finish
  Put #1, positon, recordvar
  postion=postion + 1
  GoTo repeat
finish:
  recordnumber=recordnumber - 1
End Sub
```

上述过程用来删除文件中某个指定的记录，参数 Position 是要删除的记录的记录号。该过程用后面的记录覆盖前面要删除的记录，其后的记录依次前移。移动完成后，最后的记录号减 1。

上述四个通用过程分别用来建立随机文件，用顺序方式和通过记录号读取及删除文件记录，在下面的窗体事件过程中调用这三个过程。

```
Private Sub Form_Click()
Open "employee.dat" For Random As #1 Len=31
recordnumber=LOF(1) / Len(recordvar)
newline=Chr(13) + Chr(10)
msg="1.建立文件"
```

```
msg=msg + newline + "2.顺序方式读记录"
msg=msg + newline + "3.通过记录号读文件"
msg=msg + newline + "4.删除记录"
msg=msg + newline + "0.退出程序"
msg=msg + newline + newline + "    请输入数字选择: "
begin:
    resp=InputBox(msg)
    Select Case resp
      Case 0
        Close #1
        End
      Case 1
        file_write
      Case 2
        file_read1
        MsgBox "单击"确定"按钮继续"
      Case 3
        file_read2
      Case 4
        p=InputBox("输入记录号")
        Deleterec(p)
    End Select
    GoTo begin
End Sub
```

上述程序运行后，单击窗体，显示一个输入对话框（见图9-6）。输入相应的数字，即可调用相应的通用过程。该程序可以执行四种操作，即写文件、顺序读文件、通过记录号读文件和删除文件中指定的记录。

图9-6　程序执行结果

9.2.4　二进制访问模式

1．打开
Open 文件名 For Binary As #文件号

2．写操作
Put [#]文件号,[位置],变量名
写入长度等于变量长度的数据。

3．读操作
Get [#]文件号,[位置],变量名
从指定位置开始读出长度等于变量长度的数据存入变量中，数据读出后移动变量长度位置，如果忽略位置，则表示从文件指针所指的位置开始读出数据，数据读出后移动变量长度位置。

9.3 常用的文件操作语句

文件的基本操作指的是文件的删除、复制、移动、改名等。在 VB 中，可以通过相应的语句执行这些基本操作。常用文件操作语句如表 9-3 所示。

表 9-3 常用文件操作语句

语 句	格 式	功 能	说 明
FileCopy	FileCopy 源文件,目标文件	复制一个文件	FileCopy 语句不能复制一个已打开的文件
Kill	Kill 文件标识符	删除指定的文件，例：Kill "*.TXT"	这里的"文件名"可以含有路径；可以使用通配符"*"和"?"
Name	Name 原文件 As 新文件	重命名一个文件或目录	不能使用通配符"*"和"?"，不能对一个已打开的文件使用 Name 语句
ChDrive	ChDrive 驱动器符	改变当前驱动器	
MkDir	MkDir 目录路径	创建一个新的目录	
ChDir	ChDir 目录路径	改变当前目录	例如：ChDir "D:\TMP"
RmDir	RmDir 目录路径	删除一个存在的空目录	
CurDir	CurDir[(驱动器符)	确定驱动器的当前目录	

9.4 文件与系统控件

在 Windows 中，当打开或将数据存入磁盘时，通常要打开一个对话框。利用这些对话框可以指定文件、目录及驱动器名，方便地查看系统的磁盘、目录及文件等信息。为了建立这样的对话框，VB 提供了驱动器列表框（DriveListBox），目录列表框（DirListBox）和文件列表框（FileListBox）三种控件，如图 9-7 和图 9-8 所示。

（a）驱动器列表框　　　　　　　（b）目录列表框　　　　　　　（c）文件列表框

图 9-7 三种控件图标示例

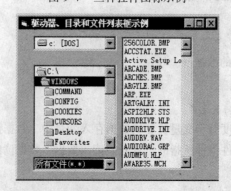

图 9-8 驱动器、目录、文件列表框示例

一些常用文件系统控件属性如表 9-4 和表 9-5 所示。

表 9-4　常用文件系统控件

属　　性	适用的控件	作　　用	示　　例
Drive	驱动器列表框	选定的驱动器名	Drive1.Drive ="C:　"
Path	目录和文件列表框	包含当前路径	Dir1.Path = "C:\WINDOWS"
FileName	文件列表框	选定的文件名	MsgBox File1.FileName
Pattern	文件列表框	显示的文件类型	File1.Pattern = "*.BMP"

注意：FileName 和 Pattern 属性能够在设计时设置，而 Drive 和 Path 属性只能在运行时设置，不能在设计状态设置。

表 9-5　常用文件系统控件事件

事　　件	适用的控件	事件的触发
Change	驱动器列表框 目录列表框	选择一个新的驱动器或改变 Drive 属性设置，双击一个新的目录或通过代码改变 Path 属性设置
PathChange	文件列表框	当文件列表框的 Path 属性改变时发生
PatternChange	文件列表框	当文件列表框的 Pattern 属性改变时发生
Click	目录和文件列表框	单击时发生
DblClick	文件列表框	双击时发生

【例 9.16】文件系统控件之间产生同步效果的程序。

```
Sub Drive1_Change()
    Dir1.Path=Drive1.Drive
End Sub
Sub Dir1_Change()
    File1.Path=Dir1.Path
End Sub
```

本 章 小 结

本章介绍了文件的处理以及与文件系统有关的控件，主要包括对顺序文件和随机文件的操作。在程序设计中，文件是十分有用而且是不可缺少的，因此，必须熟练掌握这部分内容。

习 题 九

一、选择题

1. 使用目录列表框的（　　　）属性可以返回或设置工作目录的完整路径。
   A．Drive　　　　　　B．Path　　　　　　C．Dir　　　　　　D．ListIndex
2. 在 VB 中按文件的访问方式不同，可以将文件分为（　　　）。
   A．顺序文件、随机文件和二进制文件　　　B．文本文件和数据文件
   C．数据文件和可执行文件　　　　　　　　D．ASCII 文件和二进制文件

3. 以下关于 VB 6.0 中打开文件的叙述错误的是（　　　　）。

　　A. VB 6.0 在引用文件之前必须将其打开

　　B. 用 Open 语句可以打开随机文件、二进制文件等

　　C. Open 语句的文件号是 1～511 之间的整数

　　D. 使用 for Append 参数不能建立新的文件

4. fileFiles、Pattern="*.dat"程序代码执行后，会显示（　　　　）。

　　A. 只包含扩展文件名为 "*.dat" 的文件　　　　B. 第一个 dat 文件

　　C. 包含所有的文件　　　　　　　　　　　　D. 会显示磁盘的路径

5. 文件是（　　　　）构成的数据集合。

　　A. 字段　　　　　　B. 字符　　　　　　　C. 记录　　　　　　　D. 汉字

6. 下面叙述中不正确的是（　　　　）。

　　A. 驱动器列表框是一种能显示系统中所有有效磁盘驱动器的列表框

　　B. 驱动器列表框的 Drive 属性只能在运行时被设置

　　C. 从驱动器列表框中选择驱动器能自动地变更系统当前的工作驱动器

　　D. 要改变系统当前的工作驱动器需要使用 ChDrive 语句

7. 按文件中数据的编码方式可分为（　　　　）。

　　A. 顺序文件和随机文件　　　　　　　　　　B. ASCII 码文件和二进制文件

　　C. 程序文件和数据文件　　　　　　　　　　D. 源文件和可执行文件

8. 如果准备读文件，打开顺序文件 text.dat 的正确语句是（　　　　）。

　　A. Open"text.dat"For Write As #1　　　　B. Open"text.dat"For Binary As #1

　　C. Open"text.dat"For Input As #1　　　　D. Open"text.dat"For Random As #1

9. 下面关于顺序文件的描述，正确的是（　　　　）。

　　A. 每条记录的长度必须相同

　　B. 可通过编程对文件中的某条记录方便地进行修改

　　C. 数据能以 ASCII 码形式存放在文件中，所以可通过文本编辑软件显示

　　D. 文件的组织结构复杂

10. 下面关于随机文件的描述，不正确的是（　　　　）。

　　A. 每条记录的长度必须相同

　　B. 一个文件中记录号不必唯一

　　C. 可通过编程对文件中的某条记录方便地修改

　　D. 文件的组织结构比顺序文件复杂

11. 按文件的组织方式分为（　　　　）。

　　A. 顺序文件和随机文件　　　　　　　　　　B. ASCII 文件和二进制文件

　　C. 程序文件和数据文件　　　　　　　　　　D. 磁盘文件和打印文件

12. 顺序文件是因为（　　　　）。

　　A. 文件中每条记录按记录号从小到大排序好的

　　B. 文件中每条记录按长度从小到大排序好的

C. 文件中记录按某关键数据项从大到小排序好的

D. 记录按进入的先后顺序存放的，读出也是按原写入的先后顺序读出

13. 随机文件是因为（　　）。

A. 文件中的内容是通过随机数产生的

B. 文件中的记录号通过随机数产生的

C. 可对文件中的记录根据记录号随机地读/写

D. 文件的每条记录的长度是随机的

二、填空题

1. 顺序文件的建立。在 C 盘建立文件名为 stud1.txt 的顺序文件，内容来自文本框，每按一次【Enter】键写入一条记录，然后清除文本框的内容，直到文本框内输入 END 字符串。

```
Private Sub Form_Load()
_____
Text1、Text=""
End Sub
Private Sub Text1_KeyPress(KeyAscii As Integer)
If KeyAscii=13 Then
If _____Then
Close #1
End
Else
_____
Text1、Text=""
End If
End If
End Sub
```

2. 将 C 盘根目录下的一个文本文件 old.dat 复制到新文件 new.dat 中，并利用文件操作语句将 old.dat 文件从磁盘上删除。

```
Private Sub Command1_Click()
Dim str1$
Open "c:\old、dat" _____ As #1
Open "c:\new、dat" _____
Do While _____
_____
Print #2, str1
Loop
_____
End Sub
```

附录 A

全国计算机等级考试 VB 笔试模拟试题（一）

一、选择题 (每小题 2 分,共 70 分)

1. 关于栈的描述中错误的是（　　）。
   A. 栈是先进后出的线性表
   B. 栈只能顺序存储
   C. 栈具有记忆作用
   D. 对栈的插入与删除操作中，不需要改变栈底指针

2. 对于长度为 n 的线性表进行顺序查找，在最坏情况下所需要的比较次数为（　　）。
   A. $\log_2 n$
   B. n/2
   C. n
   D. n+1

3. 下列对于软件测试的描述中正确的是（　　）。
   A. 软件测试的目的是证明程序是否正确
   B. 软件测试的目的是使程序运行结果正确
   C. 软件测试的目的是尽可能多地发现程序中的错误
   D. 软件测试的目的是使程序符合结构化原则

4. 为了使模块尽可能独立，要求（　　）。
   A. 模块的内聚程度要尽量高，且各模块间的耦合程度要尽量强
   B. 模块的内聚程度要尽量高，且各模块间的耦合程度要尽量弱
   C. 模块的内聚程度要尽量低，且各模块间的耦合程度要尽量弱
   D. 模块的内聚程度要尽量低，且各模块间的耦合程度要尽量强

5. 数据独立性是数据库技术的重要特点之一，所谓数据独立性是指（　　）。
   A. 数据与程序独立存放
   B. 不同的数据被存放在不同的文件中
   C. 不同的数据只能被对应的应用程序所使用
   D. 以上三种说法都不对

6. 按条件 f 对关系 R 进行选择，其关系代数表达式为（　　）。
   A. RoR
   B. f
   C. 6f(R)
   D. π f(R)

7. 在下图所示的二叉树中查找关键码 400，需要进行（   ）次关键码比较。

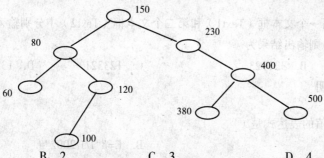

A. 1   B. 2   C. 3   D. 4

8. 一棵二叉树的前序遍历序列为 ABDGCFK，中序遍历序列为 DGBAFCK，则结点的后序遍历序列是（   ）。

A. ACFKDBG   B. GDBFKCA

C. KCFAGDB   D. ABCDFKG

9. 下列不属于继承的优点的是（   ）。

A. 使程序的模块集成性更强

B. 减少了程序中的冗余信息

C. 可以提高软件的可重用性

D. 使得用户在开发新的应用系统时不必完全从零开始

10. 信息隐蔽的概念与（   ）直接相关。

A. 软件结构定义   B. 模块独立性

C. 模块类型划分   D. 模块耦合度

11. 下列关于 Visual Basic 应用程序的说法中，正确的是（   ）。

A. Visual Basic 程序是以顺序方式执行的

B. Visual Basic 运行时，总是等待事件的发生

C. Visual Basic 的事件是由用户定义的

D. Visual Basic 程序是以 main 函数开始执行的

12. 以下不能在"工程资源管理器"窗口中列出的文件类型是（   ）。

A. bas   B. res   C. frm   D. ocx

13. 下面表达式的值是 False 的有（   ）。

A. "n" & "969" < "n97"   B. Instr ("Visual basic", "b") <> len ("basic")

C. str (2000) < "1997"   D. Ucase ("aBC") > "aBC"

14. 在窗体（Name 属性为 Form1）上画两个文本框（其 Name 属性分别为 Text1 和 Text2）和一个命令按钮（Name 属性为 Command1），然后编写如下两个事件过程：

```
Private Sub Command1_Click()
    a=Text1.Text + Text2.Text
    Print a
End Sub
Private Sub Form_Load()
    Text1.Text=""
```

```
    Text2.Text=""
End Sub
```

程序运行后，在第一个文本框（Text1）和第二个文本框（Text2）中分别输入 123 和 321，然后单击命令按钮，则输出结果为（   ）。

    A. 444   B. 321123   C. 123321   D. 132231

15. 设有如下变量声明

```
Dim E As Date
```

为变量 E 正确赋值的表达式是（   ）。

    A. E=#1/1/2002#   B. E=#"1/1/2002"#

    C. E=date("1/1/2002")   D. E=Format("m/d/yy","1/1/2002")

16. 在窗体上画一个命令按钮，编写其单击事件：

```
Private Sub Command1_Click()
    Static X As Integer
    Static Y As Integer
    Cls
    Y=2
    Y=Y+3
    X=X+3
    Print X,Y
End Sub
```

程序运行时，三次单击命令按钮 Command1 后，窗体上显示的结果为（   ）。

    A. 9 11   B. 9 5   C. 9 9   D. 3 5

17. 设 a=5,b=4,c=3,d=2，下列表达式的值是（   ）。

```
3>2*b Or a=c And b<>c Or c>d
```

    A. 1   B. True   C. False   D. 2

18. 设 a="Visual Basic"，下面使 b="Basic"的语句是（   ）。

    A. b=left(a,8)   B. b=Mid(a,8,5)

    C. b=mid(a,7,5)   D. b=right(a,6)

19. 在窗体上画一个命令按钮，名称为 Command1。单击命令按钮时，执行如下事件过程：

```
Private Sub Command1_Click()
    a="software and hardware"
    b=Right(a$,8)
    c=Mid(a$,1, 8)
    Msgbox a,,c,b,1
End Sub
```

则在弹出的信息框的标题栏中显示的信息是（   ）。

    A. softWare and hardware   B. software   C. hardware   D. and hardwre

20. 如果 y=IIf(x>0,x mod 3,0)，设 x=10，则 y 的值是（   ）。

    A. 1   B. 0   C. 10   D. 3

21. Print z=(a+b)*2 是一个错误格式的语句，那么它的正确形式为（   ）。

    A. Print (z=(a+b)*2)   B. Print (z=(a+b)*2)

    C. Z=(a+b)*2   D. Print z=a+b*2

       Print z

22. 下列程序段的执行结果为（　　　）。

```
a=82
If a>60 Then I=1
    If a>70 Then I=2
    If a>80 Then I=3
    If a>90 Then I=4
    Print "I="; I
```

　　A. I = 1　　　　　　　　B. I = 2　　　　　　C. I = 3　　　　　　D. I = 4

23. 下面程序段执行结果为（　　　）。

```
x=Int(Rnd() + 4)
Select Case x
    Case 5
        Print "excellent"
    Case 4
        Print "good"
    Case 3
        Print "pass"
    Case Else
        Print "fail"
End Select
```

　　A. excellent　　　　　　B. good　　　　　　C. pass　　　　　　D. fail

24. 在运行阶段，要在文本框 Text1 获得焦点时选中文本框中所有内容，对应的事件过程是（　　　）。

　　A. Private Sub Text1_GotFocus()
　　　　Text1.SelStart=0
　　　　Text1.SelLength=Len(Text1.text)
　　　End Sub

　　B. Private Sub Text1_LostFocus()
　　　　Text1.SelStart=0
　　　　Text1.SelLength=Len(Text1.text)
　　　End Sub

　　C. Private Sub Text1_Change()
　　　　Text1.SelStart=0
　　　　Text1.SelLength=Len(Text1.text)
　　　End Sub

　　D. Private Sub Text1_SetFocus()
　　　　Text1.SelStart=0
　　　　Text1.SelLength=Len(Text1.text)
　　　End Sub

25. 在窗体上画一个命令按钮，其名称为 Command1，然后编写如下事件过程：

```
Private Sub Command1_Click()
    Dim i As Integer,x As Integer
For i=1 to 6
    If i=1 Then x=i
    If i<=4 Then
      x=x+1
    Else
      x=x+2
```

```
       End If
   Next i
   Print x
   End Sub
```

程序运行后，单击命令按钮，其输出结果为（　　　）。

    A. 9   B. 6   C. 12   D. 15

26. 在窗体上画一个名称为 Command1 的命令按钮，然后编写如下事件过程：

```
Private Sub Command1_Click()
   c="ABCD"
   For n=1 to 4
    Print_____
   Next
End Sub
```

程序运行后，单击命令按钮，要求在窗体上显示如下内容：

```
D
CD
BCD
ABCD
```

则在横线处应填入的内容为（　　　）。

    A. left(c,n)   B. Right(c,n)

    C. Mid(c,n,1)   D. Mid(c,n,n)

27. 执行以下程序段

```
Dim x As Integer,I As Integer
x=0
For i=20 to 1 Step -2
  x=x+i\5
Next i
```

则 x 的值为（　　　）。

    A. 16   B. 17   C. 18   D. 19

28. 把窗体的 KeyPreview 属性设置为 True，然后编写如下事件过程：

```
Private sub Form_KeyPress(keyAscii as Integer)
    Dim ch As String
    ch=Chr(KeyAscii)
    KeyAscii=Asc(Ucase(ch))
    Print Chr(KeyAscii+2)
End Sub
```

程序运行后，按键盘上的【A】键，则在窗体上显示的内容是（　　　）。

    A. A   B. B   C. C   D. D

29. 在窗体上画一个名称为 Label1 的标签，然后编写如下事件过程：

```
Private Sub Form_Click()
  Dim arr(10,10)As Integer
  Dim i As Integer,j As Integer
  For i=2 To 4
   For j=2 To 4
     arr(i,j)=i*j
    Next j
```

```
    Next i
    Label1.Caption=Str(arr(2,2)+arr(3,3))
  End Sub
```

程序运行后，单击窗体，在标签中显示的内容是（　　　）。

A. 12　　　　　　　B. 13　　　　　　　C. 14　　　　　　　D. 15

30. 在窗体上画一个名称为 Command1 的命令按钮，然后编写如下通用过程和事件过程

```
Private Function fun(ByVal m As Integer)
  If m Mod 2=0 Then
    fun=2
  Else
    fun=1
  End If
End Function
Private Sub Command1_Click()
  Dim i As Integer,s As Integer
  s=0
  For i=1 to 5
    s=s+fun(i)
  Next
  Print s
End Sub
```

程序运行后，单击命令按钮，在窗体上显示的是（　　　）。

A. 6　　　　　　　B. 7　　　　　　　C. 8　　　　　　　D. 9

31. 阅读程序：

```
Option Base 1
Dim arr() As Integer
Private Sub Form_Click()
  Dim i As Integer,j As Integer
  ReDim arr(3,2)
  For i=1 To 3
    For j=1 To 2
      arr(i,j)=i*2+j
    Next j
  Next i
ReDim Preserve arr(3,4)
For j=3 To 4
  Arr(3,j)=j+9
Next j
Print arr(3,2)+arr(3,4)
End Sub
```

程序运行后，单击窗体，输出结果为（　　　）。

A. 21　　　　　　　B. 15　　　　　　　C. 8　　　　　　　D. 25

32. 在窗体上画一个名称为 Command1 的命令按钮，然后编写如下程序：

```
Option Base 1
Private Sub Command1_Click()
  Dim c As Integer,d As Integer
  d=0
  c=6
  x=Array(2,4,6,8,10,12)
  For i=1 to 6
    If x(i)>c Then
```

```
           d=d+x(i)
           c=x(i)
        Else
           D=d-c
        End If
     Next i
     Print d
     End Sub
```

程序运行后，如果单击命令按钮，则在窗体上输出的内容为（   ）。

A. 10   B. 16   C. 12   D. 20

33. 设有如下程序：

```
Private Sub Command1_Click()
   Dim c As Integer,d As Integer
   c=4
   d-InputBox("请输入一个整数")
   Do While d>0
     If d>c Then
        C=c+1
     End If
     d=InputBox("请输入一个整数")
   Loop
     Print c+d
End Sub
```

程序运行后，单击命令按钮，如果在输入对话框中依次输入 1、2、3、4、5、6、7、8、9、0，
则输出结果是（   ）。

A. 12   B. 11   C. 10   D. 9

34. 在窗体上画一个名称为 Command1 的命令按钮和一个名称为 Text1 的文本框，在文本框中输
入以下字符串：

```
Mictosoft Visual Basic Programming
```

然后编写如下事件过程：

```
Private Sub Command1_Click()
   Open "d:\temp\out.txt" For Output As #1
   For i=1 to Len(Text1.Text)
      c=Mid(Text1.Text,i,1)
      If c>="A" And c<="Z" Then
        Print #1,Lcase(c)
      End If
   Next i
   Close
 End Sub
```

程序运行后，单击命令按钮，文件 out.txt 中的内容是（   ）。

A. MVBP   B. mvbp   C. M   D. m

                                        V   v

                                        B   b

                                        P   p

35. 在窗体上画一个名称为 Text1 的文本框，一个名称为 Command1 的命令按钮，然后编写如下
事件过程和通用过程：

```
Private Sub Command1_Click()
```

```
n=Val(Text1.Text)
If n\2=n/2 Then
     f=f1(n)
Else
     f=f2(n)
End If
Print f; n
End Sub
Public Function f1(ByRef x)
x=x*x
f1=x+x
End Function
Public Function f2(ByVal x)
x=x*x
f2=x+x+x
End Function
```

程序运行后，在文本框中输入 6，然后单击命令按钮，窗体上显示的是（　　　）。

A. 72 36　　　　　　B. 108 36　　　　　　C. 72 6　　　　　　D. 108 6

二、填空题（每空 2 分，共 30 分）

1. 算法的复杂度主要包括_____复杂度和空间复杂度。

2. 若字符串 s="Program"，则其子串的数目是_____。

3. 结构化程序设计的基本结构包括：顺序结构、分支结构和_____三种结构。

4. 软件动态测试有白盒测试和_____两种方法。

5. 在数据库三级模式体系结构中，模式与内模式之间的映射（模式/内模式），实现了数据的_____独立性。

6. 表达式 2^2 Mod 5^2\3 的值为_____。

7. 假定建立一个工程，该工程包括两个窗体，其名称（Name 属性）分别为 Form1 和 Form2，启动窗体为 Form1。在 Form1 上画一个命令按钮 Command1，程序运行后，要求当单击该命令按钮时，Form1 窗体消失，显示窗体 Form2，请将程序补充完整。

```
Private Sub Command1_Click()
    _____Form1
    Form2._____
End Sub
```

8. 阅读下面的程序：

```
Private Sub Form_Click()
  Dim Check As Boolean ,Counter As Integer
  Check=True
  Counter=5
  Do
   Do While Counter<20
      Counter=Counter+1
     If Counter=10 Then
       Check=False
       Exit Do
     End If
   Loop
Loop Until Check=False
```

```
Print Counter
End Sub
```

程序运行后，单击窗体，输出结果为_____。

9. 设有如下程序：

```
Private Sub Form_Click()
    Dim a As Integer,s As Integer
    n=8
    s=0
    Do
        s=s+n
        n=n+1
    Loop While n>0
    Print s
End Sub
```

以上程序的功能是_____，程序运行后，单击窗体，输出结果为_____。

10. 设有如下程序：

```
Option Base 1
Private Sub Command1_Click()
    Dim arr1
    Dim Min As Integer,i As Integer
    arr1=Array(12,435,76,-24,78,54,866,43)
    Min=_____
    For i=2 to 8
        If arr1(i)<Min Then _____
    Next i
    Print "最小值是: ";Min
End Sub
```

以上程序的功能是：用 Array 函数建立一个含有 8 个元素的数组，然后查找并输出该数组中各元素的最小值。请将程序补充完整。

11. 在名称为 Form1 的窗体上画一个文本框，其名称为 Text1，在属性窗口中把该文本框的 MultiLine 属性设置为 True，然后编写如下的事件过程：

```
Private Sub Form_Click()
    Open "d:\test\smtext1.txt" For Input as #1
    Do While Not _____
        Line Input #1,aspect$
        Whole$=whole$+aspect$+chr(13)+chr(10)
    Loop
    Text1.Text=_____
    Close #1
    Open "d\test\smtext2.txt" For Output As #1
    Print #1,_____
    Close #1
End Sub
```

上述程序的功能是，把磁盘文件 smtext1.txt 的内容读到内存并在文本框中显示出来，然后把该文本框中的内容存入磁盘文件 smtext2.txt。请将程序补充完整。

附录 B

全国计算机等级考试 VB 笔试模拟试题（二）

一、选择题（每小题 2 分，共 70 分）

1. 程序流程图中带有箭头的线段表示的是（　　）。
   A. 图元关系　　　　　B. 数据流　　　　　C. 控制流　　　　　D. 调用关系

2. 结构化程序设计的基本原则不包括（　　）。
   A. 多态性　　　　　　B. 自顶向下　　　　C. 模块化　　　　　D. 逐步求精

3. 软件设计中模块划分应遵循的准则是（　　）。
   A. 低内聚低耦合　　　B. 高内聚低耦合　　C. 低内聚高耦合　　D. 高内聚高耦合

4. 在软件开发中，需求分析阶段产生的主要文档是（　　）。
   A. 可行性分析报告　　　　　　　　　　　B. 软件需求规格说明书
   C. 概要设计说明书　　　　　　　　　　　D. 集成测试计划

5. 算法的有穷性是指（　　）。
   A. 算法程序的运行时间是有限的　　　　　B. 算法程序所处理的数据库是有限的
   C. 算法程序的长度是有限的　　　　　　　D. 算法只能被有限的用户使用

6. 对长度为 n 的线性表排序，在最坏情况下，比较次数不是 $n(n-1)/2$ 的排序方法是（　　）。
   A. 快速排序　　　　　B. 冒泡排序　　　　C. 直接插入排序　　D. 堆排序

7. 下列关于栈的叙述正确的是（　　）。
   A. 栈按"先进先出"组织数据　　　　　　　B. 栈按"先进后出"组织数据
   C. 只能在栈底插入数据　　　　　　　　　D. 不能删除数据

8. 在数据库设计中，将 E-R 图转换成关系数据模型的过程属于（　　）。
   A. 需求分析阶段　　　B. 概念设计阶段　　C. 逻辑设计阶段　　D. 物理设计阶段

9. 有三个关系 *R*、*S* 和 *T* 如下：

	R				S				T		
B	C	D		B	C	D		B	C	D
a	0	k1		f	3	h2		a	0	k1
b	1	n1		a	0	k1				
				n	2	x1				

由关系 *R* 和 *S* 通过运算得到关系 *T*，则所使用的运算为（　　　）。

　　A. 并　　　　　　　　　B. 自然连接　　　　C. 笛卡儿积　　　　　D. 交

10. 设有表示学生选课的三张表，学生 *S*（学号，姓名，性别，年龄，身份证号），课程 *C*（课号，课名），选课 *SC*（学号，课号，成绩），则表 *SC* 的关键字为（　　　）。

　　A. 课号，成绩　　　　　B. 学号，成绩　　　C. 学号，课号　　　D. 学号，姓名，成绩

11. 以下叙述中错误的是（　　　）。

　　A. 标准模块文件的扩展名是.bas

　　B. 标准模块文件是纯代码文件

　　C. 在标准模块中声明的全局变量可以在整个工程中使用

　　D. 在标准模块中不能定义过程

12. 在 Visual Basic 中，表达式 3*2\5 Mod 3 的值是（　　　）。

　　A. 1　　　　　　　　　　B. 0　　　　　　　　C. 3　　　　　　　　D. 出现错误提示

13. 下列可作为 VB 变量名的是（　　　）。

　　A. A#A　　　　　　　　B. 4A　　　　　　　　C. ?xY　　　　　　　D. constA

14. 设有如下变量声明：
```
Dim E As Date
```
为变量 E 正确赋值的表达方式是（　　　）。

　　A. E=#1/1/2002#　　　　　　　　　　　B. E=#"1/1/2002"#

　　C. E=date("1/1/2002")　　　　　　　　 D. E=Format("m/d/yy","1/1/2002")

15. 如果 y=IIf(x>0,x mod 3,0)，设 x=10，则 y 的值是（　　　）。

　　A. 1　　　　　　　　　　B. 0　　　　　　　　C. 10　　　　　　　D. 3

16. 假定窗体上有一个文本框，名称为 Txt1，为了使该文本框的内容能够换行，并且具有水平和垂直滚动条，正确的属性设置为（　　　）。

　　A. Txt1.MultiLine=True　　　　　　　　B. Txt1.MultiLine=True

　　　　Txt1.ScrollBars=0　　　　　　　　　　Txt1.ScrollBars=3

　　C. Txt1.MultiLine=False　　　　　　　　D. Txt1.MultiLine=False

　　　　Txt1.ScrollBars=0　　　　　　　　　　Txt1.ScrollBars=3

17. 文本框 Text1 的 KeyDown 事件过程如下：
```
Private Sub Text1 KeyDown(KeyCode As Integer,Shift As Integer)
    ...
End Sub
```
其中参数 KeyCode 的值表示的是发生此事件时（　　　）。

  A.　是否按下了【Alt】键或【Ctrl】键 B.　按下的是哪个数字键

  C.　所按的键盘键的键码   D.　按下的是哪个鼠标键

18.　若已把一个命令按钮的 Default 属性设置为 True，则下面可导致按钮的 Click 事件过程被调用的是（ ）。

  A.　用鼠标右键单击此按钮   B.　按键盘上的【Esc】键

  C.　按键盘上的【Enter】键   D.　用鼠标右键双击此按钮

19.　设窗体上有一个文本框，名称为 text1，程序运行后，要求该文本框不能接受键盘输入，但能输出信息，以下属性设置正确的是（ ）。

  A.　text1.maxlength=0   B.　text1.locked=false

  C.　text1.visible=false   D.　text1.width=0

20.　在窗体上画一个名称为 Timer1 的计时器控件，要求每隔 0.5 秒发生一次计时器事件，则以下正确的属性设置语句是（ ）。

  A.　Timer1.Interval=0.5   B.　Timer1.Interval=5

  C.　Timer.Interval=50   D.　Timer1.Interval=500

21.　以下关于多重窗体程序的叙述中，错误的是（ ）。

  A.　用 Hide 方法不但可以隐藏窗体，而且能清除内存中的窗体

  B.　在多重窗体程序中，各窗体的菜单是彼此独立的

  C.　在多重窗体程序中，可以根据需要指定启动窗体

  D.　对于多重窗体程序，需要单独保存每个窗体

22.　在窗体上画一个名称为 Command1 的命令按钮，并编写如下程序：

```
Private Sub Command1_Click()
Dim x As Integer
Static y As Integer
x=10
y=5
Call f1(x,y)
Print x,y
End Sub
Private Sub f1(ByRef x1 As Integer, y1 As Integer)
x1=x1+2
y1=y1+2
End Sub
```

程序运行后，单击命令按钮，在窗体上显示的内容是（ ）。

  A.　10 5   B.　12 5   C.　10 7   D.　12

23.　在窗体上画一个名称为 Command1 的命令按钮，然后编写如下事件过程：

```
Option Base 1
Private Sub Command1_Click()
  Dim a
  a= Array(1,2,3,4,5)
  For i=1 To UBound(a)
    a(i)=a(i)+i-1
  Next
```

```
    Print a(3)
End Sub
```
程序运行后，单击命令按钮，则在窗体上显示的内容是（   ）。

A. 4   B. 5   C. 6   D. 7

24. 以下叙述中正确的是（   ）。

A. 窗体的 Name 属性指定窗体的名称，用来标识一个窗体

B. 窗体的 Name 属性的值是显示在窗体标题栏中的文本

C. 可以在运行期间改变对象的 Name 属性的值

D. 对象的 Name 属性值可以为空

25. 执行以下程序段

```
a$="abbacddcba"
For i=6 To 2 Step -2
X=Mid(a,i,i)
Y=Left(a,i)
z=Right(a,i)
z=UCase(X & Y & z)
Next i
Print z
```

输出结果为（   ）。

A. ABA   B. BBABBA   C. ABBABA   D. AABAAB

26. 以下关于文件的叙述中，错误的是（   ）。

A. 顺序文件中的记录一个接一个地顺序存放

B. 随机文件中记录的长度是随机的

C. 执行打开文件的命令后，自动生成一个文件指针

D. LOF 函数返回给文件分配的字节

27. 设工程文件包含两个窗体文件 Form1.frm、Form2.frm 及一个标准模块文件 Module1.bas，两个窗体上分别只有一个名称为 Command1 的命令按钮。

Form1 的代码如下：

```
Public x As Integer
Private Sub Form_Load()
   x=1
   y=5
End Sub
Private Sub Command1_Click()
   Form2.Show
End Sub
```

Form2 的代码如下：

```
Private Sub Command1_Click()
   Print Form1.x,y
End Sub
```

Module1 的代码如下：

```
Public y as Integer
```

运行以上程序，单击 Form1 的命令按钮 Command1，则显示 Form2；再单击 Form2 上的命令

按钮 Command1，则窗体上显示的是（　　　）。

A．1　5　　　　　　　B．0　5　　　　　　C．0　0　　　　　　　D．程序有错

28. 窗体上有一个名称为 Text1 的文本框，一个名称为 Command1 的命令按钮，窗体文件的程序如下：

```
Private Type x
  a As Integer
  b As Integer
End Type
Private Sub Command1_Click()
  Dim y As x
  y.a=InputBox("")
  If y.a\2=y.a/2 Then
    y.b=y.a*y.a
  Else
    y.b=Fix(y.a/2)
  End If
  Text1.Text=y.b
End Sub
```

对以上程序，下列叙述中错误的是（　　　）。

A．x 是用户定义的类型

B．InputBox 函数弹出的对话框中没有提示信息

C．若输入的是偶数，y.b 的值为该偶数的平方

D．Fix(y.a/2) 把 y.a/2 的小数部分四舍五入，转换为整数返回

29. 窗体上有一个名称为 CD1 的通用对话框控件和由四个命令按钮组成的控件数 Command1，其下标从左到右分别为 0、1、2、3，窗体外观如下图所示。

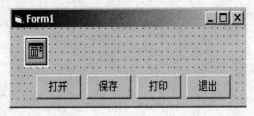

命令按钮的事件过程如下：

```
Private sub Command1_Click(Index x As Integer)
    Select Case Index
      Case 0
        CD1.Action=1
      Case 1
        CD1.ShowSave
      Case 2
        CD1.action=5
      Case 3
        End
  End Select
End Sub
```

对上述程序，下列叙述中错误的是（　　　）。

A. 单击"打开"按钮，显示打开文件的对话框

B. 单击"保存"按钮，显示保存文件的对话框

C. 单击"打印"按钮，能够设置打印选项，并执行打印操作

D. 单击"退出"按钮，结束程序的运行

30. 窗体上有两个水平滚动条 HV、HT，还有一个文本框 Text1 和一个标题为"计算"的命令按钮 Command1，并编写以下程序：

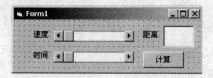

```
Private Sub Command1_Click()
   Call catc(HV.Value,HT.Value)
End Sub
Public Sub calc(x As Integer,y As Integer)
   Text1.Text=x*y
End Sub
```

运行程序，单击"计算"按钮，可根据速度与时间计算出距离，并显示计算结果。

对以上程序，下列叙述中正确的是（　　　）。

A. 过程调用语句不对，应为 calc(HV,HT)

B. 过程定义语句的形式参数不对，应为 Sub calc(x As Control,y As Control)

C. 计算结果在文本框中显示出来

D. 程序不能正确运行

31. 现有如下程序：

```
Private Sub Command1_Click()
  s=0
  For i=1 To 5
    s=s+f(5+i)
  Next
  Print s
End Sub
Public Function f(x As Integer)
   If x>=10 Then
     t=x+1
   Else
     t=x+2
   End If
   f=t
End Function
```

运行程序，则窗体上显示的是（　　　）。

A. 38　　　　　　　　B. 49　　　　　　　　C. 61　　　　　　　　D. 70

32. 窗体上有一个用菜单编辑器设计的菜单，运行程序，并在窗体上单击鼠标右键，则弹出一个快捷菜单，如下图所示：

以下叙述中错误的是（   ）。

A. 在设计"粘贴"菜单项时，在菜单编辑器窗口中设置了"有效"属性

B. 菜单中的横线是在该菜单项的标题输入框中输入了一个"–"（减号）字符

C. 在设计"选中"菜单项时，在菜单编辑器窗口中设置了"复选"属性

D. 在设计该弹出菜单的主菜单项时，在菜单编辑器窗口中去掉了"可见"前面的对号

33. 窗体上有一个名称为 Picture1 的图片框控件，一个名称为 Label1 的标签控件。

现有如下程序：

```
Public Sub display(x As Control)
    If TypeOf x Is Label Then
        x.Caption="计算机等级考试"
    Else
        x.Picture=LoadPicture("pic.jpg")
    End If
End Sub
Private Sub Label1_Click()
  Call display(Label1)
End Sub
Private Sub Picture1_Click()
    Call display(Picture1)
End Sub
```

对以上程序，下列叙述中错误的是（   ）。

A. 程序运行时会出错   B. 单击图片框，在图片框中显示一幅图片

C. 过程中的 x 是控件变量   D. 单击标签，在标签中显示一串文字

34. 某人编写了如下程序，用来求 10 个整数中的最大值。

```
Private Sub Command1_Click()
    Dim a(10)As Integer,max As Integer
    For k=1 to 10
      a(k)=InputBox("输入一个整数")
    Next k
    Max=0
    For k=1 to 10
      If a(k)>max Then
        Max=a(k)
      End If
    Next k
    Print max
End Sub
```

运行程序时发现，当输入 10 个正数时，可以得到正确结果，但输入 10 个负数时结果是错误的，程序需要修改，下面的修改中可以得到正确运行结果的是（   ）。

A. 把 If a(k)>max Then 改为 If a(k)<max Then

B. 把 max=a(k)改为 a(k)=max

C. 把第二个循环语句 For k=1 to 10 改为 For k=2 to 10

D. 把 max=0 改为 max=a(10)

35. 已知在 4 行 3 列的全局数组 score(4,3)中存放了 4 个学生 3 门课程的考试成绩（均为整数），现需要计算每个学生的总分，某人编写程序如下：

```
Option Base 1
Private Sub Command1_click()
    Dim sum As Integer
    sum=0
    For i=1 to 4
      For j=1 to 3
        sum=sum+score(i,j)
      Next j
      Print "第" & i & "个学生的总分是: ";sum
    Next i
End Sub
```

运行此程序时发现，除第 1 个人的总分计算正确外，其他人的总分都是错误的，程序需要修改，以下修改方案中正确的是（   ）。

A. 把外层循环语句 For i=1 to 4 改为 For i=1 to 3，
   内层循环语句 For j=1 to 3 改为 For j=1 to 4

B. 把 sum=0 移到 for i=1 to 4 和 For j=1 to 3 之间

C. 把 sum=sum+score(i,j)改为 sum=sum+score(j,i)

D. 把 sum=sum+score(i,j)改为 sum=score(i,j)

二、填空题（每空 2 分，共 30 分）

1. 测试用例包括输入值集和＿＿＿＿＿值集。

2. 深度为 5 的满二叉树有＿＿＿＿＿个叶子结点

3. 设某循环队列的容量为 50，头指针 front=5（指定队头元素的前一位置），尾指针 rear=29（指向队尾元素），则该循环队列中共有＿＿＿＿＿个元素。

4. 在关系数据库中，用来表示实体之间联系的是＿＿＿＿＿。

5. 在数据库管理系统提供的数据定义语言、数据操纵语言和数据控制语言中，＿＿＿＿＿负责数据的模式定义与数据的物理存取构建。

6. 设有以下循环：

```
x=1
Do
   x=x+2
   Print x
Loop Until_____
```

要求程序运行时执行 3 次循环体，请将上面的程序补充完整。

7. 窗体上命令按钮 Command1 的事件过程如下：

```
Private Sub Command1_Click()
    Dim total As Integer
    total=s(1)+s(2)
    Print total
End Sub
Private Function s(m As Integer) As Integer
    Static x As Integer
    For i=1 to m
```

```
        x=x+1
    Next i
    s=x
End Function
```

运行程序，第 3 次单击命令按钮 Command1 时，输出结果为＿＿＿＿。

8. 在窗体上画一个名称为 Command1 的命令按钮，然后编写如下程序：

```
Option Base 1
Private Sub Command1_Click()
    Dim a(10) As Integer
    For i=1 to 10
        a(i)=i
    Next
    Call swap(_____)
    For i=1 to 10
      Print a(i);
    Next
End Sub
Sub swap(b() As Integer)
    n=_____
    For i=1 to n/2
        t=b(i)
        b(i)=b(n)
        b(n)=t
        _____
    Next
End Sub
```

上述程序的功能是，通过调用过程 swap，调换数组中数值的存放位置，即 a(1)与 a(10)的值互换，a(2)与 a(9)的值互换，……。请将上面的程序补充完整。

9. 在窗体上画一个通用对话框，其名称为 CommonDialog1，然后画一个命令按钮，并编写如下事件过程：

```
Private Sub Command1_Click()
  CommonDialog1.Filter="All Files(*.*)|Text Files|*.txt|Batch Files|*.bat"
  CommonDialog1.FilterIndex=1
  CommonDialog1.ShowOpen
  MsgBox CommonDialog1.FileName
End Sub
```

程序运行后，单击命令按钮，将显示一个"打开"对话框，此时有"文件类型"框中显示的是＿＿＿＿，如果在对话框中选择 D 盘 temp 目录下的 tel.txt 文件，然后单击"确定"按钮，则在 MsgBox 信息框中显示的提示信息是＿＿＿＿。

10. 以下程序的功能是：把顺序文件 smtext1.txt 的内容全部读入内存，并在文本框 Text1 中显示出来，请填空。

```
Private Sub Command1_Click()
  Dim inData As String
  Text1.Text=""
  Open "smtext1.txt"_____As_____
Do While_____
  Input #2,inData
  Text1.Text=Text1.Text & inData
Loop
Close #2
End Sub
```

附录 C

全国计算机等级考试 VB 机试模拟试题

一、基本操作题 (每小题 15 分，共 30 分)

1. 在名称为 Form1 的窗体上画一个名称为 C1，标题为"改变颜色"的命令按钮，窗体标题为"改变窗体背景色"，编写程序，使得单击命令按钮时，将窗体的背景颜色改为红色（&HFF&），运行程序后的窗体如下图所示。

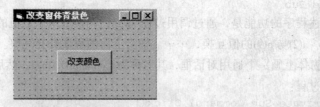

　　要求：*程序中不得使用变量，每个事件过程中只能写一条语句，存盘时必须存放在考生文件夹下，工程文件名为 sjt1.vbp，窗体文件名为 sjt1.frm.*

2. 在名称为 form1 的窗体上画一个名称为 Lable1 的标签，其初始内容为空，且能根据指定的标题内容自动调整标签大小，再画两个命令按钮，标题分别是"日期"和"时间"，名称分别为 Command1、Command2，请编写两个命令按钮的 Click 事件过程，使得单击"日期"按钮时，标签内显示系统当前日期，单击"时间"按钮时，标签内显示系统当前时间。

　　要求：*程序中不得使用变量，每个事件过程中只能写一条语句。*

　　注意：*存盘时必须存放在考生文件夹下，工程文件名为 sjt2.vbp，窗体文件名为 sjt2.frm。*

二、简单应用题（每小题 20 分，共 40 分）

1. 在考生文件夹下有一个工程文件 sjt3.vbp，其功能是：

（1）单击"读数据"按钮，则把考生文件夹下 in3.dat 文件中的 100 个正整数读入数组 a 中；

（2）单击"计算"按钮，则找出这 100 个正整数中的所有完全平方数（一个整数若是另一个整数的平方，那么它就是完全平方数，如 $36=6^2$，所以 36 就是一个完全平方数），并计算这些完全平方数的平均值，最后将计算所得平均值截尾取整后显示在文本框 Text1 中。

在给出的窗体文件中已经有了全部控件，但程序不完整。要求完善程序使其实现上述功能。

注意： 考生不能修改窗体文件中已经存在的控件和程序（如下图所示），在结束程序运行前，必须进行"计算"，且必须用窗体右上角的关闭按钮结束程序，否则无成绩，最后把修改后的文件按原文件名存盘。

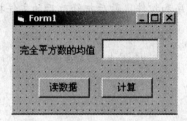

注：

（1）给定 sjt3.vbp 原程序如下：

```
Private Sub Command1_Click()
    Dim k As Integer
    Open App.Path & "\in3.dat" For Input As #1
    For k=1 To 100
        Input #1, a(k)
    Next k
    Close #1
End Sub

Private Sub Command2_Click()
    '考生编写
End Sub

Private Sub Form_Unload(Cancel As Integer)
    Open App.Path & "\out3.dat" For Output As #1
    Print #1, Text1.Text
    Close #1
End Sub
```

（2）in3.dat 文件内容如下：

169　56 325　16 236 122 890 245 59 324 300 4 322 215 89 1 370 58 23 69 560 153 121 236 371 693 586 96 61 50 441 368 59 806 68 450 92 525 72 395 634 9 370 384 225 62 38 9 43 65 407 465 823 729 45 751 893 452 38 721 78 600 85 687 24 567 112 53 256 89 235 751 425 68 100 72 375 203 256 872 64 738 526 35 625　81 371 95 493 50 345 754 895 57 4 407 587 304 687

2. 在考生文件夹下有一个工程文件 sjt4.vbp，其窗体上有两个命令按钮和一个计时器，两个命令按钮的初始标题分别是"演示"和"退出"，计时器 Timer1 的初始状态为不可用，请画一个名称为 Label1，且能根据显示内容自动调整大小的标签，其标题为"Visual Basic 程序设计"，显示格式为黑体四号，如下图所示，程序功能如下：

（1）单击标题为"演示"的命令按钮时，则该按钮的标题自动变换为"暂停"，且标签在窗体上从左向右循环滚动，当完全滚动出窗体右侧时，从窗体左侧重新进入。

（2）单击标题为"暂停"的命令按钮时，则该按钮的标题自动变换为"演示"，并暂停标签的滚动。

（3）单击"退出"按钮，则结束程序运行。

要求：请去掉程序中的注释符，把程序中的 ？改为正确的内容，使其实现上述功能，但不能修改窗体文件中已经存在的程序和控件。最后把修改后的文件按原文件名存盘。

注：给定 sjt4.vbp 原程序如下：

```
Private Sub Command1_Click()
'  If Command1.Caption= ?  Then
'     ?=True
     Command1.Caption="暂停"
   Else
'     ?=False
     Command1.Caption="演示"
   End If
End Sub

Private Sub Command2_Click()
   End
End Sub

Private Sub Timer1_Timer()
'  If  ?  > Form1.Width Then
     Label1.Left=-Label1.Width
   Else
'     Label1.Left= ?  + 100
   End If
End Sub
```

三、综合应用（1 小题，计 30 分）

在考生文件夹下有一个工程文件 sjt5.vbp，窗体上有三个文本框，其名称分别为 Text1、Text2 和 Text3，其中 Text1、Text2 可多行显示，请画三个名称分别为 Cmd1、Cmd2 和 Cmd3，标题分别为"产生数组"、"统计"和"退出"的命令按钮，如下图所示，程序功能如下：

（1）单击"产生数组"按钮时，用随机函数生成 20 个 0～10 之间（不含 0 和 10）的数值，并将其保存到一维数组 a 中，同时也将这 20 个数值显示在 Text1 文本框内。

（2）单击"统计"按钮时，统计出数组 a 中出现频率最高的数值及其出现的次数，并将出现频率最高的数值显示在 Text2 文本框内，出现频率最高的次数显示在 Text3 文本框内。

（3）单击"退出"按钮时，结束程序运行。

要求：请将程序中的注释符去掉，把 ? 改为正确的内容，以实现上述程序功能。不得修改窗体文件中已经存在的控件和程序，最后将修改后的文件按原文件名存盘。

注：给定 sjt5.vbp 原程序如下：

```
Option Base 1
Dim a(20) As Integer, b(20) As Integer
Private Sub Cmd1_Click()
  Text1.Text="": Text2.Text="": Text3.Text=""
  For i=1 To 20
'     a(i)=Fix(Rnd *  ?  + 1)
    b(i)=1
    Text1.Text=Text1.Text+Str(a(i))+Space(2)
  Next i
End.Sub
Private Sub Cmd2_Click()
  fmax=0
  For i=1 To 20
'    For j=1 To ?
     If a(i)=a(j) Then
        b(i)=b(i)+1
      End If
    Next j
'    If b(i) > ?  Then fmax=b(i)
  Next i
  For i=1 To 20
'    If b(i)= ?  Then
       Text2.Text=Text2.Text+Str(a(i))+Space(2)
    End If
  Next i
  Text3.Text=fmax
End Sub

Private Sub Cmd3_Click()
'  ?
End Sub
```

参 考 文 献

[1] 杨莉. Visual Basic 程序设计教程[M]. 北京：中国水利水电出版社，2002.

[2] 刘瑞新. Visual Basic 程序设计[M]. 北京：机械工业出版社，2000.

[3] 教育部考试中心. 全国计算机等级考试二级考试参考书：Visual Basic 语言程序设计[M]. 北京：高等教育出版社，2002.

[4] 潘地林. Visual Basic 程序设计[M]. 北京：高等教育出版社，2006.

[5] 王学军. Visual Basic 程序设计[M]. 北京：中国铁道出版社，2008.

[6] 苏长龄，徐善针. Visual Basic 程序设计[M]. 北京：中国铁道出版社，2006.